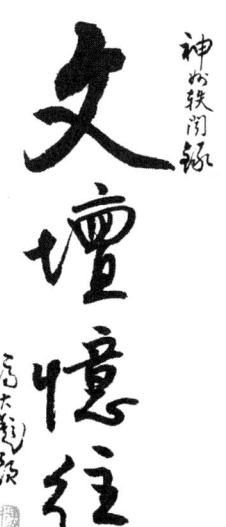

神州轶闻录

文坛忆往

周简段 著
冯大彪 主编

新星出版社　NEW STAR PRESS

总序一

让我为《神州轶闻录》这部很有分量的丛书作序,使我惶恐!虽然在我九十年的岁月中,七十年是住在北京的:我住过"天棚鱼缸石榴树"的四合院,从西直门骑驴到过卧佛寺,吃过赛梨的萝卜和糖葫芦……但是看起《神州轶闻录》,那几卷里的掌故、风土、艺文、名胜、人情等,大都是我所不知道的。首次到北京的外国朋友和国外华侨,往往问我:"你是老北京,请你告诉我逛北京要如何逛法?"我居然大言不惭地说:"你首先要去的是天坛公园,那座祈年殿,是我觉得在欧、美、亚、非的任何建筑,都不能与她相比的;再就是去登上景山之巅,俯看北京城全景,故宫的设计也全看到了。此外去吃顿全聚德的烤鸭、东来顺的涮羊肉。其他就是我认为可去可不去的地方,你再听听别人的意见吧。"

我自1980年伤腿之后,不良于行,新北京的建筑,我都没有看见过,但这不是古迹,也不在我们谈话之列了。

我所能写的,就是这些。

冰 心

1991年2月26日

总序二

我顶怵写序,怕没话找活,空空洞洞,所以我轻易不答应给人写序。唯独对周简段先生(我没见过这位,所以不便加个"老"字儿)的《神州轶闻录》,我不能推辞。一则是我翻阅了曾在香港出的五辑选本,简直叫人拿起来放不下,实在有看头儿,二则一沾北京的边儿,我就不好意思溜掉。在下到底是在这儿土生土长的呀。

我出生在东直门羊倌胡同,中小学都是在安定门大三条上的。最后,又在海淀戴了下学士帽儿——就是那种挂着穗子的黑绸方帽。刨去跟学校春游到过一趟南口,十八岁前我就没出过城圈儿。可后来当上了记者,就跑起江湖来啦。不但国内,连大半个地球都跑遍了。可是不论漂到哪儿,我怎么也忘不了我的老北京。

这着实是块宝地。不但历史悠久,掌故丰富,城里城外满是名胜古迹,而且叫人怀念的,是在这里活动过的非凡人物。北京城要是座五光十色的舞台,那么更叫座的当然是在这里驰骋过的显赫角色。那真是三教九流,行行出状元。这里有纵横捭阖的政客,也有学贯中西的学者,有书画名家,也有名噪一时的曲艺泰斗,以至身怀绝技的武术大师。《名人辞典》只能告诉你这些人物的官职履历,这本《神州轶闻录》却能通过遗闻轶事,活灵活现地描绘出他们的精神面貌。

不论是对像我这样怀念老北京,一心希望重温一下故都旧梦的老年人,还是对那些急于了解昨天的青年人来说,这都是一套可心的书,可以放在枕边或揣在旅行包里随身携带的好书。篇幅都不长,既能解闷儿又长知识,必然会越看越有滋味儿。

萧　乾
1990年7月10日

总序三

"文化"是一个很大的词儿,而本书中所选的文章却是短而又短,几乎都是身边琐事,细碎平淡,小到不能再小了。这与"文化"不是有很大的矛盾吗?

我认为,关键在于如何看待文化。

我们语言中有许多最常见的词儿,一看便明白,一问便糊涂。"文化"就属于这一类。一提到"文化",谁不明白呢?然而,为什么据说世界各国学者对"文化"下的定义竟有五六百种之多,而且谁也说服不了谁呢?个中消息,耐人寻味。这就充分说明,"文化"是根本没有法子下定义的。

然而,我们用不着为此伤心失望。我们生活,我们读书,绝不是遵守某一个定义的。尽管学者用心良苦,下定义煞费精神,我们可以置之不理而心安理得地按照自己的常识去理解文化。

如果你同意我这个看法的话,那么你就会在本书所有的文章中发现文化。本书共分五个部分,哪一部分里没有文化呢?各文中所讲的故事,都看似烦琐细碎,平淡无奇;如果你愿意当作"闲书"来看,仅供茶余酒后消遣之用，从中寻求那么一点点儿小小的乐趣，你有这个权利，我也表示赞同。因为，不管这点乐趣多么渺小，它也能让你去除精神和体力的疲惫，重新抖擞精神，投入人生的或大或小的事业的搏斗中去。贤于博弈多矣。

然而，哲学家们常说：于一滴水中见大海，于一粒沙中见宇宙。难道在我们这些小的文章中不能见到大的文化吗？所有这一些戏曲、文玩、学府逸事等，又哪一个与文化无关呢？只不过在这里谈文化，不是峨冠博带，威仪俨然，不是高头讲章，而是涉笔成趣，理路天成，于琐细中见精神，于微末处见全面，让你读了以后，如食橄榄，回味无穷，陶冶性灵，增长见识。这种精神的享受，是别的文章无法代替的。难道不是这样子吗？

我就是本着这一点小小的想法，写了这一篇小序。

季羡林
1991年6月23日

目　录

文人花絮

"怪教授"陈寅恪 / 3

张元济临难不惊 / 7

"名落孙山"梁任公 / 10

于右任名字趣谈 / 13

曲园四代人 / 15

蔡公五哭 / 21

胡适为齐白石编年谱 / 24

"张大胡子"脱险记 / 28

柳亚子的口吃 / 30

刘半农负气出洋获博士学位 / 33

鲁迅收藏刻印佛经 / 35

顾颉刚与俞平伯 / 38

林海音与《城南旧事》/ 43

陶行知的五柳村 / 45

郑振铎抢救古籍感人 / 48

泰戈尔在徐志摩家做客 / 51

沈雁冰奔亲之婚 / 54

马寅初过文武两"昭关" / 56

诗人徐志摩之死 / 59

作家说相声 / 61

曹禺在津演戏剧 / 64

张恨水与天桥 / 67

范长江和沈谱的婚礼 / 70

李健吾险入殡仪馆 / 74

晚清小说家吴趼人 / 79

"东亚病夫"曾朴 / 82

爱情诗人汪静之 / 85

梁实秋怀念清华园 / 88

自学成才的沈从文 / 92

铁骨铮铮朱自清 / 95

"苏门啸隐"郁达夫 / 98

由《京华烟云》想到林语堂 / 101

柳亚子其人其事 / 104

少年聪慧郭沫若 / 107

拒绝称"王"的老舍 / 112

张天翼写作《包氏父子》/ 115

曹禺南京写《原野》/ 118

石评梅长眠陶然亭 / 121

夫妻作家陈西滢和凌叔华 / 124

萧军、萧红初相识 / 127

庐隐女士多灾多难 / 130

林徽因多才多艺 / 133

30年代女作家白薇 / 137

大胆的女作家苏青 / 139

刘云若和他的言情小说 / 142

孤独的张爱玲 / 145

一举成名话"女兵" / 147

40年代的李霁野 / 149

李劼人的"菱巢" / 151

"人参状元"翁同龢 / 155

"冷籍"状元张謇 / 158

王国维死因离奇 / 163

于右任之悲歌 / 167

傅增湘藏书万卷 / 172

张元济印《四库全书》/ 175

爱国学者叶恭绰 / 178

清末三才女 / 181

王云五奇人奇事 / 184

章士钊与沈尹默 / 189

钱钟书记忆力惊人 / 194

李石曾与故宫博物院 / 196

《四库全书》与张宗祥 / 199

爱国文人沈兼士 / 202

"厚黑教主"李宗吾 / 205

"学人疯子"刘师培 / 208

马一浮轶闻 / 212

一代奇才李叔同 / 216

文人才子张伯驹 / 220

"二太子"袁寒云 / 223

"美学老人"朱光潜 / 226

严景耀其人其书 / 228

史学家罗尔纲 / 231

鲁迅的学生黄源 / 234

陈训慈的"书情" / 237

民俗学家张次溪 / 240

司法女杰史良 / 243

图书馆学家梁思庄 / 246

《苏武牧羊》作者蒋荫堂 / 248

刘天华即兴作《良宵》/ 250

"清华"名师漫忆 / 255

学人长寿遥祝俞平伯老 / 258

耆宿元老钱玄同 / 262

辜鸿铭佯狂嘲世情 / 264

爱国哲人熊十力 / 267

"一代词宗"夏承焘 / 270

爱国教授曾昭抡 / 273

西南联大的金岳霖教授 / 276

"积微居"主人杨树达 / 278

传记文学家朱东润 / 281

郑天挺巧解东陵谜 / 284

北大卯字号人物刘叔雅 / 287

漫忆浦江清教授 / 289

吴宓教授剪影 / 292

性学博士张竞生 / 295

缅怀顾颉刚先生 / 298

忆苦水师 / 300

忆燕大英籍教授贝卢思 / 302

邓之诚治学桑园 / 304

金庸恩师张印通 / 307

爱国学者赵景琛 / 310

周恩来师张皞如 / 312

溥仪老师朱益藩 / 315

北大首任校长蔡元培 / 321

教育学家陶行知 / 324

从"开国状元"到北大代校长 / 328

教育家陈垣著述等身 / 332

南开"校父"严范孙 / 335

张伯苓的南开精神 / 337

卢木斋矢志办学 / 340

兴办女学的温世霖 / 343

燕大校长吴雷川 / 345

浙大校长竺可桢 / 347

神学博士赵紫宸 / 350

末科状元办学校 / 352

毁家兴学的马相伯 / 355

"红头火柴"陈望道 / 358

雪艇先生与武汉大学 / 361

"浙一师"校长经亨颐 / 363

陈鹤琴尽瘁儿童教育 / 366

萧友梅二三事 / 368

杨荫榆的晚年 / 371

杨绳武与保定同仁中学 / 373

代后记 / 375

文人花絮
wenren huaxu

"怪教授"陈寅恪

"盖世奇才""最好的教授""教授的教授""太老师",这是20世纪30年代国内外学术界对清华大学陈寅恪教授常用的尊誉。据当年清华大学出版的《清华暑期周刊·教授印象记》一文说:"清华园内有趣的人物真多,但其中最有趣的,要算陈寅恪先生了。"为此,清华园内有些学生便总是称他为"怪教授"。

堂堂正正的大教授,"怪"在哪里?人们都知道,这位先生曾留学欧美十多年,对西学十分精熟,然而他的衣着却着实"土气",没有半点洋味儿:夏季一袭长衫、布裤、布鞋;冬季则一顶"三块瓦"皮帽、长围巾、棉袍,再加羊皮为褂、棉裤扎腿带、一双厚棉鞋;戴上一副近视眼镜,完全是"三家村"里老学究的模样。

他的住所离教室有很长一段路,每次去上课,他总要将备用的书籍讲义用一块蓝方布包好,挟在右腋之下,一步一颠儿地低头走路。因为近视,所以走路只看脚下而从不旁视，也从不与旁人打招呼。

另外，陈寅恪在课堂上也有些"怪"。总见他吃力地把一包教材挟进教室，绝对不要助教帮忙。讲课时，他老是闭目而思，端坐而讲，滔滔不绝，全堂肃静。每讲到需要引证的时候，他就打开带来的参考书，把资料抄在黑板上，同样不需要助教代劳。他讲课的内容，都是他的心得和卓见，所以每门课听上好几次，仍有新鲜之感。他教学认真负责，绝少缺席，有人听了他四年课，没记得他请过假。

陈寅恪的记忆力是极为惊人的。那时候在国学方面，一般读书人能背诵四书五经就很不错了，而他却可以背诵十三经，而且对每字必求正解，不可谓不怪。

还有，陈寅恪十二岁就随兄衡恪（师曾）东渡日本留学。之后，又先后赴德国、瑞士、法国、美国等国留学。但他学习的目的不在于取得文凭或学衔，而在于真正获得学问。所以，他犹如天马行空，时来时往，听到哪里有好大学，便赶去听课和研究，并观察当地的风土人情。他在国外断断续续二十年，不曾听到他在哪里得过"博士""硕士"学位，甚至连个名牌大学的文凭也没拿过。然而，就是这个学识渊博，没有什么学衔的人，却由梁启超极力推荐，被清华大学国学研究院聘为四大导师之一。稍后，他又成为清华大学中文系和历史系唯一的合聘教授，还兼有"部聘教授"的荣衔。

有一位听陈寅恪课的清华学生曾不无感慨地说:"陈先生讲课也够怪的,讲白居易的《长恨歌》时,第一句'汉皇重色思倾国',为了考证一个'汉'字,旁征博引竟讲了四堂课。低年级学生听他的课,自然难以消受!"他这种教学方式自然也让人们认为他"怪"。

陈寅恪治学涉及面很广,文学、史学、宗教学、语言学、人类学、校勘学等均有独到的研究和见解,而尤以中古史之研究而闻名海内外。其外语,英文、法文、德文、俄文、意大利文、日文自不必说,就是蒙古文、满文、阿拉伯文、印度梵文、巴利文、突厥文、波斯文、希腊文、拉丁文、土耳其文,以及许多中亚细亚现有的或已经消亡的文字,他都通晓。这简直是教授中稀有的"一大怪"了。

有一次,他到西单牌楼一家西药店买胃药。当时西药店药品绝大部分是洋货。店员取出德国货、美国货和日本货,每种药的说明书上都是洋文。他将每个药瓶上的说明与盒内说明书都仔细看过,然后选购了一种。店员根据他的外貌,看到他自言自语的样子,把他当成了精神病患者。当随行人员在一旁解释说"他懂各种洋文"时,所有在场的人都向他投以惊异的目光。

民国二十六年(1937),抗战爆发不久,陈寅恪父亲陈三立在京逝世。家中几位长辈都主张依习俗请僧众唪经,但他却坚决反对,并对众人说,各种佛经他都读遍了,所有佛经都是骗人的。为此,他最后竟未参加为父亲诵经的丧仪，一个人随着清华的师生南下去了长沙。

陈寅恪1926年7月进入清华后，清华园里不论学生还是教授，凡有文史方面疑难的，都向他请教，因而被大家奉为"活字典""活辞书"。陈寅恪讲课时，研究院主任吴宓是风雨无阻，堂堂必到的；其他经常前往听课的，还有朱自清、冯友兰等名教授。

当年，清华大学著名哲学家金岳霖教授说过，陈寅恪"不是书虫，是正义感非常之强的学者，并且是了不起的学者"。民国三十一年（1942）五月，陈寅恪自香港逃难至广州时曾赋诗曰：

> 万国戈兵一叶舟，故邱归死不夷犹。
> 袖中缩手嗟空老，纸上刳肝或少留。
> 此日中原真一发，当时遗恨已千秋。
> 读书久识人生苦，未待崩离早白头。

民国三十四年（1945）八月，日本投降。陈寅恪立即作《闻日本乞降喜赋》一诗，表达自己的心情：

> 降书夕到醒方知，何幸今生见此时。
> 闻讯杜陵欢至泣，还家贺监病弥衰。
> 国仇已雪南迁耻，家祭难忘北定时。
> 念往忧来无限感，喜心题句又成悲。

张元济临难不惊

浙江海盐张元济先生,早年参加戊戌变法,后来致力于创办商务印书馆,是中国近代维新运动和文化史上有影响的人士,他一生曾两次身历险境,几乎丧生;可是他临难不惊,镇定自若,终于化险为夷。

第一次历险是在1899年,张元济参加康有为、谭嗣同、梁启超的变法运动,与康有为一起被光绪帝召见,陈述变革主张。同年9月下旬,慈禧太后软禁了光绪皇帝,戊戌变法失败,康有为、梁启超出逃,谭嗣同等六君子被杀;当时遍捕维新人士,纷纷传说张元济也在缉捕之列。在此危急情况下,张元济仍然每天到衙门上班,并且比平时早到晚退。他自己说是:

> 俾知余在署中,可以就近缚送,不必到家查抄,免得惊动老母。

张元济这种镇定态度，在心理上产生了一种奇妙的作用，使以慈禧为首的清政府顽固派误以为他不是"新党"。最后，张元济死里逃生，只得了一个"革职"的处分。

张元济八十六岁时曾作《追忆戊戌政变杂咏》十八首，其中两首就是叙述上面谈到的这件事情。录之如下：

东市朝衣胡太酷，覆巢余卵亦难完；
只应沟壑供填委，土芥臣原一例看。
满朝钩党任株连，有罪难逃心自安；
分作累囚候明迨，敢虚晨夕误衙班。

诗中的填沟壑、作累囚，说明他抱着必死之心以后，反而心地坦然了。"东市朝衣胡太酷""满朝钩党任株连"，则是谴责了慈禧杀人、捕人的残酷。

第二次历险是在1927年9月下旬。张元济先生突然被绑票，在匪窟中困居六昼夜。他想读书，但无书可读，更无纸笔。他就默默地"口占十绝"，这十首诗展示了他面对随时可能发生的不测处之泰然的胸怀。其中几首幽默风趣，诗意隽永：

寂寂深宵伴侣多，篝灯围语意偏和；
微闻怨说衾裯薄，只为恩情待墨哥。

（张无济自注：第一夕天气寒甚，守者终宵瑟缩，自言为银钱，故不得尔。按：墨哥，则墨西哥的简称，该国产银，故以"墨哥"指银元）

　　眼加瑷碟耳充绵，视听全收别有天；
　　悔被聪明多误我，面墙从此好参禅。

（自注：守者强余戴黑眼镜，并以绵塞余两耳，解释良久，始允撤去）

"仁者不忧，智者不惑，勇者不惧。"张元济先生临难不惊，可谓勇者矣。

"名落孙山"梁任公

提起新会梁任公启超,可称是中国近百年来的大名人、大学者、大社会活动家。

梁启超在光绪二十一年(1895)参加过会试,但并未金榜题名,话须从头说起——

光绪二十年(1894)中日甲午战争爆发,次年战事失利,清廷遂与日本签订了丧权辱国的《马关条约》。消息传来,举国哗然。是年,康有为、梁启超由广东赴北京会试。康、梁联络全国各省赴试公车举人一千三百余位,向光绪皇帝上书请愿,要求变法图存,这就是近代史上有名的"公车上书"。

当时礼部尚书任命云南昆明人陈筱圃(本名荣昌、光绪九年进士)为本科会试房考官,分管第十八房(广东省籍)考生。康、梁两人均参加了会试。会试总裁主考官为粤人李文田,阅卷大臣为徐桐。

这次因中日战争而延期的考试,又因"公车上书"事件而蒙上一层政治阴影。

试前，主考官与阅卷大臣即召集各分房考官密议："凡试卷迥不同众，言论犀利明灿者，即认为是康、梁之答卷，由各分房考官自行抽卷，不必上荐，即使上荐亦遏而不取；某房所荐者，即发还某房。"

陈筱圃在十八房中阅得一卷，观其文辞，详赡古雅，疑即康、梁之卷，限于密议之忌，未及上示。因距发榜日期尚多，筱圃再取此卷反复审阅，确认此卷作者实国家栋梁之材，不忍弃此明珠于不顾。今国家急需人才，若不推荐此卷，则有失为国家选材之职守。于是，陈氏不顾禁忌，毅然将此卷补荐，上呈主考总裁李文田。文田细察其文，亦疑为康、梁之作，即批还十八房，筱圃又二次再保，仍被批还。他仔细阅读批辞，知总裁李文田亦有爱才之心，致有"还君明珠双泪垂"之句，筱圃越不忍弃，时距发榜还有旬日，仍可补荐，陈氏仍不顾密议之忌，硬荐强保，并拟就长批大胆举荐，致函李文田总裁，慷慨陈词。经陈筱圃再三保荐，文田亦无可推诿，终于同意筱圃所请允其中额。及至填榜拆密封，康有为试卷虽列首位，但仅中进士第五。而筱圃三荐之卷，仍被削落，至此才知此卷乃梁启超之卷。

陈筱圃为之义愤填膺，后始知梁卷之落榜，乃阅卷大臣徐桐的主张。徐乃坚持原议，不允取中之故。陈氏三次硬保，终无济于事。

此次会议之后,在京会试各房考官皆非常钦佩陈筱圃的胆识,认为这样的长批硬荐,在有清一代的科举考试历史上是绝无仅有的事。

于右任名字趣谈

于右任先生是著名的书法家。他的一生,化名、笔名、自号、外号不下十多个,探讨起来,颇为有趣。

于右任先生名伯循,化名刘学裕、原春雨,另有笔名大风、骚心、剥果、半哭半笑楼主、啼血乾坤、杜鹃、关中于氏等,自号牧羊儿、神州旧主、太平老人、髯翁、草圣、元老记者。

关于"右任"的来历,据说是"任"由"衽"而来。"衽"者,衣襟。中国古代少数民族的服装,前襟向左掩,异于中原一带人的右衽。于先生以"右任"为字,表现了他的民族观念。

右任先生因以诗讥讽时政,遭清廷悬令缉捕。他于1904年逃亡上海,后入震旦学院就读时易名"刘学裕",以避清廷耳目。

"原春雨",这个名字也有一段故事。1926年4月,奉军进入北京,于右任被奉军通缉,遁居在皇城根一座寺院里。适友人找他,让他去苏联考察并做冯玉祥的工作,以收拾旧部,东山再起。为出使方便,商定找一位俄文翻译随同。后来找到一个叫马文彦的人。这位友人写信一封,叫马去天津英租界国民饭店找原春雨先生,并说:"原先生昨夜已赴津,你二人的路费他带着。"马心想,不是叫我陪于右任先生去苏联吗?怎么又找原先生?及至见到了才知道,原先生原来就是于右任。

"大风",是他主事《民呼日报》时的笔名。

"骚心",寓意为景慕屈原。1946年先生曾与文艺界知名人士发起以端午节为诗人节。先生在《民生报》发表文章时常用此名。

"牧羊儿",是他1939年著《牧羊儿自述》——写二十五岁以前自传时用的名。

"太平老人",是1943年3月15日,先生在重庆报纸上发表《太平海》一文,主张取消"日本海",正名"太平海"。这一宏论引起各方热烈研讨,因此获有"太平老人"之称。并请杨千里镌刻"太平老人"印章一枚。右任先生时年六十五岁。

曲园四代人

苏州城内有一条小巷名叫马医科，巷中有一座著名的园林叫做"曲园"，这是晚清朴学大师俞樾的故居。

曲园，因其庭园状如曲尺、弯弓，形似篆体"曲"字，俞樾取《老子》"人皆求福，己独曲全"之句意，题名为"曲园"，并自号"曲园老人""曲园居士"。

俞樾自撰《曲园记》，开头写道："曲园者，一曲而已。强被园名，聊以自娱者也。"曲园的大门内有一块匾额，乃李鸿章所书，题为"德清俞太史公著书之庐"。俞原籍浙江德清，在清代中过进士，授翰林院编修，而翰林又有"太史公"之称。俞樾与李鸿章是同榜进士，同属曾国藩门下，均是曾的得意门生。俞樾著作很多，因此当时曾有"李鸿章拼命做官，俞曲园拼命著书"之说。

曲园内有一座"春在堂"，它的来历，颇有一段故事。据说俞樾三十多岁时在北京保和殿礼部复试时，试卷中有诗题《澹烟疏雨落花天》。俞樾依题作诗，开首即有"花落春仍在"之句，深得主考官曾国藩的赏识，并以此名列前茅。故在"曲园"中以此题作堂名，诗集也叫《春在堂集》。匾额由曾国藩亲笔写，并有"附记"道：荫甫（俞曲园字）仁弟馆丈，以"春在"名其堂盖追忆昔年廷试"落花"之句，即仆与君相知始也。廿载重逢，书以识之。堂内还悬有一副俞樾壮年时自撰楹联：

生无补于时，死无关于数，辛辛苦苦，著二百五十余卷书，流播四方，是亦足矣；仰无愧于天，俯不怍于人，浩浩荡荡，数半生三十多年事，于怀一笑，吾其归欤！

这副对联，语气畅达，文思纵横，如见其人，乃是俞樾自己对前半生事业的高度概括，故流传颇广，许多港台和海外老人至今尚能背诵。

曲园中还有一座"乐知堂"，是俞家当年举行喜庆活动的场所。其堂名，系取《周易》"乐天知命"之意，堂内亦有一副很有风趣的对联：

三多以外有三多，多德、多才、多觉悟；
四美之先标四美，美名、美寿、美儿孙。

此联亦为俞樾自撰。这副对联，更使我想起了俞樾的一首《曾孙僧宝双满月剃头诗》，僧宝乃著名《红楼梦》研究专家俞平伯的乳名。此时即反映了俞樾晚年得曾孙的愉悦心情，便是诗中所谓的"美儿孙"。

这使我不禁想起了俞平伯夫子寄来的一张照片：老夫子是侧面背影，正在仔细观看手里捧着的一本书，书的扉页上五个隶书大字"曲园课孙草"，清晰可见。照片后面题了几个字，"此照联接寒舍四代人"。老夫子欢乐之情，从照片中和题字中是可以想见的。

怎么说一张照片联结四代人呢？这就要作一点细致的解说了。《曲园课孙草》是一本书，是曲园老人特地为孙子编写的一本学习八股文的教材，如今拿在平伯先生手中拍了张照片，平伯先生是曲园老人的曾孙，曾祖父写的书，曾孙拿着拍照，不正好是"四代人"吗？

社会上往往误解俞平伯先生是曲园老人的孙子，这是有原因的，因为曲园老人的儿子去世早，没来得及中功名就去世了，社会上都不晓得，家中亦很少提起。曲园老人把孙儿当儿子，从小就着意培养，那就是俞平伯先生的父亲俞陛青。俞家起名字是按五行金木水火土相生排行的。如金生水、水生木、木生火、火生土、土生金等。曲园老人名樾，是木字边儿的字，他的下一代起名字便取"火"字边儿的字，火字边儿的下一代便取"土"字边儿的字，所以曲园老人给孙子取名"陛云"，有一"土"在内，土生金，俞平伯先生学名"铭衡"，铭字有"金"字边儿。

又根据《礼记·曲礼》中"大夫衡视"一句的注:"衡,平也。"取字"平伯",伯是"伯、仲、叔、季"的"伯",就是第一个男孩子。这就是从命名和表字中,都可以看出俞平伯先生是曲园老人俞樾的长曾孙。20世纪30年代初期,林语堂办的《人间世》杂志,每期扉页,都用米色道林纸印一大张学人的照片,印过徐志摩、朱湘、黄庐隐、周作人、丰子恺等位的照片,亦印过一张曲园老人拄着龙头杖、拉着曾孙拍的照片。俞平伯先生当年曾把这张照片大量印了送人,在《鲁迅日记》中清楚地记载着这件事。照片的背景是有方格子窗棂的老屋,这就是苏州马医科巷的春在堂老屋,亦就是李鸿章题匾的"德清俞太史著书之庐",后面便是海内外闻名的"曲园"。曲园虽小,但在八九十年前,其名气远远超过什么网师园、怡园等。所谓"诸子峰经评议两,吴门浙水寓庐三",当时中国与日本两国的学术界,谁不知道身兼苏州"紫阳"、杭州"诂经"两处书院山长(相当院长兼主讲教授)的大学者俞樾——曲园老人——呢?直到今天,他写的"枫桥夜泊"碑的拓片,还常常被游人买了带到海外,作为最高雅的投赠礼品。

曲园老人当年有三个住处,即苏州马医科巷曲园春在堂,杭州西泠桥下俞楼,栖霞岭下右台仙馆。这三处哪里是基本寓所呢?主要是曲园,因为老人培养孙儿、培养曾孙,都是在苏州,所以陛云先生的青年时代,平伯先生的童年时代、少年时代都是在苏州度过的。

戊戌那一年，即光绪二十四年（1898），俞陛云先生晋京会试，以一甲三名进士及第，即人们俗话常说的"状元、榜眼、探花郎"的探花。中了探花之后，即入翰林院，授编修，从此陛云先生就住在北京，后来在东城老君堂胡同买了房子，院中有老槐树，这就是俞平伯先生在20世纪二三十年代写文章时，常常说的"古槐书屋"。俞陛云先生在翰林院做编修，是冷官，但这在清代是重要的进身上阶，几年中放两次主考，到外省取中一批举子做门生，就在官场中有了势力。编修如外放，一般是道员，弄得好，很快升臬台、藩台、署抚台，就是封疆大吏了。陛云先生1902年放了一任四川副主考，写了一本《入蜀驿程记》，是仿宋人行纪的写法，记由京入蜀的行程。放主考之后，没有几年，清代就结束了。陛云先生未能再做清代的大官。后来一直住在北京，直到50年代才去世，享寿八十三岁。

陛云先生是著名的词人，他的词集有《乐静词》等，叶遐庵编《箧中词》亦收有他许多首词，他的词的格调是花间正宗，不沾豪迈蹊径。下面举一首《浣溪沙》可见一斑：

风皱柔怀水不如，碧城消息近来疏，嫩凉人意倦妆梳。锦幄明灯鸳鸯梦，文梁斜日燕窥书，梦腾浑不信当初。

可以看出，从字句到意境，都是婉约一派的。陛云先生少年时，曲园老人特地为他编了《曲园课孙草》一书来教他制艺。到了陛云先生老年，又因为教孙儿、孙女学旧诗，编写了《诗境浅说》甲编、乙编两种，甲编讲五七言律诗，乙编讲五七言绝句。章式之老先生在序言中说，读到《诗境浅说》，很自然地想到当年的《曲园课孙草》，真是斯文一脉，累代相传，不但未堕家风，更重要的是几代人都在学术上有很大贡献，都为继承和发扬民族文化做出贡献，这是很不容易的了。《诗境浅说》甲编、乙编是开明书局出版的，是两本极为精简扼要的学诗入门书，可惜绝版多年，有哪家书局重印一下才好。由曲园老人到平伯夫子，四代人中，竟有三代学人，真可谓书香门第啊！

蔡公五哭

蔡元培是中国近代杰出的思想家、教育家，但又是一个极富感情色彩的人。他有几次惊天地、泣鬼神的痛哭，足以展示他丰富的内心世界。

1919年5月4日，北京爆发了震惊世界的五四运动，北洋政府下令镇压，当场逮捕了北大等学校三十多名学生。5月7日，在蔡元培的极力营救下，被捕学生获释。当许德珩、易克嶷等二十名北大学生回到学校时，蔡元培亲率全校师生在北大汉花园广场相迎。二十名学生站在台上与大家见面，蔡元培饱含热泪上台讲话，讲到激动处，禁不住热泪滚滚而下。蔡元培为有如此好的爱国学生和可恨的卖国军阀而哭。

1921年1月9日，蔡元培夫人黄仲玉不幸在北京因病去世。当时，蔡元培正好在瑞士日内瓦考察，得此噩耗，甚为哀痛。萦念相依相守二十春的亡妻，痛定思痛，写下了催人泪下的《祭亡妻黄仲玉》一文。祭文最后十分沉痛地写道：

> 死者果有知耶？我平日决不信；死者果无知耶？我今日为汝而决不敢信，我今日惟有认汝为有知，而与汝作最后之通讯，以稍稍抒我之悲悔耳！呜呼，仲玉！

由此，蔡先生与黄仲玉感情之弥笃，可见一斑。

1927年4月28日，蔡元培在北大的挚友李大钊被北洋军阀残酷杀害。那天，蔡元培正与马叙伦等人同游烟霞洞，在吃饭时，从《晨报》上看到此消息，顿时哀情大恸，热泪夺眶而出，餐桌上分不清泪水与汤水。李大钊是1917年蔡元培到北大不久恭请的著名学者，号称北李、南陈（独秀）"两巨人"。李、陈进了北大，通过他们，引进了一批新人，这使蔡元培如虎添翼，旧势力闻风丧胆。从此，北大的教育质量日新月异。李大钊的罹难，怎能不使蔡元培悲痛万分？他是为痛失爱国俊杰和痛恨反动派的滥杀而哭。

1932年1月29日，横行霸道的日本侵略者遣数十架飞机，对上海进行了狂轰滥炸。蔡元培多年经营的商务印书馆，亦在此劫中遭到毁灭。眼见随风飞扬的灰烬纸屑，面对断垣残壁的馆舍，蔡元培悲痛得一时说不出话来，只好与站在身边的张元济抱头痛哭。蔡元培是为国难当头、生灵涂炭、事业被毁而哭。

1934年的一天,年近七十的蔡元培在南京出席时任行政院长兼外交部长汪精卫举行的宴会上,苦口婆心地规劝汪改变亲日政策,站到中国人民抗日救国的立场上来。蔡元培说到动情之处,情不自禁地潸然泪下。举座高朋无不为之动容,就连铁了心的汪精卫,也如坐针毡,显得十分尴尬。这是蔡元培为革命党人的变节和亲日派的卖国求荣而哭。

胡适为齐白石编年谱

20世纪40年代末,上海商务印书馆出版过一本胡适编写,黎锦熙修订补充,后又经邓广铭润色的《齐白石年谱》。前不久在友人家才得见到,借来一读,颇多感慨。

白石老人一生画得最多的是花卉、翎毛、草虫、蔬果之类,但据说胡适早在1930年就珍藏他两幅女子人物画,弥足珍贵。齐白石自1919年就居住北平,对胡适在新文化运动中的声誉,久已倾心,只是无缘面晤。1945年,他特地刻了一枚篆字阴文"适之"石章,托人奉送给胡适。但直到这时,二人尚未谋面。

翌年秋,齐白石决定亲自登门拜访胡适,请胡适为他撰写年谱,并把他多年积累的生平材料,亲手交给胡适作参考。其中有齐白石自撰的《自状略》《白石诗草》《日记》,以及《齐璜母亲周太君身世》,还有与人来往的函件和报刊上评论齐白石的文章,甚至将王森然为他写的《齐白石传》也一并交给胡适。胡适过后曾说:"我很感谢他老人家这一番付托的意思,当时就答应了编写年谱的事。"

但是,由于当时胡适刚从美国归来就任北京大学校长,校务繁忙,直到第二年暑期才动手研究齐白石送来的材料。这些材料给胡适留下的第一个印象是:"我觉得他记叙他的祖母,他的母亲,他的妻子的文字,都是很朴素真实的传记文字。朴素的真美最有力量,最能感动人。他叙述他童年生活的文字也有同样感人的力量。他没有受过中国文人做文章的训练,他没有做过八股文,也没有做过古文骈文,所以散文记事,用的字、造的句,往往是旧式古文骈文的作者不敢做或不能做的。"并举齐白石记民国八年(1919)避兵乱北游时的文字为例:"临行时之愁苦,家人外,为予垂泪者尚有春雨梨花。过黄河时乃幻想曰:安得手有嬴氏赶山鞭,将一家草木同过此桥耶!"

胡适称赞这段文字,"是他独有的风趣,很有诗意,也很有画境"。胡适的这些评论,实际上是从文学的角度来肯定、赞扬画家高超的文学技巧与文学素养。这恰恰是以往评论齐白石的文章中所少有的。

齐白石尝自谓:"我的诗第一,印第二,字第三,画第四。"然而世人往往看重他的画和印,致使老人慨叹:"予不知知之者内真知否?"从这里不难看出,胡适绝非溢美和过誉,而是与齐白石自己说的"我的诗第一"的自评相一致的,成了真正理解齐白石的"知之者"。

胡适毕竟是位质直的学者,他恪守的格言是:"有一分的证据,只能说一分的话;我有七分的证据,不能说八分的话;有九分的证据,不能说十分的话,也只能说九分的话。"

胡适在阅读齐白石自撰的《自状略》时,发现其中有不符合事实的记载。即这里记的年岁同白石其他的记载里的年岁,竟有两岁的差异。

《自状略》白石老人署明是八十岁写的,其时当是1940年,由此上推,他的生年应该是咸丰十一年辛酉(1861),但白石早年的记载,如《母亲周太君身世》等篇,白石是生在同治二年(1863)。那么问题出在哪里呢?

胡适为了把这个问题的症结揭示出来,他请白石老人的同乡黎锦熙先生与他共同合作编纂《齐白石年谱》。因为黎与齐都是湘潭县人,两家又有六七十年的亲切友谊,相互之间,知之甚深。

后来,终于在黎锦熙多方探询下找到了"两岁差异"的原因。原来,白石老人因为相信长沙舒帖上替他算的命,怕七十五岁有大灾难,自己用"瞒天过海法"把七十五岁改为七十七岁。胡适为这一发现颇为得意,他曾写道:"白石老人变的戏法能'瞒天',终究瞒不过历史考证的方法。"

一般说,对于齐白石这样的老人,多报两岁年龄,实在是区区小事,无关大节,有什么值得大惊小怪的呢?谱主既然在《自状略》中暗示出生年是辛酉(1861),作为受人所托的捉刀者又洞悉其"瞒天"的奥秘,何不来个顺水推舟,让他自得其乐,逍遥"过海"呢?胡适却不愿作伪。不仅对《自状略》作了订正,而且在《年谱》的序言里加以着重说明,把其中的来龙去脉,一清二楚地端将出来,不仅使白石老人知其"伤疤"所在,也让广大读者明白其中的真相。

1957年10月,胡适买到一本《齐白石画集》,在扉页上曾写过这样一段话:"白石死在今年9月,他生在1863年12月,故他死时还不满九十四岁。此册小传说他生在1861年,是用他自称的岁数倒推出的,其实是错的。他七十五岁,就自称七十七岁,故报纸说他死时九十七岁,其实只有九十五岁,实不足九十四岁。"

偶翻1980年上海出版的《中国美术家人名辞典》,在齐白石条目下,有一行赫然入目的文字:"卒年九十七岁(实为九十五岁,因信术者言,跳过两岁)。"不难看出,是以胡适的话为依据的。

"张大胡子"脱险记

著名画家张大千,在青年时期即留起大胡子,人们常戏称他"张大胡子"。

1937年秋,日寇占领了北平。一天张大千偕夫人杨婉君去景山散心,返家途中遇上日本宪兵检查。宪兵一看到他的大胡子,连说:"你的于右任,嘿!大大的官于右任!"张大千急中生智说:"于右任是书法家,他不会画画。我叫张大千,是画画的。"说着,张大千就打开画夹,蹲在红墙角下画起来。他几笔勾出一个大螃蟹,那宪兵点头傻笑,索取了这张画,并要张大千留下地址才放走他。

宪兵下岗后,向日军北平司令官香月作了报告。香月一听到张大千的名字,哗地大叫起来,说:"张大千是中国大大的画家,大大的收藏家。"第二天,就派人去张家登门道歉,并提出要他出任日华艺术院院长,而且借张的藏画开个"中国历代名画展览"。张大千镇定地对来人说:"我张某是个画匠,画匠当官岂不让人笑话!不过,开个画展是非常好的。只是我的名画都在上海一个德国朋友家里，可去上海把它运回来。"对方走后，张大千自知风险，便先疏散家人，自己待机出走。

过了几天，那人又来了，声称奉香月之命，请张先生赴宴。张大千猜透香月的诡计，决定前往。席间，香月再次提出办画展之事，张大千故作高兴地说："在日华艺术院开个名家画展，很有意义。不过我收藏的历代书画都在上海，原是要在上海开的，现在在北平开也好。可是最近有一个坏消息，上海方面说我……"香月接下话说："说张先生被皇军杀害了，这是大大的造谣。"张大千接着说："我先在上海开个画展，然后再搬来北平。上海方面一看到我，谣言就可不攻自破呀！"香月听了觉得有道理，就同意了。

张大千由天津乘船去上海，行前很多朋友劝他把大胡子剪掉，免得再出乱子，张大千诙谐地说："这条大胡子原无靠山，现在就靠这条大胡子做通行证，路上谁也不能阻拦我了。"一到上海，张大千就托人把二十四箱历代名画转往香港，自己带着家人连夜乘船经香港转到了桂林。

柳亚子的口吃

柳亚子是中国近代诗坛上的一代宗师。他的诗文流畅自如,优美隽永。但在日常生活中的亚子先生,却是个有着口吃毛病的人,这大概是鲜为人知的。

柳亚子创办了反清革命文学团体——南社,并任社长。在南社的一次集会上,柳亚子对中国古代词坛上的一些名家发表评论道:"从周邦彦起,词就开始衰落,到了吴文英,词就糟极了。"这周邦彦是北宋的词家,他一味注重词句工丽和音律严格,而忽视内容,因此他的词作的内容多单薄无聊。吴文英是南宋的词家,号梦窗,工于词,以研练见长,填词一贯只追求形式、音律和华丽的辞藻。他有梦窗甲乙丙丁四稿,被宋人张炎讥讽为七宝楼台,虽炫人眼目,但拆碎下来,却不成片段。可见亚子是反对这种纯形式主义的词风。他欣赏那些能反映时代和现实斗争生活的豪放激昂的词作,故而他推崇李清照与辛弃疾。只听亚子口吃地说道:"南宋的词家,除了李清照是女子外,论男性只有辛幼安（辛弃疾）是可儿。梦窗七宝楼台，拆下来不成片段，何足道哉！"他的这席话顿时引起了轩然大波。

座中有位叫庞树柏的，一贯崇拜吴文英，他立即站起与亚子展开辩论。这时，又有一位蔡先生帮助庞与亚子辩论。在座的朱锡梁见状，站起欲为亚子助阵。怎奈柳、朱二人均患有口吃病，愈着急就愈说不出一句话来。亚子见对方二人正口若悬河，滔滔不绝地表述见解和评驳自己，而自己满腹的宏论又一时说不出来，因而急得当场大哭起来。

朱锡梁因口吃未能帮上亚子的忙，深感歉意。但事后，亚子仍表示对朱的感激，同时，为再次表明自己的文学主张，赠七律给朱云：

> 南宋词人谁健者？
> 瓣香同拜幼安来。
> 文场跋扈嗟侬独，
> 风气沦亡要汝开。
> 紫色蛙声都闰位，
> 铜琶铁板此真才。
> 别裁伪体吾曹事，
> 下酒何辞醉百杯。

柳亚子自幼起即有口吃的毛病。他平日说起话来，有时要很久才能继续下去。每每他说第一个字，聪明的友人揣其意帮他说出下面的话来。亚子虽然不善于讲话，但他的文章流畅有力，入木三分，讽刺渗骨。那时有人撰文大力提倡读经。面对这股逆流，柳亚子著文批驳道："时代已是1935年，而中国人还在提倡读经……主张读经的人，最好请他多读一点儿历史，诵《孝经》以退黄巾，结果只有做黄巾的刀下鬼罢了。"寥寥数十字就淋漓尽致地把那些提倡复古的道学先生们痛斥得无地自容也。

亚子与郭沫若既是诗友又是战友。早在大革命时期，两人在广州便结识。他们时相作诗唱和，谈论时政，抨击时弊奸佞。郭沫若曾作《今屈原》一文，以颂亚子先生，把他比作当今的屈原。在亚子五十七岁生日时，郭沫若还亲赋祝寿诗，可见两人情感真挚笃厚。两大诗人的友谊已成为诗坛上的一段美谈佳话。

刘半农负气出洋获博士学位

自1917年年初胡适发表《文学改良刍议》起,《新青年》杂志便成为文学革命的"司令部"。刘半农原在沪上,担任《中华新报》特约编辑、中华书局编辑,常在报刊上用文言文发表小说,为当时所谓"礼拜六"的重要作家之一。当时,他响应《新青年》号召,先后发表了《我的文学改良观》《诗与小说精神上之革新》等文章,积极参加文学革命。

1920年,刘半农出国前往英国深造,发愤要争个博士回来,据说是一气促成的。事情的原委是这样的:当陈独秀、胡适之等倡导文学革命时,他也随之倡和。但在北京大学任教时期,有些英美派的绅士很看不起他,有的暗讽,有的明嘲,甚至当面训斥:"你懂得什么,也有资格来提倡?"一气之下,他便去了欧洲。

在英国一年多,他除了在伦敦大学研究语言学外,还致力于写作新诗和民歌。《扬鞭集》中三首杰作《教我如何不想她》《一个小农家的暮》《在一家印度饭店里》均写于此时。

第二年夏,他转赴法兰西,入巴黎大学语音学院就读,专攻语音学。他在法留学四年,著有《国语问题中一个大争论》等文及《四声实验录》一书。此书后来由吴稚晖先生作序,在上海群益书社出版。

之后,他又用法文写成《汉语字声实验录》及《国语运动史略》两篇长篇论文,获得法国国家文科博士学位,并被推举为巴黎语言学会会员,受有法兰西学院伏尔内语言学专奖。其《汉语字声实验录》一文且由巴黎大学出版,列为《语言学院丛书》之一。他所获得的文科博士学位,乃是法国国家授予的,与普通的由大学授予的不同,他是中国第一个获此殊荣的人。

这年6月下旬,刘半农携带着大批的语音学最新仪器起程回国。第二年秋天,返回原来受尽明嘲暗讽的北京大学,任国文系教授,兼北京大学研究所国学课导师,中法大学文学院讲师,在古城北京继续从事教学工作。

鲁迅收藏刻印佛经

鲁迅与佛教自小就有缘。他不到一岁时，就被父亲带到长庆寺拜僧人为师，以祈求佛家保佑。鲁迅由此得了法名"长庚"，即长寿之意。鲁迅稍大时，曾出入庙宇，与佛教徒有过往来。儿时的这段经历，为他后来深入研究佛教文化奠定了感性认识的基础。

清朝末年及民国初年，学术界兴起了佛学研究热。其目的，有大力弘扬佛法者，有潜心整理国故者，亦有钻研佛学哲学者……鲁迅也受到这股学术潮流的影响，购买、阅读、收藏了许多佛学经典。他的好友许寿裳回忆说："民三（1914）以后，鲁迅开始看佛经，用功很猛，别人赶不上。"从这一年的鲁迅日记得知，他本年度购书中的半数是佛经，约有八十余种，仅4月19日就买了三十五册。可见其执着之精神不亚于虔诚的佛教徒。但他此举并非为了避世、出世，也不是单纯为了收藏，而是想从中寻求直面人生的思想武器。他将佛学置于哲学、文学、史学等角度来研究、借鉴，以汲取精华，传之于世；但也不排除兼顾世人对佛教的信仰，这一点常被人们忽视或避而不谈。其实，鲁迅胸怀博大，笃于亲情、爱心，并非只是执戟砍杀一切的莽夫。他于1914年施资请金陵刻经处刻印、出版《百喻经》就是典型的一例。

鲁迅共收藏有三种版本的《百喻经》，其中还有日本学者用日文校勘的。该书系古印度佛教僧人僧伽斯那著，南朝时来华印度僧人求那毗地译。经文中共有九十八则寓言故事，用来譬喻、解释佛教教义，每则故事后有一篇阐释性的议论。该经既富有哲理性，文学价值也颇高。饱读佛经的鲁迅对此评价："佛藏中经以譬喻为名者，亦可五六种，惟《百喻经》最有条贯。"他施资六十银元刻此经的原因有二：一是鲁迅为纪念母亲六十岁寿辰；二是经文译笔生动流利，与《伊索寓言》近似，可供翻译外国作品借鉴。

南京的金陵刻经处是驰名海内外的佛经出版机构，刻印的佛经被誉为上乘。该处于1915年1月将《百喻经》刻印成，"印送功德书一百本"，寄给鲁迅三十本。1926年，上海北新书局出版了删去佛教教戒的《百喻经》。鲁迅应邀为此版本作的题记说："天竺（指古印度）寓言之富，如大林深泉，他国艺文，往往蒙其影响……智者所见，盖不惟佛说正义而已。"向读者点明了该书超出佛教范围的积极意义。

可惜的是，鲁迅当年收藏的佛经已大多不存，保存至今的只有二十余种。因而，金陵刻经处完好保藏的《百喻经》的三十块刻板，就成为纪念鲁迅的珍贵文物。刻经处将刻板中的尾板捐赠给上海鲁迅纪念馆，以供陈列；并于1955年（鲁迅诞辰七十四周年）、1981年（鲁迅诞辰百年）两次重印了《百喻经》。赵朴初为1981年重印本所作题记说，"复首印此册，其亦法运更新之始欤"，以佛学家的口吻评价了此书重印对佛法法运更新的意义，则是见仁见智、理所当然了。另外，解放后还出版了根据鲁迅断句的《百喻经》铅字排印本。近年，也有出版社出版了该经的白话译本、注释本等。

顾颉刚与俞平伯

顾颉刚是著名的历史学家,而俞平伯是以《红楼梦》研究著称的学者,一史一文,如何能够相提并论?殊不知在五四运动前后,他们都是北京大学文科的学生,后来又都是北京大学文学院著名的教授,而且在学术研究、著作等方面,还有过共同研讨和相互支持。

俞平伯十三岁时即读了《红楼梦》,二十岁时在赴欧船上又熟读并与傅斯年谈论《红楼梦》;至于精心系统研究它却是在1921年春天,受顾颉刚与胡适讨论《红楼梦》的影响后才开始的。俞平伯与顾颉刚采用书信往来讨论《红楼梦》有半年多,互相启发,彼此辩驳,受益匪浅。1922年,俞平伯在这些书信的基础上,写成了《红楼梦辨》,并于1923年4月由上海亚东图书馆出版。顾颉刚在极冗忙的工作中,抽暇为之作序,称赞《红楼梦辨》是"以实际的材料做前导",用考证的方法研究出来的"一部系统完备的著作"。

应该说，当年如果没有顾颉刚与胡适讨论《红楼梦》开风气之先，如果没有俞平伯与顾颉刚讨论《红楼梦》的几大本通信，如果没有顾颉刚的热情鼓励和无私提供宝贵的红学资料，如果没有俞平伯不失时机的研究和写作，《红楼梦辨》绝不可能那么快问世。正像顾颉刚所说，《红楼梦辨》只是俞平伯发表《红楼梦》研究的开头。此后数十年间，他根据不断发现的新材料，不仅修订了《红楼梦辨》中的错误之处，而且写出了一系列红学研究论文，完成了集本校勘《红楼梦》的工作。

天有不测风云，人有旦夕祸福。1954年，因为《红楼梦》研究观点上的分歧，俞平伯受到不公正的待遇，被称作"资产阶级知识分子"，遭到批判。有趣的是，历史学家顾颉刚居然敢于公开为俞平伯鸣不平。1957年年初，他在接受记者访问时谈道，在批判俞平伯红学思想的时候，把他骂得一钱不值，这是一种"围剿"的办法。指出"围剿"对开展"百家争鸣"妨碍甚大，它会使很多人有话无处说，或有话而不敢说。他认为俞平伯对于《红楼梦》的看法有片面性，说他为不全面则可，断定他最绝对的错误而且出之以谩骂的态度那就不对。他说，倘使把这种态度发展下去，那陡然高筑了宗派主义的壁垒，走汉武帝式的"罢黜百家，独尊儒术"，哪里说得上"百家争鸣，百花齐放"？这意见是够尖锐的了，只可惜他的话未引起官方足够的重视。

三十年后,在"庆贺俞平伯先生从事学术活动六十五周年"大会上,中国社会科学院院长胡绳终于代表官方为俞平伯平反了。称俞平伯先生是有学术贡献的爱国学者,承认他在20年代开始的红学研究是有开拓性的,承认1954年因《红楼梦》的学术问题而对俞平伯实行的政治围攻是不正确的,是不符合中国共产党的"双百"方针的。俞平伯有幸以八十七岁高龄迎来了自己的河清日,顾颉刚九泉之下恐怕也会为此感到欣慰。

顾颉刚和俞平伯,自幼都生长在苏州。因为俞平伯祖籍浙江省德清县,所以,他只得承认"顾颉刚才真是苏州人"。虽然他们"少同里闬未相识",可是,他们对苏州的方言、吴声的歌唱是熟悉的。1925年,顾颉刚编成《歌谣专集第一种》,也是他"生平出版的作品的第一种"的《吴歌甲集》时,除了自序,还高兴地请了胡适、钱玄同、沈兼士、刘复和俞平伯五人为之作序。明眼人一看便知,这里除俞平伯是小字辈,其余均为当时的北大教授。顾颉刚说:"我的心目中没有一个偶像,由得我用了活泼的理性作公平的裁断。""我固然有许多佩服的人,但我所以佩服他们,原为他们有许多长处,我的理性指导我去效法;并不是要把我的灵魂送给他们,随他们去摆布。""惟其没有偶像,所以也不会用势利的眼光去看不占势力的人物。"(《古史辨》第一卷)他是这样做了,才会这样说的。如果当初俞平伯请顾颉刚为《红楼梦辨》作序是出于对学长的感激和敬重,那么,这次顾颉刚请俞平伯为《吴歌甲集》作序就完全是出于友情了。

俞平伯不愧为《吴歌》的知音,在被请的五人中,他最先交卷。他由吴歌想到方言文学,认为"方言文学不但已有,当有,而且应当努力提倡它",从方言文学又想到"原始的诗与歌谣不分,即到现在,它们的分割也不是绝对的,即如此书中所收,名为山歌,尽有许多极好的诗","没有诗意的歌谣固然有,但打开名家的集子,没有诗意的诗又何尝少了"。从他主张新诗还淳返朴的思想中,我们可以知道他对以土话写的,且流行于民间歌谣的看重胜于诗。他寄厚望于《吴歌甲集》,谓"数千年之后,若再生一孔子,安见不把它著录于十五国风之外,另立一《吴风》呢"。俞平伯的序至今读来仍感到亲切、风趣,不失为一家之言。

顾颉刚是一位事事认真而又敢于讲真话的人。1980年12月25日,他因脑溢血逝世。他生前为了祖国的古史研究、古籍的辨伪、考证,无私地奉献了自己的学识和才华;死后又将遗体献给中国医学科学院,供解剖研究之用。这是多么伟大而又崇高的中国知识分子的典型!俞平伯先生追怀老友顾颉刚,悲痛的心情无法抑制。往事如尘,他痛定思痛,吟成了《思往日五章》。这情真意切的诗句,概括了他们数十年的交往。就让我以这五首诗作结吧。

昔年共论《红楼梦》,
南北鳞鸿互倡酬。
今日还教成故事,
零星残墨墨甄留。

少同里闬未相识,
信宿君家壬戌年。
正是江南樱笋好,
明朝初泛石湖船。

株守穷庐业已荒,
悴梨新柿各经霜。
灯前有客翩然至,
慰我萧寥情意长。

朋簪三五尽吴音,
合上耆英会上寻。
秘笈果然人快睹,
征文考献逐初心。

毅心魄力回无铸,
长记闲评一句留。
叹息比邻成隔世,
而看著述已千秋。

林海音与《城南旧事》

据报道,上海拍制的影片《城南旧事》在马尼拉第二届国际电影节获最佳故事片大奖时,一位日本人曾大声呼喊:"今天晚上是属于中国人的。"我看到这则消息,顿时衷心感奋,心中默念:我就是中国人——虽然我现在身不在国内。

《城南旧事》的作者是台湾女作家林海音,我的一位老友老陈对她比较熟悉。她原名林含英,幼年住在北京,十二三岁时就在北京的小剧院当过小演员,后来考进北京《世界日报》开办的新闻专科学校。据老友说,从那时起,曾和她在《世界日报》同事多年,那时新闻学校有号称"关、高、林、夏"的四位女同学,其中的"林"就是她。在《世界日报》一次新闻联欢会上,老陈曾和她同台在一出话剧《虎去狼来》中演过戏。陈饰主角华裁缝,她扮演华裁缝的女儿。她的个性泼辣,按照剧本,有一场戏她应该给陈跪下,但她坚决不跪,陈叫她跪,她说:"你才比我大三岁，凭什么给你跪？"陈说这是剧本规定的，她说："剧中规定也不行，为什么偏要跪？跪了你又没什么，我就不跪。"结果还是没跪，但据说在那出戏里她表演得确实是好，悲剧性的情节演得逼真动人，在一次对白中，扮演她父亲的陈被她的逼真表情感染得直哭，真流泪了。

林海音，个子不高，鸭蛋脸，五官清秀，天资聪明，反应快，理解力强，多才多艺。她的丈夫夏承楹是一位口琴名手、排球健将，当时也在《世界日报》工作。1947年他们和陈同住北京南长街一条时，初秋的一个傍晚，她曾到陈家去玩，那时她怀孕在身，已大腹便便了。

1948年，海音偕母亲、丈夫和孩子离开北京回台湾原籍，至今已三十多年了。这些年来，她在台湾已有不少成就，她写过很多篇小说，经营过出版社和担任过台北刊物的主编多年，成为台湾著名的女作家之一。但是，事隔三十多年，她对故地北京还寄予如此深情，《城南旧事》不就是这种怀旧感情的流露吗？此次《城南旧事》影片获奖，当又是她晚年文学生涯中的一件可喜可贺之事。

《城南旧事》影片获奖，使我感触良多。我想说，不管是台湾的作家还是内地的导演，反正这部影片评出的获奖者是中国，不是别的国，凡是中国人都应引以为豪。我只盼望中国人能够在国际上多多获得一些"最佳"一类的大奖，愿我炎黄子孙永远在地球上扬眉吐气。

陶行知的五柳村

劳山下有几间草房,与普通农舍无异,门前种了几棵柳树,陶行知命名"五柳村",这就是他在晓庄时的私人住宅。他的歙县老家有五柳巷、五柳堂,他在那儿曾度过欢乐的童年。他所以喜用"五柳",或许含有一点儿纪念祖上诗人陶潜的意思吧。

1932年年初,陶行知把家从北京搬来,一家老小八口,欢聚一堂,过着纯然农村的生活。他要在此为别人创造"乐园",自己却并不想当隐士。他的一家是和乐的,可惜妻子得了精神分裂症,生活不能自理,母亲年迈,诸儿年幼,幸有妹妹文渼帮助料理家务,解除他不少后顾之忧。文渼自从丈夫死后,唯一的志愿就是竭尽全力帮助哥哥开创晓庄教育事业。她很贤惠能干,想要创造一个卫生的、科学的、经济的、艺术的与爱的家庭。她主张农村妇女教育应以生产活动为中心,为此她创设了晓庄农暇妇女工学处。她深信进行乡村教育最有效的办法是"夫妻学校",她对那些产生了爱情的"乡姑"和"牛郎",都怀着敬意和希望。不幸的是,她因工作繁忙,积劳成疾,来晓庄才半年就去世了。文渼死后,陶行知十分悲痛,他说:"十年来,妹妹没有一件事不曾给我很大的影响和帮助,她一直在我心里活着,我愿她仍旧帮助我做个有益于人类的人。"

陶行知一家在"五柳村"只住了三年光景,后因晓庄被封,自己被迫只身逃亡海外。1931年3月27日,他刚从日本回到上海,就挥笔写下两首《五柳先生》问答诗,表达了他对五柳村的深情怀念。诗是这样写的:

问:五柳先生今安否?
析疑请看大门口。
折腰不为五斗米,
缘何偏重折腰柳?
答:五柳先生笑致辞,
愿君且莫诬吾柳。
不是柳腰是柳手,
要招诗人与酒友。

这首五柳村问答诗,表明了陶氏的人格和风范,也表达了他对五柳村的深情。他一生为改革中国教育事业作出多少惊人的成绩啊,可他生前竟连一个安身之所都没有。

1941年,他在重庆与吴树琴女士结婚,只把一个旧碉堡改作新房。

他最后一百天在上海战斗着,呼唤着,是住在一个狭小的亭子间里。他很贫穷,可他一生却时时想着贫苦的老百姓。

五柳村现在只剩下一个荒凉的遗址了。与他相邻的"冯村"(冯玉祥所建)、"桃花村"(女生宿舍)、"樱花村"(幼稚园),皆已荡然无存,只有象征晓庄女青年蓬勃意志的桃花还在年年开放,象征幼儿轻盈可爱的樱桃还在年年结着鲜红的果实。

五柳村是值得人们永远怀念的!

陶行知和他的爱妹文渼所开创的事业将永传后世。

郑振铎抢救古籍感人

郑振铎是中国新文化运动的杰出人士,他在抢救古籍文献方面,有着很多感人事迹。

抗日战争时期,他在上海暨大任教授。每天除授课外,将全部心血都用在了抢救中国的古籍文献上。

日本帝国主义在军事上大举进攻中国的同时,亦加紧对中国文化的掠夺,派遣文化特务来华抢购古籍文物,美国亦趁火打劫,其国会图书馆东方部主任赫美尔亲自坐镇指挥,并公然宣称"将来研究中国史学与哲学者,将不往北平而往华盛顿,以求深造"。

郑先生面对国家文献危在旦夕的严重局面,心急如焚,深感保护民族文化义不容辞,遂力鼎千斤,毅然挑起了这副重担。记得当时他曾说过这样一句话:"我辈苟不留意访求,将必有越俎代庖者。"

开始,郑先生以个人之力,奋力拼搏。他风雨无阻,奔波于四马路的各家书店,访求、罗织了大批明清古籍。

为购进书贾手中倒卖的珍贵版本，他将自己收藏的明清刊杂剧传奇等数十种，忍痛转给了北平图书馆，因为这毕竟还在中国。之后，他又感身孤力单，难以拯救更多文献之厄运，遂同张菊生、何炳松、张咏霓诸人联络，形成以其为首的抢救古籍之联合战线。

当时，北方的书贾纷纷南下，目标集中于江南几家有名的藏书楼散出的书籍。郑先生为国求书破费私囊，款待各方书贾，与之广交朋友，并以己之言行，唤起书贾之爱国热情，以此扩大了联合战线。这样一来，郑先生对书市信息、书贾动向、书价变化都了如指掌。江南所售古书，首先由郑先生过目挑选，山西、平津、广东、武汉等地的许多古书与文献，亦没有一部重要的东西溜过他的慧眼，日美文化盗贼只能选走他捡剩下的那部分了。

郑振铎的行动引起了日本侵略者的注意，他们曾派一名叫清水的文化特务，通过一个汉奸给郑先生送去一张数额颇巨的支票，并请他出来主持文化工作，以此进行收买。郑先生大义凛然，当场撕碎支票，怒斥汉奸。

抗战八年间，郑振铎冒着艰难危险，为国家抢救了古籍文献三万余册，不少书连当时的中央图书馆、北平图书馆都无收藏。其中以购得丁初之《脉望馆抄校本古今杂剧》六十四册最为珍贵。该套书包含二百四十二种元明杂剧，大半已湮没散佚，世所不传。郑先生之举，为中国文学史上平添了百多本从来未见的元明杂剧，可当功垂青史。

1949年5月,他看到当时北京一些珍贵文物、图书无人管理,散佚、被损、被盗严重,建议政府成立了文物局,郑振铎任局长。

郑振铎于1958年因飞机失事而不幸逝世,是一大损失。

泰戈尔在徐志摩家做客

泰戈尔自1913年获诺贝尔文学奖后，名声大振，世界各国纷纷邀请他去演讲。当时由梁启超、蔡元培主持的讲学社也向泰戈尔发出了邀请。泰戈尔应邀访问期间，徐志摩以诗的语言进行翻译，流畅华丽，极为成功，泰戈尔与他结下了深厚的友谊。

此后，徐志摩在从欧洲返国途中，去印度拜访了泰戈尔，同时坚邀他再度来华。

1929年3月，泰戈尔践约来到上海。徐志摩和陆小曼都兴奋不已，并做好了准备。那时他们家有三间半屋，三楼一间亭子间虽然小了些，但结构相当精致，决定把它腾出来让泰戈尔住。徐志摩按照印度人的生活习惯，在房间内铺上厚厚的地毯，只放几只软靠枕。

泰戈尔踏进徐家后，只说了一句："噢，这就是你们的家！"待进屋，便一边饶有兴趣地观看，一边用英语和他们交谈。当走到三楼时，志摩兴致勃勃地打开那间自己费了许久精力和时间准备的印度式房间,热情地说:"罗宾爷爷,这是我们专为您准备的卧室,请进。"

泰戈尔微微点了点头,然后又和蔼地问:"那么你们的卧室呢?"徐志摩忙把他领进另一个房间。老人家十分有兴趣地看着,然后频频点头,说:"素思玛,我看这间房饶有东方风味,古色古香,就让我睡这里吧。"徐志摩愣住了,小曼却笑着用英语说:"我今晚就要到印度过夜了。"三人哈哈大笑起来。

三个多月后,泰戈尔前往加拿大、美国、日本讲学,在返回印度的途中,又来到上海。

此次见到的泰戈尔脸色灰暗,与三个月前的红光满面已完全两样,而且话也不多,有时还带咳嗽。在徐志摩家,他讲述了自己在美国补办护照时受到的粗暴对待,很是气愤,直到第三天,怨气才平息了一些。

闲谈间,泰戈尔发现桌上有一本厚厚的大书,装帧很精美。问徐志摩是什么书,他告诉老人,这是一本纪念册,因为他酷爱书法和绘画,又爱结交名流,这本由不同颜色的精制笺纸装订成的纪念册是专供朋友题词和作画的。当泰戈尔打开这本册子,里面已经有了胡适的题诗和闻一多作的画……

徐志摩和陆小曼都要求泰戈尔在这本纪念册上作画。泰戈尔欣然答应,在一张洒金的大红笺纸上作了一幅水墨画的自画像,笔调粗犷,近看像一位老人的大半身坐像,远看又似一座小山。他又在右上角写下了一句英文小诗，意思是：小山盼望变成一只小鸟，摆脱它那沉重的负担。在另一页上，他又用孟加拉文题了一首小诗：路上耽搁樱花谢了／好景白白过去了／但你不要感到不快／（樱花）在这里出现。

题毕，他用孟加拉语念了一遍，才把画册递给了徐志摩。这时，徐志摩和陆小曼都发现泰戈尔的眼里含满了泪水。

一会儿，他从手提箱里抽出一件极为珍贵的紫红色丝质印度长袍，赠予了徐志摩作为永久的纪念。从此，二人再也未见过面。

沈雁冰孝亲之婚

大作家沈雁冰（茅盾）先生是一个极孝顺的人，甚至在婚姻问题上亦是如此。他才华横溢，著作颇丰，而夫人孔德沚却是"德而无才"的传统中国妇女。

在沈雁冰父亲灵位的遗像两旁，挂着他母亲工楷写的对联：

> 幼诵孔孟之言，长学声光化电，忧国忧家，斯人斯疾，奈何长才未展，死不瞑目；
> 良人亦即良师，十年互勉互励，雹碎春红，百身莫赎，从今誓守遗言，管教双雏。

沈雁冰后来称这副对联对他影响极深。

在浙江桐乡乌镇，孔家和沈家是世交，沈雁冰祖父经营泰兴昌纸店，跟孔家的纸马店、蜡烛店有生意上的往来。沈雁冰五岁那年夏天，两家祖辈在玩笑间为孙儿（女）

定了亲。

然而,他们后来才知道,孔家思想十分守旧,一直没让女孩子上学;而沈雁冰却已是商务印书馆编译所的编辑了。沈母怕沈的"娃娃亲"妨碍前程,要沈雁冰另寻佳偶。沈很孝顺母亲,此时又想起那副对联,执意尊重父母之意,称不在乎孔家千金有无文化。

1918年2月,沈雁冰同孔家三小姐结了婚。婚后沈才发现,孔小姐只认识一个"孔"字,对"北京离乌镇远,还是上海离乌镇远"也搞不清楚,甚至连大名都没有。

从此,沈雁冰和沈母轮流教孔小姐识字。只是孔小姐一直没有名字,沈母便命沈雁冰为她取个名字。

沈雁冰想,据说天下姓孔的,都出自孔子一脉。其家谱规定,"繁"字下面是"祥""令"。岳父名祥生,两个小舅子名令俊、令杰。沈于是给她取了两个名字"令娴"和"令婉",由沈母定夺。

沈母膝下无女,心中寂寞,待儿媳如闺女,因此对沈雁冰的两个名字都不满意,要他按沈家家谱排序取名。

沈雁冰原名沈德鸿,本辈人应有"德"字,女性名字又一定要有"水"旁,于是沈信口取名为"德沚"。从此,沈夫人便得了大名"孔德沚"。

孔德沚婚后一直成为沈雁冰的贤内助,这场婚姻真可谓"同甘共苦,白头偕老"矣。

马寅初过文武两"昭关"

人口学家马寅初先生淡泊寡欲、潜心治学。同时,他性格刚毅、敢于直言,深得世人尊敬。

抗战期间,马寅初在重庆大学任教。当时国难当头,政局混乱,通货膨胀十分严重,老百姓生活在恐怖与饥饿之中。报上传来政府宣布"法币外汇牌价猛跌一半"的消息,小有储蓄的人家辛辛苦苦攒下的钱,一夜之间即变为废纸。而那些达官显贵、金融衙门里的大员以及与这些大员暗中勾结的豪门巨贾们,则于事前得知这一消息,早把中国银行库存的黄金与外汇提借一空了。神通广大的,甚至一手从中央银行取得贷款,一手去外汇部抢购黄金与美钞。马寅初得知此事,气愤地说:"成何体统,成何体统!"他满怀义愤地向重庆《新华日报》与《商务日报》的记者慷慨陈词,痛斥了那些不知亡国恨的家伙。

随后,马寅初又提议提前召开"经济社年会"。会上,他责问当时任财政部长的孔祥熙:

听说这次调整外汇牌价公布之前,那些洞悉内情的人拼命从市场上抢购美钞、黄金和白银,通过种种不正当的手法套购外汇,一夜之间发了大财。请问部长先生作何解释?

几句话问得财政部长哑口无言。不久,马寅初又多次撰写文章,发表演说,言辞尖锐有力,提出向发国难财者征税。因此,郭沫若誉他为"捶不扁、炒不爆的一颗铜豌豆"。

1940年的一天,黄炎培请马寅初吃饭。饭毕,跑堂的递过来两只鼓鼓囊囊的信封,说是在门口站了半天的两位先生托他转交的。马寅初打开其中一封,一只派克金笔从中露出头来;随着又露出一张三寸宽的纸条,上写"请马老先生笔下留情"。在旁观看的黄炎培已明白了几分,说道:"这是让你过过文昭关。"马寅初又拆开另一封,里边却是两颗子弹,也附一张三寸宽的条子:"如果你不识相,还要开口攻击党国要人,就叫你尝尝这种'卫生球'的味道!"黄炎培见状,又插话说:"这回让你过过武昭关!"

可是,文武两关并未能使马寅初动容改色,他坦然地将信封装进口袋,用手一招,叫过跑堂的说:"回头有机会见到那两位送信来的朋友时,请你转告一声,说这两份厚礼我马某都收下了。"

黄炎培既钦佩马寅初的胆识,又为他的安全担心,便

劝他下星期的演讲不要去了。马寅初一顿足,激动地说:

两万里的江山落尽胡人之手,何敢再惜这区区五尺之身?演讲我照旧去,而且不会迟到一分钟。

真可谓一铮铮男儿。

诗人徐志摩之死

诗人徐志摩先生不幸逝世已经八十多年了，光阴荏苒，思之令人有"时不我予"之感。诗人是1931年11月19日乘邮政局运送邮件的飞机，由上海赶回北京的途中，飞机撞在济南附近的白马山上死的（过去常有人写文章说是撞在泰山上，那是猜测之言）。当年在上海和北京之间，还没有客机航路，他乘坐的是运送邮件的小飞机，即使不出事，也是十分颠簸的，但他为什么还要坐呢？这是因为他那天急于要赶回北京。当时他匆匆由北京赶来上海，是因为其夫人陆小曼在上海开支不够。正巧友人蒋百里要卖掉一座大房子，让他来上海在契约上签个字，做个中人，可以分一笔"中佣"钱，以补贴其夫人的家用。签完字分到钱本来可以在上海多住几天，可是又因为梁思成夫人林徽因女士在北京要给外国人士作一次中国建筑艺术的演讲。他急着要赶回北京，一是听这次演讲，二是必要时还得担任"舌人"之职。因之来去匆匆，却不幸因飞机失事而遇难。他死时只有三十七岁，正值壮年，是中国文化界、教育界很大的损失。

徐志摩1922年由英国留学回国后，不久即应北京大学蔡元培、胡适之等聘，到北京大学任教授。他是"部聘教授"，工资高达银元五百。但他还不够用，主要是其夫人陆小曼女士的开支太大。当时他在北京做教授，虽又兼南方一些大学的课，如南京中央大学、上海光华大学、大夏大学等，但主要是在北京大学，因此他的家应该安置在北京才是。但其夫人嫌北京西洋化的娱乐少，把家安在上海，他自己一个人则寄居在北京景山东街胡适之的西式小楼上。

他住在北京，每月要汇四百多元给上海的陆小曼。而陆在上海置办时装，参加跳舞会等，维持其"贵夫人"的生活，还常感拮据。在最紧张的时候，他把每月工资，只留三十元自用，其他全数寄给夫人。这样，这位月入颇丰的大诗人，反而日处困境了。三十元大洋，在当时如果给一个普通人，养一家人也绰绰有余，但给一位应酬频繁的大诗人、大教授，便不够用，难免破袖口的衬衫也穿在身上了。

作家说相声

几位朋友饮茶,聊起老舍先生的《茶馆》,称赞之余,免不了为他的撒手人寰更增几分哀叹。由此,老舍先生的音容笑貌仿佛又浮现在眼前。

我和老舍先生相识是在20世纪30年代的北京,未见面之前,就听说他在北京读书时,不但功课出色,而且非常健谈。当时学校每周末有讲演会,虽是为了锻炼大家的口才,但几乎每次都被他独占鳌头。这充分表明了他具有演讲的天分。等一接触,果然名不虚传,看上去似很严肃,一谈起话来,却幽默风趣,常常引得人捧腹大笑。这在后来,也成了他创作上的独特风格。

当时,他有一位要好的朋友,就是梁实秋先生,也很健谈。他们经常聚在一起,总是海阔天空,聊个没完。这个诙谐地说东,那个幽默地道西,这个笑谑地说南,那个风趣地话北。抬不完的杠,顶不完的牛,常使人笑得肚子疼。大家常议论说,如果他俩说一段相声,一定是一对好搭档。不想这个想法于十几年后,居然成了现实。

那是抗战时期,我辗转到了重庆,住在风景如画的北碚文化区的一座小山上,正巧老舍和梁实秋也住在那里。其时的老舍先生已是誉满海内外的大作家了,在重庆主持全国文艺界抗敌协会工作。梁实秋主编《中央日报》副刊。两人时相过从,见面仍是那么诙谐、笑谑,使人愉快。

1944年秋天,国文戏剧专科学校校庆,校长余上沅先生邀请了不少文化界知名人士出席。会上大家各献节目,热闹非凡。有人乘兴建议请老舍先生和梁实秋先生说一段相声,顿时群起响应,掌声如雷。他俩面带笑容,相互一瞥,就这一传递眼神儿,便把大家逗乐了。于是两人同时起身,各从怀里抽出一把破旧折扇,似乎早已准备好了的,摇摇摆摆登上台去。两人恭恭敬敬向大家鞠了三个躬,然后,一个面容郑重严肃,一个笑得直不起腰来,这就像传染一样,马上引得大家哄堂大笑。接着,老舍先生用扇子向大家一指,全场立即安静下来。他们两人你敲敲我的肩,我戳戳你的头,用道地的北京话说起了相声。虽然两人事先并未商量,完全是即兴发挥,但配合默契,天衣无缝。一会儿这个一本正经,一会儿那个笑容可掬,信手拈来都是笑料,表演得既熟练,又精彩,一句话,一个动作,都令人拍案叫绝。全场笑声鼎沸,有的人笑得前仰后合,有的人笑得流出了眼泪。

1949年,老舍先生自美国飞回祖国,陆续写了不少剧作,梁实秋先生则去了台湾。而今,他们都已先后作古,空留下一段文坛佳话。

曹禺在津演戏剧

中国著名戏剧家曹禺不久前在北京仙逝，他是中国文坛的一颗巨星，这颗巨星最早是从天津升起的。

1910年曹禺（原名万家宝）出生在天津海河边的一座老式院落内。他的父亲万德尊当时是直隶卫队的标统，相当于一个团长。他的母亲在他出生三天后便得病亡故。小家宝是在继母、奶妈的哺育下长大的。

家宝三岁时，继母就抱他到戏院看戏，稍大些，跟着继母站在凳子上看戏，他从小对文明戏就很感兴趣，童年时代所看的戏，在家宝幼小心灵中播下了戏剧的种子。

十二岁时，家宝在天津南开中学入文学会，和同学们一起编辑《玄背》副刊。他写的小说《今宵酒醒何处》刊登在该刊第六期上，到第十期载完，署名曹禺。这是家宝第一次用这个笔名发表作品。家宝姓万，草字头下一个"禺"，"草"谐音"曹"，曹禺的笔名由此而得。

1925年，曹禺参加了南开新剧团，接受团长张彭春的艺术指导，排演了丁西林的《压迫》和田汉的《获虎之夜》。后曹禺又出演易卜生《娜拉》中的女主角娜拉，获得巨大的成功，展现了他那天才的演技。他和南开新剧团的佽鼐如、张平群、吴京、李国琛被当时天津文艺界誉为"南开五虎"。

在南开大学政治系学习期间，曹禺改编了高尔斯华绥的《争强》，并因之而结识了《大公报》的黄佐临，从此两位未来的戏剧大师结下了深厚的友谊。1932年，曹禺从十九岁在天津南开大学时开始孕育的《雷雨》，在清华园结果了。1934年发表在巴金、靳以编辑的《文学季刊》上。翌年8月，天津市立师范学校孤松剧团在本校大礼堂演出首场《雷雨》。扮演鲁贵的是后来的名演员石羽。排练中，他们还特邀曹禺前往指导。

从清华毕业后，曹禺在河北女子师范学院担任外国文学教授。此间，他开始了《日出》的创作。上海著名电影演员阮玲玉在恶毒谣言和卑鄙诽谤中服毒自杀是触发曹禺写《日出》的一个重要因素。《日出》所根据的原始材料多半发生在天津。《日出》第三幕中的下等妓院取材于天津南市"三不管"。像翠喜、小东西等人物都确有其人。为了学数来宝，半夜里曹禺在一片荒凉的贫民区等两个吸毒乞丐，结果被打，一目险些失明。尽管遭受如此折磨、伤害，他仍把调查坚持下去，获得了宝贵的第一手材料。

1936年6月，曹禺的第二部巨作《日出》在《文学月刊》

开始连载,至9月第四期载完。天津《大公报》文艺副刊还为《日出》一剧向曹禺颁发了奖金。

同年,曹禺曾将日译本《雷雨》寄赠鲁迅先生校正。鲁迅收到赠书后,在同美国记者埃德加·斯诺谈话中,介绍中国剧作家时说:"最好的戏剧家有郭沫若、田汉、洪深和一个新出现的左翼戏剧家曹禺。"

张恨水与天桥

一代章回小说家张恨水，曾经是天桥的常客。他早年在《益世报》供职的时候，每得闲暇，必到天桥一游。

《益世报》是在中国的罗马公教（天主教）教会出版的报纸，1915年10月在天津创刊。该报在北京的分馆，设在和平门外南新华街路东。张恨水担任该报文艺版主编兼校对时，投寄给文艺版的稿件，有不少是取材于天桥艺人生活的小说、散文或诗歌。他对天桥有浓厚的兴趣，常约二三好友或独自去天桥合意轩听大鼓书，去福海居等茶馆听评书，或者徜徉于熙熙攘攘的游人中，观察、了解形形色色的艺人和游客。他的代表作《啼笑因缘》，就是在这种情况下创作而成的。

张恨水涉足的合意轩，位于天桥西市场东街，是一家阵容很强的坤书馆。主角金雪梅、伊惜兰等鼓姬，色艺双全，点曲每支大洋五角。张恨水与那些迷恋鼓姬的花花公子迥然不同，他从来不花点曲的冤枉钱，只是每听完一曲，破费几枚铜元而已。用他自己的话说，就是"醉翁之意不在酒"。

混杂于诸多听众之中的张恨水，在听鼓姬演唱时，确实是一位"醉翁"。其醉非在于酒亦非在于色，而是醉在曲高词雅，醉在洞察鼓姬与听众的内心世界，醉在捕捉各色人物的神态与动作，醉在出自大众之口的形象、生动的语言。他所塑造的沈凤喜、樊家树、沈三弦等人物，其原型无一不是来自天桥的坤书馆。

20世纪30年代初，张恨水常约成扶平（满族镶黄旗人）、陈逸飞等文友到天桥福海居等茶馆消遣。在福海居这家大茶馆里，经常发现一些提笼架鸟的满族人见面时仍然彼此请安。张恨水对满族的遗风很感兴趣，于是便约成扶平撰写有关满人生活习俗的文章。不久，以《旗族旧俗志》为题的长文，便在张恨水主编的《世界日报》副刊上连载。

张恨水亦经常涉足于天桥水沁亭内的武术茶社。这家茶社的创始人是北京会友镖局的老镖师李尧臣。《啼笑因缘》第一回中所描写的水沁亭那家茶馆，便是武术茶社。而那位举石锁的老者关寿峰，即为李尧臣。

张氏以《啼笑因缘》一书而闻名。自后，《金粉世家》《满江红》《五子登科》等著作，陆续问世，连载报端者，达数十万言。其在市民及小知识分子中影响之大，实不亚于巴金在青年学生中之影响。

张恨水之小说,以爱国故事为主,兼有揭露社会黑暗及侠义。不料盛名之下,贸利之徒、无聊文痞,往往盗用其名氏,造作俗恶言情小说,刊诸各地小报,一时"恨水"之名,泛滥成灾。

据称鲁迅先生之母,颇嗜读张氏小说,鲁迅并不以为忤。30年代,鲁迅旅寓沪上,曾数次托友人代购《金粉世家》诸书,函寄北京太夫人处。从鲁迅书札看,确有其事。

张氏成名后,为《新民报》主持人邓季惺、陈铭德所罗致,与老报人张慧剑诸氏,俱为《新民报》台柱。40年代,某公于新民报社晤张氏,识荆之后,颇为惊诧。初意张氏为小说名家,又善于言情,必属多愁善感,楚楚文士,不料体态团团若富家翁,为之忍俊不禁,因笑问:"先生以说部名扬全国,诚抒情能手,大名'恨水',奇甚,是否亦有伤心事耶?"张氏闻之大笑,告曰:"吾名取自五代南唐后主李煜之词,李后主佳句'自是人生长恨水长东',吾名恨水,乃是自勉之意,不过是爱惜光阴而已。"交谈中,又询以"章回小说已属旧形式,是否尚有前途"。张答:"以章回形式写新小说者,为中国风格、民族形式,尚为群众喜见乐闻。"

抗战胜利后,张恨水任《新民报》总编时,仍然于百忙中抽暇前往天桥听书看戏,其兴致之浓,不减当年。

范长江和沈谱的婚礼

1940年12月10日,重庆良庄沈钧儒的寓所热闹非凡,因为这天是沈老的女儿沈谱和著名记者范长江结婚的日子。

尽管严冬是寒冷的,周围的暗探和特务横行,政治空气十分紧张,但二楼的屋内却春光融融,贺客盈门。

住在三楼的茅盾夫妇主动为他们把新房布置得简朴、雅洁。新郎和新娘激动万分,十分感谢这诚挚的友情。他们陶醉在幸福的回忆中。两年前在武汉时,范长江和邹韬奋为商讨救国大计,经常出入沈家。一次,邹韬奋向沈钧儒老提出欲牵范长江和沈谱的红线,后沈老转告女儿。当时沈谱虽已知范长江是写《中国的西北角》的名记者,但终因年纪还小,学业未成,便婉言谢绝了。1938年沈谱在成都的金陵女子大学毕业,这时武汉失守,她只好随父来重庆。也是千里有缘来相会,正巧范长江在桂林与胡愈之等成立了"国际新闻社"后,因工作关系也来到了重庆,二人又相遇了。戏剧般的重逢，使二人都充满了喜悦。但已经是共产党员的范长江由周恩来直接领导，而沈谱的上级则是邓颖超，他们彼此都不知对方是共产党员。直到"文革"后，一次沈谱去看望邓大姐，邓大姐还跟她开了个玩笑，说："沈谱，你犯过一个错误，还记得吗？你一结婚就告诉了长江你是共产党员。"说得沈谱直捂起嘴来笑——这自然是后话。再说婚礼的当时，直到周恩来亲临祝贺，才使二人回到现实中来，急忙迎了上去。

周恩来称，邓颖超因为有病，不能前来参加，但是送来了贺礼，并专门写来了一封热情洋溢的信：

沈谱、长江先生：

从报上得知你俩的喜讯，今天又届你俩的佳期，不仅要向你俩热烈的庆贺，同时，凡是关心你俩的朋友们，都要感到愉快欣慰的！我本应，且极想能够亲来道贺，但因病后，体健未复，尚留乡间疗养中，致不克如愿，殊深欠憾！兹特专函，以伸贺意：敬祝你俩新婚快乐！今后共同生活，在恋爱与事业交织中，更加活泼与丰富，善处益巩固！坦白真诚，互助，互勉，互信，互谅，互慰，相爱始终！再依照你俩的愿望，在不损物资的条件下，将手头现存的两件微物——苏联乌拉山石制小像架，二年前购而未用的一花台布送上，聊表贺意，以资纪念，点缀新房，千祈哂纳为盼！

此祝

大喜愉快！

邓颖超

十二月十日

接着，李公仆带来两朵大红花，到处喊着找新郎和新娘。发现他们两人后，拥上前去边戴边说："你们两个都穿着蓝大褂，跟大家一样，简直认不出谁是新郎新娘了！"博得大家一片欢笑声。

婚礼没有酒菜筵席，桌上摆的只是些糖果、糕点之类。大家川流不息，谈笑风生。实际上这也是革命同志借机一次难得的聚会。正如范长江和沈谱在"结婚启事"中所说："新旧仪式，一概从删。"这里虽没有什么隆重的仪式，但"谈笑有鸿儒，往来无白丁"，也非同凡俗。宾客们有的送来了花篮，有的送来了马列主义书籍。更引人注目的是冯玉祥先生和于右任院长的贺联。此外，还有黄炎培先生，王昆仑、郭沫若、田汉诸先生的贺诗，以及周恩来写的"同心同德"贺词。

这天，沈钧儒老先生胸襟上缀着一朵最快乐的花，笑容在他的长髯上荡漾。他的惯于忧时虑世的脸上，展开了爽朗的丰采。这不仅是因为爱女终身有伴，而且因为他毕生奋斗的事业,从今天起将获得最忠诚的合作与继承。从他写的签名册卷首的诗篇里,可以看出他对于爱女和佳婿是付托了怎样大的祝愿:

> 人生旅途长,伴侣良难得。
> 祝吾婿与女,绳勉同心结。
> 人生有真爱,快乐在贞一。
> 愿吾婿与女,善葆金石质。
> 挽手赴前路,艰巨如山积。
> 鸡鸣怀古训,毋恋衾枕热。
> 河山共举目,战鼓犹如雷。
> 行俟胜利日,轰饮合欢杯。

从下午五时起直到天暮,数百位来宾都尽情地享受了这难有的欢乐。

李健吾险入殡仪馆

1946年5月，著名戏剧家李健吾在上海戏剧学院执教，并与郑振铎联合主编《文艺复兴》杂志，故此文坛剧坛两界好友甚多。一天，郑振铎、柯灵、臧克家、黄裳等好友约李健吾看戏。他们到戏院后，先到后台看望剧坛好友。谁知后台正在着急，因为饰演巨商的演员临时误场。俗话说，救场如救火，这是义不容辞的，可是谁能上台呢？这种救场客串非一般人能办到，任务自然落到了在戏剧学院执教的李健吾身上。

在大家哄笑声中，李健吾身着西装，腆着肚子上场了。台下观众中不乏认识李健吾的，拼命鼓掌。李健吾自然更是信心十足。他不是第一次上台，但这种"客串"却是第一次。他挥了挥手中的文明棍，真是大商贾的风范，几句精妙的台词也恰当得体。谁知意外的事情发生了，按剧情规定，李健吾扮演的富商要吸雪茄，且要达到吞云吐雾的地步，这下笑话闹大了。那天后台老板因为李健吾是

"名角"客串，特意给他准备了吕宋产大雪茄。当台上的侍者为李健吾点燃雪茄后，这可难住了这位戏剧家，因为他连纸烟也不会吸，哪里敢吸这吕宋产的大雪茄？

他接过雪茄，看了看，把它夹在手指间，这样台上自然便没有吞云吐雾的效果了。坐在第一排看戏的郑振铎、柯灵等人急得直冲他做吸烟的动作。李健吾也明白这意思，他何尝不知艺术在于真实的重要。他把雪茄放到了嘴边皱了皱眉头，又放下，这时台下发出了一阵善意的笑声。李健吾此时也顾不得许多了。他想把吸入的烟含在嘴里，然后再一吐，舞台效果一定错不了。于是他把牙一咬，猛地吸了一口雪茄，也许是因为用力过猛，烟没有在嘴里停住而直冲胸腔。只见李健吾满面通红，两眼一翻，雪茄掉在台上，人竟晕了过去。演员们急忙将李健吾抬了下去。郑振铎等人也赶到后台。只见李健吾两眼紧闭，懂得点医道的郑振铎赶紧为他做人工呼吸。过了片刻，李健吾才睁开两眼，仍然觉得天旋地转。朋友们急忙为他叫了辆三轮车。

慌乱之中，三轮车夫也没问拉到哪儿。走出一箭之地，车夫问李健吾拉到哪儿去，李健吾有气无力地说了三个字：殡仪馆。车夫大惊失色，活人为何要去殡仪馆呢？也许客人喝醉了，车夫一路乱猜着，可又不能不照客人所说而行。殡仪馆是昼夜有人值班的，所以当三轮车一停，马上有值班人员迎了上来。一路上的新鲜空气已使李健吾清醒多了，知道又闹了误会，忙说自己的住处在殡仪馆的对面，现在自己身体健康，进殡仪馆为时尚早。一番话说得在场的人捧腹大笑。

正巧当时有位报社记者路经此地，采访当夜新闻，见李健吾在此，忙问其故。第二天，便在报上发表了《李公吞雪茄，险入殡仪馆》一文。此事成了文坛趣闻，轰动一时。

作家轶话

zuojia yihua

晚清小说家吴趼人

吴趼人是晚清著名的谴责小说家。他名沃尧，又名宝震，字小允，后改字趼人。这个"趼"字原较生僻，常被人误写成"研"字。吴趼人自己写过一首诗来辨正这件事。诗云："姓字从来自有真，不曾顽石证前身。古端经手无多日，底事频呼作研人。"诗前并有小序云："余自二十五岁后，改号茧人，去岁复易茧作趼，音本同也。乃近日友人每书为研，口占二十八字辨之。"

吴趼人别号我佛山人。因吴是广东南海人，家居佛山镇，故号，意谓"我是佛山人"。他于当年《绣像小说》上发表《二十年目睹之怪现状》《痛史》等均署"我佛山人"这个笔名字号。吴并著有《我佛山人札记小说》和《我佛山人笔记》。

吴趼人著《糊涂世界》《瞎骗奇闻》时，署名"趼叟"。撰《九命奇冤》时，署名"岭南茧叟"。著《胡宝玉》（一名《三十年上海北里怪历史》），署名"老上海"。

吴趼人与上海实有缘分。他于十八九岁时至上海，后即久寓沪上，直至病故。中间虽曾去汉口、山东和日本某地小住，但时间都不长，故自号"老上海"。因而在1912年编纂的《上海县续志》卷二十一《游寓传》中，也为他专门立了小传。吴趼人在上海主编过《字林沪报》的副刊《消闲报》，后又创办了《采风报》《奇新报》《寓言报》等，1906年为《月月小说》主笔。

吴趼人是当时创作最多的一个作家。他写了小说三十余种，其中最著名的作品是《二十年目睹之怪现状》。因此当年吴趼人，被文坛推崇为"大文豪家"。笔者在一家图书馆见过一份1910年7月22日出版的《汉口中西报》，此期报纸就以"版心"地位，发表了"大文豪家南海吴趼人君肖像并墨宝"。所谓"墨宝"，即指署名"我佛山人"所作的《还我魂灵记》一文。文末附载了吴趼人写给药房老板黄磋玖的信和上海中法大药房的告白。

吴趼人生于清同治五年（1866），卒于清宣统二年（1910）。这样一位文章"卓绝一时，斯世仰望风采及钦慕其著述之人，不知凡几"的大作家，临死时却家境贫困，身后萧条，只遗一妻一女，女仅六岁。吴的丧事，也是朋友为他料理的。

吴趼人逝世时，他的挚友沈敬学曾有挽诗一首云：

语不惊人死不辞，卖文海上病难支。李南亭

后吴南海,容易伤身笔一枝。伯道无儿志未行,衔悲寡鹄复何如。佛山青翠浓如昔,谁访筠清馆里书。

诗中李南亭,即李伯元,亦是晚清著名的谴责小说家,著有《官场现形记》《文明小史》等名作,比吴趼人早逝四年。

"东亚病夫"曾朴

岂真东亚病夫,是鲁男子热情奔放,到老要翻完嚣俄全集;

不愧一代文宗,写孽海花笔力雄健,至今已传遍震旦词坛。

这是近代著名小说家曾朴于1935年6月23日病故后,由沪上作家徐蔚南亲自撰送的一副传诵一时的挽联。徐曾任上海市通志馆副馆长、上海艺术学院教授,善作草书,颇为世重。

曾朴,生于清同治十一年正月二十二日,即1872年3月1日。江苏常熟人,乳名"大大",谱名朴华。字孟朴,与名并行。郁达夫曾著有《记曾孟朴》,载1935年出版的《越风》;蔡元培有追悼《曾孟朴先生》一文,载《宇宙风》第二期。"东亚病夫"是曾朴的笔名,最早见于其长篇小说《孽海花》,小说的印本署"爱自由者发起,东亚病夫编述"。曾朴墓至今犹存，在常熟市西门外虞山宝岩杨梅林，墓碑即刻有"晚清作家东亚病夫曾朴墓"十一个隶书大字。《鲁男子》为曾朴所著的一部长篇小说，实为曾"青年时期的自传""晚年回忆的忏悔录"（见《曾孟朴先生年谱未完稿》）。曾朴谙法文，是翻译法国文学的早期专家。孟朴曾自言："我的法文，是读字典读懂的，不曾进过学校。"

曾朴于十三岁时，经名儒潘子昭指导，研讨课艺。一日，曾父曾君表（光绪乙亥举人，著有《登瀛社稿》）于孟朴抽屉见其所作骈文，辞意美妙，不禁拍案叫绝道："大大（乳名）竟通了！"

曾朴十九岁，应常熟县试中第一名，应府试中第二名，后赴苏州应院试获第七名入学中秀才。是年，曾朴与汪圆珊结婚，曾朴因不满这桩封建包办婚姻，成婚之日竟借酒醉为辞，未入洞房。然而，曾朴禁不住秀美妻子圆珊的温存熨帖，不到半月，一对小夫妇竟异常要好了。第二年11月，圆珊夫人产一女，产后便病，半月演成永诀。曾朴撰《祭亡妻汪孺人文》并作《悼珊六首》，兹引其中第一首：

> 萧萧落叶逼黄昏，三尺桐棺万里魂，愁到天翻不相识，眼看人去了无痕。错疑小别将归棹，准待宵回不掩门，梦醒忽惊真个事，锦衾一半总

难温。

曾朴二十岁中举人,二十一岁捐内阁中书,留京供职。时曾朴常出入于宰相翁同龢之门,力劝翁相主持正义,抗御外侮,为时人所传颂。

曾朴晚年因病返里,种花养病于常熟虚霩园(俗称"曾家花园")。虚霩园临水厅前有一座太湖石,上刻有一则曾氏父子(曾君表、曾朴)合作题记,题记云:

> 余营虚霩园,倚虞山为胜。未尝有意致奇石,乃落成而是石适至,非所谓运自然之妙有春耶?即书"妙春"二字题其额。石高丈许,绉、瘦、透三者兼备。光绪二十年十月初三日曾之择并记,男朴书。

曾之撰,即曾君表名。光绪二十年,即1894年,其时曾朴二十三岁。

曾朴六十四岁那年以感冒而病,故于虚霩园红楼。

爱情诗人汪静之

20世纪20年代湖畔诗社的创始人之一,爱情诗人汪静之不久前在杭州浙江医院辞世,享年九十五岁高龄。

汪静之的诗集《惠的风》曾震撼五四文坛,这与他的爱情经历是分不开的。

汪静之在出生前,便由父母指腹为婚,与比他小半岁的曹初兰定了亲。谁知在他十三岁那年,未婚妻突然夭折。从那时起他便与未婚妻的小姑母曹佩声成了两小无猜、亲密无间的伙伴。

十五岁那年,他鬼使神差地写了一首古体诗送给曹佩声,表明自己的爱慕之情。可曹佩声迫于封建势力的束缚,违心地拒绝了汪静之的求爱。但约定,待长大后同做隐士,脱离尘俗。

次年曹佩声由母亲做主嫁给了一个纨绔子弟,隐士梦自然也就破灭了。不久,聪明美丽的曹佩声考取了杭州女子师范学校。

1920年8月,汪终于按捺不住对曹的思念之情,和曹佩声的丈夫一同就读于浙江省立第一师范。此时,汪、曹两人依然情意绵绵,心心相印。望着曹佩声的小照,汪静之写下了深沉的相思:

我看着你
你看着我
四个眼睛两条视线
整整对了半天
你也无语
我也无言

为了回报汪对她的深深爱恋,曹佩声以极大的热忱和耐心,相继邀了浙江女师八位品貌不凡的女同学与汪见面,希望他们相识后作为朋友。谁知这八位美人对汪都不理不睬,看不中身材矮小的汪静之。这使得曹佩声叹着气说:"只怪你生得太矮,看来全没希望了。我心有余而力不足,怎么办呢?"汪说:"八个人中我最爱符竹因。"他请曹再邀她一次。

在不断的追求和失恋中,汪静之体验着爱的痛苦和甜蜜,在痛苦和甜蜜的撞击中涌动出了一首首美妙的诗。

在《拒绝》一诗中,他这样写道:

……
我听到了
"不爱你"三个字
这样婉妙的声音
……
你不爱我也不要紧
这声音够我陶醉一生！

又是一个星期天，四人同游西湖，符竹因仍没理他。临别，汪将一本夹着自己一首情诗的《唐诗三百首》，虔诚地用双手捧给符竹因。诗中汪静之根据《诗经》"绿竹漪漪"的诗句，替符竹因取了个"绿漪"的别号。

汪静之的情诗，如同丘比特的箭，射中了符竹因的心，终于打开了少女的心扉。不久，符竹因答应与他成为好朋友。为此，汪欣喜若狂，写下了一首赞美诗《赠绿漪》。

1924年汪静之与符绿漪在武汉结为伉俪。从此，他们相依为命，共同生活了六十多年。符绿漪于1986年春末去世，汪静之含泪将她1932年摄的一张黑白照片放大着色后，镶在镜框中，挂在卧室兼书房的墙壁上。一首他在1960年1月14日抄写的《红梅——次韵和郭沫若赠绿漪》的旧体诗贴在遗像的左侧，以寄托自己对爱妻的无限哀思。

梁实秋怀念清华园

一代学者、著名文学家梁实秋先生遽归道山。哲人其萎，海峡两岸凡知先生者，莫不痛惜。

梁实秋原籍浙江，生于北京。1915年，十四岁时考上清华，直到二十二岁，在清华念了八年书，所以对清华园有永难磨灭的印象和深沉的感情。到了晚年，他尤其念念不忘青年时代在古都北京的生活情况。春天，灰色古城墙上空的风筝；夏天，在太庙或社稷坛（中山公园内）大树下小憩；秋天，西直门至海淀的斜阳古道；冬天，护城河上的冰床和厂甸的大糖葫芦，都纷纷出现在他的忆念之中，并见之于笔端。老人何等思念他的出生之地啊！

当然，他怀念之深、思之更切的还是清华园。他在一篇文章中，回忆清华门口的情况：

> 通往校门的马路是笔直一条碎石路，上面铺黄土，经常有清道夫一勺一勺地泼水。校门前

小小一块广场，对面是一座小桥。桥畔停放人力车，并系着几匹毛驴。

他甚至没有忘记看校门的"张老头"：

> 他职司门禁，我们中等科的学生非领有放行木牌不得越校门一步。他经常手托着水烟袋，穿着黑背心，笑容可掬。我们若是和他打个招呼，走出门外买烤白薯、冻柿子，他也会装糊涂点点头，连说："快点回来，快点回来。"

如此细微的情景，如此清晰的记忆，真是于细微处见深情！

清华园里的建筑布局在他心中了如指掌。"工"字厅是园中最早的建筑，房屋轩敞，是招待宾客之所，但学生也可借来开会。厅后有小小荷池，池后为一小土山，尚有对联一副：

> 槛外山光历春夏秋冬万千变幻都非凡境，
> 窗中云影任东西南北去来澹荡洵是仙居。

横额是"水木清华"。这大概就是清华园之所以得名了。

梁实秋曾回忆说：我在清华园最后两年，时常于课余之暇，陟小山，披荆棘，巡游池畔一周，不知消磨了多少黄昏。闻一多临去清华时，用水彩画了一幅《荷花池畔》赠我。我写了一首白话新诗《荷花池畔》刊在《创造季刊》上，不知是郭沫若还是成仿吾还给我改了两个字儿。

清华园以西的一片荒地上，有小河流过，却很少有人到那个地方去。有一回，梁实秋和翟桓到那里去散步，却听见泼泼啦啦的水声，仔细看去，水中有尺把长的鱼在欢跃。他们脱光鞋袜，挽起裤脚下去摸鱼，居然真抓到了。急送厨房烹煮，真是大快朵颐。

清华的学生们读书相当认真，尤其是跑图书馆读书的风气更浓。为了使学生免于成为"小老头子"，学校很重视体育活动。每到下午四时至五时为强迫运动时间。到时，图书馆与课堂、自修室全部上锁，只有体育场与体育馆开着，促使大家去运动。

清华体育馆在当时是第一流的。梁实秋也曾在那里练习过跳木马、攀杠子、翻筋斗、爬绳子、"张飞卖肉"，等等，但他就是不肯下游泳池。据说，第一，他怕水凉；第二，他怕不小心难免会喝一口。所以，据他回忆，临到毕业之日，游泳考试不及格者仅有两个人，一个是赵敏恒，另一个就是他了。

清华体育比赛活动也非常多，在校际比赛甚至全国运动会上，也曾出过不少风头，而一些擅长运动的学生，往往成为特殊人物。如果他们达到某一标准就可以在特设的小食堂去吃饭，其名曰"训练桌"，有人则称之为"雅座"。清华学生本来就吃得不错，平时八菜一汤或四盘五碗，而"雅座"中则有牛奶和更多的肉类和鸡蛋。据说非如此，则训练不出为校争光的运动员来。

据梁氏回忆，有一年上海南洋大学足球队北征，清华英勇迎战。南洋当时执南方各大学足球之牛耳，清华则为北方之强。赛球那天，北风凛冽，严寒刺骨，结果清华大胜，全校欢腾。清华的篮球也不弱，对手仅北师大与天津的南开可比，年年互相邀赛，各有胜负。梁氏喜好运动，虽非校队，据自称：也踢破过两双球鞋，打破过几只网拍。

在临近毕业那一年，同学住进有暖气和现代化淋浴设备的大楼。那一年功课并不轻松，但心情愉快。梁氏还与吴景超、顾毓秀合作主持《清华周刊》的编务，常常秉烛不眠却乐而不疲。但究竟因即将与校园、师长、同学分手，心中难免依依之情。据梁氏回忆，他当时每周进城，有时策驴经大钟寺趋西直门，蹄声得得，黄尘滚滚，赶脚的跟在后面跑，气咻咻然。多半是坐人力车，荒原古道，老树垂杨，也是难得的感受。途经海淀少不得要停下，在仁和（酒店）买几瓶"莲花白"或"桂花露"，再顺路买几篓酱瓜酱菜，或是一匣甜点薄脆，归家共享。

梁先生对清华、对古都感情之深，是令人心颤的。11月初，台胞可回内地探亲了，恰于此时，梁先生作古，我为梁氏做三日哭。

自学成才的沈从文

已故的沈从文,一生从事过新闻编辑、大学教育和文物研究工作,著有《边城》《湘西散记》《中国古代服饰研究》等,并有《沈从文文集》名世。其实,他原籍湖南凤凰,原名沈岳焕,只在幼年时读到小学毕业,是一位自学成才的现代著名作家。

民国十年(1921)夏,二十岁的沈从文由湖南来到北京,住在前门外杨梅竹斜街西西会馆。他的文化程度只是小学毕业,想进大学深造只能是幻想。为此,他便开始了自学。每天早上,吃过两个馒头,他便步行到宣武门内,埋头于京师图书馆,开始研读《笔记大观》《小说大观》《玉梨魂》等杂书,直到晚间关门时才返回住处。如果闭馆,他便留在会馆读随身带来的《史记》。

半年之后的一天,一位亲戚为他在沙滩附近银闸胡同公寓找到新的住处。此时,正值蔡元培担任北京大学校长,对不注册的旁听生不加限制。而北京大学就在沙滩,因此他便成了这所大学不注册的旁听生。他领过北京大学的国文讲义，听过日语课，间或也听过教授们讲哲学和历史。旁听生终究不是正式生，他曾参加过燕京大学二年制国文班的入学考试，但由于底子太薄，结果以零分的成绩被淘汰。从此，他杜绝了正式进入大学深造的念头。此后，他一面继续在北京大学旁听，一面在银闸胡同公寓开始无日无夜地伏案写作，写成后便向北京各杂志和报纸副刊投稿。

民国十三年（1924）冬，他向几位知名作家写信倾诉自己的处境。11月的一天，天降大雪，室内结冰，身着两件夹衣的他，用棉被裹着双腿，坐在桌前写作。这时，正在北京大学任教的郁达夫推门而入。

郁达夫默默地听他倾诉离湘来京的打算和处境。他艰难的遭遇使郁达夫深感惊愕。于是，郁达夫将自己脖子上的毛围巾摘下，披在他的身上，然后邀他到附近一家饭馆用便餐。当郁达夫拿出五元结账时，除花掉的一元七角，找回了三元多全部塞给了他。

民国十四年初，边自学边写作的他，以"休芸芸"的笔名，继续将写成的文章向各报刊投去。其中一篇，出乎意料地被刊登在1月31日的《京报·民众文艺》上。有一天，《民众文艺》的两位编辑到他寄身的公寓看望，经过交谈，他得知这两位编辑一位叫项拙，一位叫胡也频。

后来，他到上海滩，与胡也频、丁玲编辑《红与黑》

和《红黑》杂志,并参加新月社的活动,还曾转到北平和天津编《大公报》文艺副刊。抗战期间,他在西南联大任教。抗战胜利后,到北京大学任教,同时编辑《大公报》和《益世报》副刊。由于他的刻苦自学与顽强奋斗,终于成为卓有成就的一代文化名人。

铁骨铮铮朱自清

在北京香山万安公墓,有一处没有墓碑和供台,只有一方凸现出矩形水泥盖的墓地,盖上写着:国立清华大学教授朱自清先生之墓。著名的爱国主义者、散文家、诗人朱自清教授,即长眠在此。

朱自清从1925年开始任清华大学教授,向来以诲人不倦、治学严谨而著称。他不仅有渊博的学识,而且特别注重调查研究,联系实际,不论教材难易深浅,他都仔细剖析,认真备课。有一门"文辞研究"课,只有两个学生听,但他仍然一丝不苟地讲解,课后还认真复习和考试。后来这两个学生都成为北大的著名教授和学者,被视为严师出高徒的典范。

朱教授是著名的诗人。他1922年写的《毁灭》和后来出版的《踪迹》等都被认为是思想性、艺术性很高的力作。但是,朱教授最有影响的作品还是散文,如《荷塘月色》《背影》等均留在人们的脑海里。他先后出版的《欧游杂记》《背影》《你我》等多部散文集，在文坛都享有很高的声誉。

然而，朱自清教授给人们印象最深的却是他始终是一个伟大的爱国主义者。1935年"一二·九"运动，北平三万多学生举行爱国游行示威，反对伪政权"冀察政务委员会"的成立，他也热情参加。当许多学生被打伤时，他愤怒地谴责政府对学生过于残酷。在昆明西南联大纪念抗战两周年时，他热情歌颂抗战，在散文《这一天》中写道："东亚病夫居然奋起了，睡狮果然醒了。从前只是一大块沃土，一大盘散沙的死中国，现在是有血有肉的活中国了。……新中国在血火中成长了。"他不断地为抗战的胜利呐喊和呼号，认为只要把日本侵略者赶出中国，问题就都解决了。但他却不曾想到，抗战胜利后，在美国的支持下，反动派又挑起了大规模内战。于是，他又为和平和正义而斗争，成为一名勇敢的民主斗士。

1946年的7月11日和15日，民主运动战士李公仆和他的老朋友闻一多教授先后被反动派杀害，使他愤怒到极点。在追悼大会上，他不顾特务们的恫吓，挺身而出，写了著名悼诗《你是一团火》。他说："闻一多是不甘心的，我们也是不甘心的。"他通过搞签名运动，抗议反动派任意逮捕和杀害群众。他呼吁民主与和平，并为清华教授起草了"反饥饿、反迫害"的罢课宣言。这当中最值得一提的是，1948年6月，他带头在《抗议美国扶日政策并拒绝领取美援面粉宣言》上签名,严正抗议美国政府的扶日政策和对中国人民的侮辱,表现了中国人民不可侵犯的尊严和气节。

当时,他生活非常困难,患有严重的胃病而得不到起码的营养和治疗,体重减少到只有四十五公斤。但直到临终前,他仍谆谆嘱咐夫人:"我是在拒绝美援面粉的文件上签过名的,我们不吃美国面粉。"这就是一直为后人称颂的朱自清宁肯饿死也不吃美国救济粮的英雄气概。

"苏门啸隐"郁达夫

十年孤屿罗浮梦,每到春来辄忆家。
难得张郎知我意,书眉还为画梅花。

这是著名文学家郁达夫于1945年春,在印尼苏门答腊写下的一首诗,同年秋他即被日本官兵秘密杀害。

这首诗是一首题画诗。据说,郁达夫的生前友人于抗战胜利后曾将原画及题诗影印照片寄与郭沫若。画为倒垂梅枝,有一画眉鸟栖于枝端,新云山人所绘。诗即题于画下,诗后署"乙酉春日苏门啸隐书"。

郁达夫这首题画诗粗看似漫不经心,实际包含着深沉的爱国之思。抗战爆发后,郁达夫一直在新加坡《星洲日报》《华侨周报》任编辑,宣传抗日,并身兼新加坡文化界战时工作团主席、文化界抗日联合会主席、华侨抗敌动员委员会执行委员等职,做了很多抗日工作。新加坡沦陷前夕,因故羁留南洋,被迫与胡愈之等文化人流亡苏门答腊。为隐蔽身份和维持生活，他化名赵廉，集资开办了酒厂。在这期间，他曾偶然地被逼担任了短时期的日本官兵部队翻译，并曾利用这个职任，营救了不少印度尼西亚人和华侨。但在他终以各种借口摆脱翻译之职后，便被无耻文人和侨奸洪根培告密，继而在日本投降前夕被害。

郁达夫在隐蔽期间，无时不在怀念故国。据说他每日一诗，寄怀情思。"满地月明思故国"，他殷切希望能回到祖国参加抗战；"镇日临流怀祖逖，中宵舞剑学专诸"；他多少回"草檄书生梦里功"，期望河山早日重光；"细雨蒲帆游子泪"，"长歌正气重来读"，是他苦闷的隐居生活的真实写照。他曾于苏门答腊作《离乱杂诗》十一首，其中第十首完全可以作那首题画诗的注解：

> 千里驰驱自觉痴，若无灵药慰相思。
> 归来海角求凰日，却似隆中抱膝时。
> 一死何难仇未复，百身可赎我奚辞？
> 会当立马扶桑顶，扫穴犁庭再誓师。

只不过题画诗更含蓄、更深沉绵邈罢了。试看"每到春来辄忆家"一句，不正是这位异乡游子爱国赤心的肺腑之吟么？达夫题诗署名"苏门啸隐"，这亦很能表明作者心迹。晋时隐士孙登在山中土窖隐居，夏则编草为裳，冬则披发自覆。名士阮籍在苏门山与他相遇时，向他请教,但孙登不发一言只是仰天大笑。阮籍不得已下山,正走到半山之中,忽听孙登长啸一声,犹如鸾凤之音。这即为"苏门啸"之来历。诗人恰好居于苏门答腊,信手拈来,表达了诗人欲为祖国抗战长啸效力的热忱。

郁达夫不愧是中国当代一位爱国的文学家。他的文章、诗作在文学史上自有定论,而其坚定的爱国情操更是值得后人赞颂。近闻,在他故乡富春江畔盖起了"双清亭",以纪念郁氏及其兄郁华,字是茅盾生前所题。可见热爱祖国的人,人们是不会忘记他的。

由《京华烟云》想到林语堂

台湾录制的四十集电视连续剧《京华烟云》已开始在北京电视台播出。几乎被人们遗忘了四十年的林语堂，又回到笔者的记忆中。

《京华烟云》是林语堂1939年问世的一部艺术成就较高的作品，整体结构与中国古典小说《红楼梦》类似。故事通过姚、曾、牛三家的浮沉兴衰、悲欢离合，展示出一幅中国近代社会生活的画卷。1975年，这部小说曾被列为诺贝尔文学奖的候选作品。小说情节波澜起伏，文笔舒展自如，意境不凡，较好地表现了作者心目中的中国文化浮生若梦、无欲则刚、顺随自然的道家精神。

电视剧拍得怎么样，笔者不敢妄加评论，仁者见仁，智者见智。在港台看这部连续剧，年轻人也许不会理解那个时代的人物性格和社会情景。年纪大的人看了，又会觉得与书中所写实际人物形象相去甚远。如果此剧由内地影视界来演出和制作，想必更能体现原作精髓，收到形象、语言、情调逼真的效果。因为北京人演北京的故事更能贴切地体现京华风格。不知为什么，内地影视界忽略了这样一个好题材。

林语堂，1895年生于福建龙溪，在北京、上海都生活过。他的父亲是基督教牧师。林语堂在上海圣约翰大学毕业后去美国、法国留学，获博士学位。回国后在北京大学、厦门大学任教，与鲁迅先生交往甚密。后来，林出版了《开明英文读本》，获利甚丰，成为绅士作家。20世纪30年代，他编辑《论语》《人间世》《宇宙风》等刊物，提倡幽默、灵性的小品文，遭致左翼文坛攻击，右翼文人又乘机落井下石，落得个两面不是人。名利双收颇风光了一阵子的林语堂只得落荒而走，到美国去闯荡江湖了。

林语堂在美国文坛赤手空拳地"开码头"，却也一帆风顺。他的《吾国吾民》一问世，就在美国畅销书目中名列榜首，奠定了他在美国读者中的声望。步入中年后，他致力于把中国文化通俗地介绍给世界，四十年间，平均每年有一部作品问世。"七七"事变后，他在大洋彼岸向全世界呐喊：

> 为了中华子孙能有一个安身立命的地方，该和日军拼一拼啦！

他奋笔疾书，尽了一份中国作家的责任。

1966年，林语堂定居台湾；1976年3月在香港病逝，享年八十岁，葬于台北阳明山。

柳亚子其人其事

在中国当代众多的爱国知识分子中,柳亚子应是一位很令人敬仰的前辈。他反对封建专制,抗御外来侵略,歌颂新的社会,博得了人们广泛的赞誉。

柳亚子(1866～1958),江苏吴江人,清末秀才,同盟会会员,曾任孙中山总统府秘书、中国国民党中央监察委员、上海通志馆馆长。"四一二"反革命事件后,被蒋介石通缉,逃往日本。抗日战争期间,与宋庆龄、何香凝等从事抗日民主运动。抗战胜利后,在香港继续从事民主革命活动,曾任中国国民党革命委员会中央常务委员兼监察委员会主席、中国民主同盟中央执行委员。1949年,出席中国人民政治协商会议第一届全体会议。新中国成立后,曾任中央人民政府委员、全国人民代表大会常务委员会委员。1958年6月21日在北京病逝。

据《南社诗人点将录》载,柳亚子在少年时,就能诗善文,颇有胆量,有的诗文矛头直刺清王朝的慈禧太后。

1904年,正当慈禧太后的寿辰之日,十七岁的柳亚子,面对清廷腐败荒淫、丧权辱国等行径,不禁义愤填膺,挥笔疾书《纪事诗》二首,其诗曰:

> 毳服毡冠拜冕旒,谓他人母不知羞;江东几辈小儿女,却解申申詈国仇。
> 胡雏也解祝华封,歌舞升平处处同;第一伤心民族耻,神州学界尽奴风。

在清王朝慈禧太后的淫威下,柳亚子竟敢写出这样"触龙鳞"的"反诗",充分显示了他大无畏的胆量。于是,清廷两江总督端方为此通牒追捕他。

抗日战争时期,柳亚子三改书斋名称,更表明了他高尚的情操。他早年投身革命,因钦慕唐代诗人贾岛的《侠客》诗"十年磨一剑,霜刃未曾试。今日把示君,谁有不平事"的豪侠之气,取斋名为"磨剑室",并著有《磨剑室诗文集》。1937年淞沪抗战爆发,他因病滞居上海。这年11月13日,上海沦陷,他避居上海法租界,环境险恶,行动极不自由。他眼看着祖国河山一片片沦陷,心中无比悲愤,于是取明清之际著名学者王夫之"六经待我开生面,七尺从天乞活埋"的诗意,改题斋名为"活埋之庵"。他在"活埋之庵"中隐居了三年,潜心研究南明史,写《南明纪年史纲》,以南明史实,来抒抗日救国之情。

1941年,柳亚子几经周折,秘密到了香港,住在九龙柯士甸道,他又以"羿楼"为斋名。羿即神话故事中的射日英雄后羿。他以"羿楼"名斋,寓有"射日(本)"之意。他身居羿楼,与旧朋新友频频往来,呼吁抗日,反对内战。皖南事变发生,他立即致电要求"严惩祸首",但国民党当局却以"反对国策"的罪名,把他开除党籍。

不久,太平洋战争爆发,香港被日军占领,柳亚子于1942年6月7日只身来到桂林,在信义路住下来。回顾九死一生的经历,他遂把书屋题名"更生斋",以迎接抗战胜利,祈求新社会的诞生。

少年聪慧郭沫若

文坛巨星郭沫若,一生写过许多闻名于世的诗文和剧本,还写了许多充满诗情画意的对联。尤其是青少年时期的一些即兴对联,充分显示了他的敏捷才思和超群智慧,使人拍案叫绝,争相传诵。

郭沫若幼年读私塾时,有一天老师布置学生背诵《易经》和《周礼》。他和同学们感到枯燥无味,就趁老师外出,一起跑到附近的庙里偷摘桃子。后来,此事被僧人向老师告发,老师很生气地说:"你们不好好背书,却去庙里偷桃,想必都学会了。现在你们跟我对对联,对不出的就认罚,若谁能对上就免罚。"说罢,即出了带有责骂、挖苦的上联:

昨日偷桃钻狗洞,不知是谁?

大家沉默了一会儿,只见郭沫若站了起来对道:

他年攀桂步蟾宫，必定有我。

郭沫若这对联，不仅敢于认错，而且显示出远大的志向。老师见他认了错，更叹服其才，不仅转怒为喜，偷桃的学生也就都免了责罚。

有一年中秋节，郭沫若的家里给了他一吊钱，让他作为节礼送给老师。但他买书买吃的把钱花光了，没有给老师送成礼。郭家历来没有失过礼，老师对此不太愉快，就出了一条上联让郭沫若对，借以试探：

竹本无心，遇节岂能空过？

郭沫若听出了老师的弦外之音，低着头很难为情地道：

松原有籽，过时尽是干包。

这下联暗含歉意：我家原是记挂着老师，本要送礼的，可是钱被我花光了，口袋里就像掉了籽的松包一样，空空如也。老师一听，笑了笑，只好作罢。

有一年春天，郭沫若随同学到四川乐山县城东郊任家坝高山寺游览。寺侧有一矮庙，内有石质的阿弥陀佛一尊，只雕有一个头像，身子却是一块七八尺高的长条石，并无四肢。长条石上刻有"南无阿弥陀佛"六字。同学们提议郭沫若写副对联。郭沫若向高山寺僧人借来了笔墨，便在两侧写了副对联：

不必现身说法，只要有脸见人。

同学们回去讲给老师听，老师称赞这副对联是讽世之作，并说社会上这种人比比皆是。

还有一次，郭沫若与同学去看木偶戏，看完后，他写了副对联：

光是出头，总不说话，要是松手，又怕丢人。

老师听说后，说这副对联不仅诙谐，而且既讽世又警世，实在妙极了。

当然，就郭沫若来说，这些只能说是小试锋芒而已。后来他之所以能成为中国现代杰出的作家、诗人、历史学家、剧作家、考古学家、古文学家等，是他天资加勤奋的结果。斯人者，真难能可贵也。

郭沫若之所以少年聪慧与其幼年良好的家庭教育是分不开的，尤其他的母亲杜邀贞对他的成长起了特别重要的作用。

据郭沫若自己回忆,他的外祖父杜琢璋这位清末的二甲进士任贵州黄平州的州官时,当地苗族人民因不堪欺凌而奋起反抗,攻破了黄州城,杜琢璋及其家人死于战乱中。杜邀贞虽自幼父母双亡,从未读过一天书,但她都能凭着资质聪颖,靠平时的耳闻目染,不仅识文断字,而且还默记了许多唐诗宋词。

在郭沫若发蒙前,母亲教他记诵了不少诗,其中有一首唐诗记得特别牢。这首诗是:

> 淡淡长江水,悠悠远客情。落花相与恨,到地亦无声。

母亲杜邀贞有意无意的培养,形成了郭沫若喷涌不绝的"诗泉",形成了他那无法抑制的创作激情,造就了20世纪中国的伟大诗人,诞生了像《女神》那样不朽的诗篇。

郭沫若四岁半就入了私塾,这并非出于父母的逼迫,而是他本人自己的要求。郭沫若后来说这里有母亲的诗教在起着作用。

清末时期私塾先生相当严厉,生性顽皮的郭沫若常遭到先生的责打。杜邀贞虽然心疼,但绝不护短,她深知"惜钱休教子,护短莫投师"的道理。于是,母亲不干预先生的教育,只是为儿子做了一顶硬壳帽子戴上,以抵御先生的鞭打。事隔多年,已成名的郭沫若回忆往昔,十分厌恶私塾的"刑罚",但却念念不忘那顶硬壳帽子,不忘那帽子所凝聚着的母亲的深情。

为了激励儿子的读书兴趣,母亲曾教给郭沫若一首《翩翩少年郎》的游戏诗:

> 翩翩少年郎,骑马上学堂。先生嫌我小,肚内有文章。

后来,时任中国科学院院长的郭沫若说这首诗对儿童的好奇心是一服"绝好的兴奋剂"。"骑起竹马,抢着书本上学,这是怎样得意的事情啊!要想实现这种情景,这是使我早想读书的一个重大的原因。"

中国一位资深中科院院士认为,天才并非与生俱来,天才是茂林佳卉,必植根于丰厚肥沃的土壤。母亲杜邀贞对郭沫若幼年所进行的诗教,就是这土壤中的"营养"元素氮、磷、钾,不然,也就不会有后来的郭沫若这棵参天大树。郭母教子,给后人留下了幼儿启蒙教育和父母家庭教育的启示:在当今现代化教育方式普及之时,不能让传统的"诗教""缺席",应有其一席之地,以体现出中国传统文化教育的博大精深。

拒绝称"王"的老舍

北京现在喜欢称"王"的人太多了,尤其在汹涌澎湃的商海里,不知天高地厚的市侩纷纷打起了"鞋王""裤子大王""栗子大王""牛肉面大王""板寸大王"(专剃寸头的理发馆)等封号,不胜枚举。由此而忆及拒绝称"王"的老舍,相比之下,更见其人格之高尚,修养之深厚,处世之英明。

老舍是中外知名的京味儿小说家和戏剧家。他早期的短篇小说,即以非比寻常的幽默赢得读者的欢迎和文坛友人的赞赏。

1930年3月,老舍辞去英国伦敦大学东方学院中文讲师职务后,于5月底返京,寄居西城淹通胡同六号白涤州教授家。5月30日,北京文坛名家陈逸飞代表"笑社"(彼时颇有影响的文艺团体)同仁造访老舍,未遇而留一纸书信,谈及欲请老舍做"笑王"事。

翌日,陈逸飞即收到老舍尺牍——"辞王启",原文如下：

逸飞先生：

您来，正赶上我由津回来大睡其午觉，该死！其实白老先生（按：白涤州教授之尊人）也太爱我了，假如他进去叫我一声，我还能抱着"不醒主义"吗？

您封我为"笑王"，真是不敢当！依中国逻辑：王必有妃，王必有府，王必有八人大轿，而我无妃无府无轿，其"不王"也明矣。

我星期三（廿八）上午在家，您如愿来，请来；如不方便，改日我到您那儿去请安，嚇！

敬祝

笑安！

弟舒舍予鞠躬

读罢老舍的"辞王启"，即使像褒姒（周幽王之宠妃）这样素不爱笑的人，也会忍俊不禁。至于老舍的幽默小说《老张的哲学》《赵子曰》等，不知使多少读者笑得前仰后合甚至岔了气儿。老舍这位出身满族八旗贫苦家庭的人民艺术家，无愧于幽默大师的称号，是名副其实的笑王。

老舍的拒绝称"王"，当然不能和现代商海中诸多自称为"王"者同日而语,然而前贤所树立的榜样,总不应该忘却。

老舍的高明之处不仅在于他的谦虚谨慎,深知"天外有天,能人背后有能人"这条万古不变的哲理,更在于他的实事求是,不作非分之想。他在信中所说的"无妃无府无轿",是句大实话。30岁的老舍,虽过而立尚未娶妻,寄人篱下而无自己的寓所,出门行路安步当车,按照中国的逻辑,还真没有这样寒酸的"王"。与其"受封为王",莫如"不王",更何况陈逸飞的信,是"半开玩笑"(陈氏原话)呢。

现实生活中的热衷称"王"者,确实应从老舍的"辞王启"中汲取一些哲理,将其作为一面镜子。

张天翼写作《包氏父子》

《包氏父子》是著名作家张天翼最为有名的一部短篇小说。作品描写了20世纪30年代江南某镇小市民的灰色人生。当门房的老包望子成龙，借债供儿子小包读中学，幻想有朝一日儿子出人头地，自己当老太爷坐享清福，因而对小包百般溺爱和纵容。可是小包不成器，只知道追逐虚荣，对女同学想入非非，整日和纨绔子弟厮混，最终闯下大祸而被学校开除。父子二人的迷梦双双破灭。该作品问世后轰动一时。"包氏父子"几乎成了小市民灰色人生的代名词。

张天翼是湖南湘乡人，1906年生于南京，在南京读过小学。1927年从北大预科辍学后至抗战前的一段时间，他一直生活在江南，常常往返于沪、宁、杭一带。他当过家庭教师、记者、报社编辑、机关小职员，也失过业。但他坚持不懈从事业余创作，终于成为具有高超讽刺艺术风格的著名作家。

张天翼在家族同辈中排行最小。他众多的哥哥、姐姐、姐夫,有当国民党中央委员的,有当高级军官的,还有当县长、教授的。但他情愿身居僻巷,靠每月三十几元的稿费为生,并不通过兄长去谋一官半职。在南京,他住在白下路八府塘六号他寡姐张稼梅家里。这座大杂院是一所典型的老宅,幽暗、阴森。白天,上班的、上学的都走了,空荡荡的大宅院里格外清静。这正是张天翼潜心写作的好环境。他原名张元定,张天翼这个笔名,是根据《庄子·逍遥游》中的句子"有鸟焉,其名为鹏。背若太山。翼若垂天之云,抟扶摇羊角而上者九万里"的含义引申而来。当他的一个任国民党中将军衔的哥哥得知作家张天翼就是自己的弟弟时,十分惊讶,特地坐了小汽车到八府塘六号来向张天翼证实。

但张天翼并非只知闭门造车的书呆子,他在南京经常和文友聚会。他们或到鸡鸣寺喝茶评文,或登台城指点古今,或荡舟玄武湖上。他喜欢躺在小船上任其漂荡,仰天长啸,引吭高歌。他最爱唱的歌是赵元任的《叫我如何不想他》。这些都激发了他的艺术创作活力。他还主动和社会底层的各种人交朋友。八府塘一带是小市民很集中的地区,都是些拉黄包车的、杀猪卖肉的、机关小职员、商店伙计、阔人家的门房、剃头理发匠、走投无路的失业者……各种三教九流的人。张天翼都和他们交往,从他们的生活中获得了丰富的创作素材。小说《包氏父子》中的主人公，就是以落脚在八府塘六号大院的门房父子为原型塑造出来的。由于张天翼长期观察、体验生活，洞察小市民的内心世界，所以作品笔锋犀利，语言幽默，人物刻画栩栩如生。作品对当时社会的黑暗现实，进行了揭露和鞭挞，堪称那个时代杰出的讽刺小说。这部作品直至今日仍然有生命力，80年代还被搬上银幕。人们从《包氏父子》身上看到了不少"国民劣根性"。从这个意义上说，与鲁迅先生的《阿Q正传》有异曲同工之妙。

笔者近年重游南京白下路八府塘，只见昔日的深巷老屋已成为耸立的楼群，不免产生了沧桑之感。

曹禺南京写《原野》

1936年初秋，二十六岁的曹禺从天津来到南京国立戏剧专科学校。上学期，校长余上沅就宣布请曹禺来教编剧，他一封又一封恳切的信件和电报终于打动了曹禺的心。

曹禺果然不孚众望，他以强烈的责任感和高超的教学艺术赢得了学生的爱戴。他从不摆架子，平常也不修边幅，甚至有些邋邋遢遢。但上起课、排起戏来，却是独具匠心，一丝不苟。比他年轻不了几岁的学生们敬佩地说他是"三位一体"的老师，能编、能导、能演。指导排戏时，他几乎把每个角色都演了一遍。许多后来成名的导演、演员，如凌子风、谢晋、石联星、叶子和项堃等都是他的学生。

当时，曹禺正处于创作的高峰期，一到南京他又开始酝酿新作了。当时的文艺创作，农村题材领域是一个刚刚开垦的处女地。农村的现实生活如水旱灾害、谷贱伤农、兵荒马乱、卖儿卖女、铤而暴动……——摄入他的视野。他想起了儿时的保姆段妈。那是一个农妇，双亲活活饿死，丈夫被东家打死，婆婆悬梁自尽，孩子也被摧残夭折，只剩下她孤苦伶仃。她心地善良，给自小失去生母的小曹禺以深切的爱抚。她是他的第一个启蒙老师，使他从小就知道，在他家的小洋楼外边还有一个悲惨的世界。

他更忘不了七八岁时在宣化度过的日子。他父亲当时做宣化镇守使。有几次他亲眼目睹了审讯拷打土匪的场面：大堂上"鬼气"森严，高高在上的军法官杀气腾腾，两边站着荷枪的士兵，还摆着刀枪、剑戟和刑具。军法官一声令下，皮鞭无情地在那些土匪的脊背上飞舞，凄惨的号叫声不绝于耳，那气氛活像阴曹地府的阎王殿！这情景给曹禺幼小的心灵注入了一种说不出的悲愤，也许就是这些土匪使他孕育了仇虎的形象。

宣化的环境也使他难以忘怀。他当时孤独寂寞，衙门的后院是他唯一的去处。这里盘踞着一棵古树，枝权覆盖了大半个院子。在黑黝黝的树下，他感到仿佛置身于原始森林之中，恐怖极了，这种环境与《原野》中的一些恐怖场景又是何其相似！

记忆又把他带回了天津。离家不远处就是火车站，成天传来汽笛的长鸣和车轮的轰隆声。然而，不断涌入天津的灾民，又使他感到现实是那样的残酷无情。这也启发了他构思《原野》中仇虎和金子双双出逃，正是把火车当作救星，也是向往着铁道远方美好的天边。

　　曹禺回忆着、联想着、想象着……主人公仇虎的形象渐渐地鲜明了，这是一个外表丑陋而内心善良的反抗者的形象。也许是受雨果的《巴黎圣母院》中敲钟人的启迪，作家凭着卓越的想象力和熟练的技巧，演绎出一个情节奇特，充满了神秘色彩的复仇故事。不少剧评家认为作家借鉴了奥尼尔的《琼斯皇》。但据曹禺自己说，他那时并没有读过《琼斯皇》。不过，他对奥尼尔的其他一些剧作是烂熟于心的。他还想到波斯诗人欧涅尔的一首小诗："要你一杯酒，一块面包，一卷诗，只要你在我的身旁，那原野也是天堂。"于是，他给这个新剧起名《原野》。

石评梅长眠陶然亭

顷闻《石评梅小说集》出版，不禁忆及她与高君宇的一段往事。

20世纪20年代初，北京书店首由北新书局振臂奋起，随之景山书社、未名社、开明、神州、严华等书店相继开业，各书店受到不少作家的支持，支持严华书店的中坚人物便是女作家庐隐和石评梅。

石评梅，山西人，自幼酷爱文学，作品情意感人，文笔流畅。她的处女作《偶然草》在《蔷薇》月刊发表后，曾在社会上轰动一时。以后又写了大量的文学小品和新诗，各书社竞相出版。1923年她任师大附中女子部主任，在山西旅京同乡会成立的那天，与青年高君宇相遇。高君为人诚朴无华，品学兼优，曾代表中国出席世界性会议，赢得石评梅的钦佩。高对石女士的文学才华，也颇为敬慕。从此两人便经常往来。

是年秋天，高君宇从西山摘了一片红叶归来，在上面写了两句诗——"莫负三秋好光景,惜花持赠爱花人",邮寄给石评梅。石收到后,已会其意,但无奈已有恋人,于是在红叶后面写了两行字,"我的花篮已装满,请君送往别家吧",又将原物寄回。高见后痴心欲碎,忧郁成疾,终致住进了医院。

石评梅知道后,在友人的劝告下前往医院探望,以慰高的一片痴情。高在心灰意懒之时,得到石的意外"恩赐",于是病势骤减,美梦复萌。石女士见高的病体逐渐康复,便好意托人向高婉转相告,自己早有情侣,请高珍重自为。但她却万万没有料到,这一友善的劝告,犹如一股残暴的台风,又一次扑灭了高的希望之火。从此,高君宇病势急转直下,一病不起。

就在高病垂危之时,石女士突然发现自己的恋人原是一个浪荡青年,自己误受其骗。悲愤之余,她毅然与其断绝往来。

不久,高君宇噩耗传来,石评梅悔恨交加,痛不欲生,决意亲自料理君宇后事,洒泪将其葬于北京西南角陶然亭,并在墓碑上刻下坚贞不渝的誓言:

> 君宇!我无力挽住你迅忽如彗星之生命,我只有把剩下的泪流到你的坟头,直到我不能再来看你的时候。

此后，石评梅常以泪洗面，每与人言："生前未能相依共处，愿死后得并葬荒丘。"未及三年，石女士竟突罹急性脑炎而逝。友人遵嘱，将其葬于高君宇墓侧。

笔者曾游陶然亭，在残阳荒草中，凭吊过石评梅和高君宇的合葬墓，抚碑认字，为之感伤不已。陶然亭一带今已辟为公园，墓亦他迁，不知这一段哀史，还有人记起否。

夫妻作家陈西滢和凌叔华

中国早年文坛上的一对夫妻作家陈西滢和凌叔华,在20世纪二三十年代就已闻名于世了。

凌叔华原名凌瑞棠,出生于北京的书香门第,叔华是她的笔名。其父在清光绪年间,曾与康有为同榜中进士并点翰林。她中学毕业后考入天津的河北省立第一师范学校,常在校刊上发表文章。1922年进入燕京大学,在北平文化界崭露头角,当时与林徽因、韩素梅、谢婉滢并称为文教界"四大美女"。

陈西滢原名陈源,西滢是他的笔名。二十六岁在英国留学获博士学位,归国后即被蔡元培聘为北京大学教授。凌叔华当时虽就读于燕大,但在校内外交际甚广,与文坛徐志摩、郁达夫、胡适之等均有往来。1924年5月,印度诗人泰戈尔访华,陈西滢担任接待工作,凌叔华恰被燕大推派为欢迎泰翁的代表,由此与陈西滢邂逅。此后二人过从渐密,待凌叔华毕业后,终于结为连理。

1927年夏，这对新婚燕尔的夫妻东渡扶桑，作蜜月旅行。翌年秋，陈西滢去武汉大学文学院任教，凌叔华偕同前往，二人下榻武昌城西北隅的昙华林。叔华在这里把对童年的怀念之情倾注笔端，写下许多散文和小说，并与邻居袁昌英、苏雪林结为文友，时称"珞珈三杰"。第二次世界大战结束后，陈西滢赴伦敦主持中英文化协会。1946年，他被国民党政府任命为中国驻联合国教科文组织首任常驻代表。次年，凌叔华偕女儿陈小滢前往团聚。

中华人民共和国宣告成立后，陈西滢在联合国教科文组织中的处境日渐尴尬。台湾当局认为他无所作为，连津贴也停发了。为了度日他不得不靠鬻文卖画贴补生计。1953年凌叔华用英文写的自传体作品《古歌集》在英国出版后，随即被译为法、德、俄、瑞典等语种出版，颇有销路。

1970年3月29日，陈西滢落魄异乡，在法国撒手人寰，享年七十有四。后来，凌叔华将其骨灰带回祖国，安葬于江苏无锡陈氏祖籍。

陈西滢逝世后，年届七旬的凌叔华孑然一身蛰居异城，他乡苦熬岁月，晚景凄凉。当时祖国正处于政治动乱，但她怀念故乡和爱恋祖国之情未减，期待有生之年能叶落归根。直到1989年，形势好转，她终于拖着病体，返回祖国。不久，住进北京石景山医院。1990年3月25日，她在医院度过了九十大寿。她的独生女儿陈小滢带着幼子特地从英国爱丁堡赶来祝寿,并为老母亲定制了一个四层高的巨型蛋糕。那天,一些文化名人也来献花送礼。她躺在鲜花、寿礼和生日蛋糕拥簇的病榻上,用微笑对着记者和朋友们,分别用中、英、日文讲了话,对大家的关心和祝贺致谢。此后不久,她的乳腺癌复发。这年的5月22日午后,九十岁的凌叔华老人在北京与世长辞。

萧军、萧红初相识

20世纪30年代的左翼文坛,曾经有一对颇负盛名的作家。他们既是夫妻,又是战友,而且同是鲁迅的学生,即萧军与萧红。

1932年,二十五岁的萧军,在哈尔滨认识了民办《国际协报》副刊《国际公园》主编裴馨园,用"三郎"做笔名,开始了文学生涯。

这一年6月,裴馨园收到一位女读者的求救信,自称张乃莹,说自己因欠六百元钱被软禁在东兴顺旅馆,狠心的老板想将她卖到妓院。

萧军闻讯,受命带着介绍信匆匆来到东兴顺旅馆,在二楼一间储藏室里见到了落难的张乃莹。

当时,张乃莹二十岁,是个中学生,逃婚在外。未婚夫找到她后,满口应承供她上学,幼稚的她便与其一起住进东兴顺旅馆。时间已逾半年,她已怀孕,而未婚夫却弃之而去。于是,两个人的食宿费都落在她一个人身上。孤女成了人质，老板只好向她一人索债。既然孤苦无援，最终只有被软禁在旅馆里。

萧军递过老裴的介绍信，张乃莹读罢，知道对方就是《国际协报》副刊正在连载的小说《孤雏》的作者三郎，内心十分激动，脸上立生红云，顿有相见恨晚之感。于是，一口气向萧军倾吐了自己曲折的身世和苦难的困境。

萧军虽有文名，但只是个穷作家，自然难以资助。但是，他从室内一张纸片上看到张乃莹写的《去年今日》和《春曲》两首诗，发现自己面前的女子竟是一个才女，怜爱心和同情心遂油然而生。于是，他留下地址，告诉张马上就去想办法，接张离开旅馆。

事有凑巧，这年8月，因连降大雨，松花江决了堤，洪水浸至东兴顺旅馆，人们都争相逃命去了！危楼四周一片汪洋，张乃莹也无须还钱付债，便乘船离开旅馆，按地址去找萧军。张即将临产，萧军雇车将张送至哈市第一医院妇产科，张不久便生下一女，因无钱付费，女婴也只好弃之医院。

萧军接乃莹出院后，住进哈市的欧罗巴旅馆，从此二人结为夫妻。

1933年，二十一岁的乃莹用悄吟作笔名，写出第一篇小说《王阿嫂的死》。在《国际协报》上发表，获得征文奖金，受到文化界的普遍赞誉。这年10月，萧军和萧红出版了第一本小说散文合集《跋涉》。第二年，二人一同到了青岛，萧军在写长篇小说《八月的乡村》，萧红也开始了《生死场》的写作。

从此，萧军和萧红开始了与鲁迅的通信。不久到上海后就经常耳提面命，受到教诲。在鲁迅的支持下，萧军、萧红、叶紫组成了"奴隶社"，出版了三本"奴隶丛书"：叶紫的《丰收》、萧军的《八月的乡村》和萧红的《生死场》。三本书都由鲁迅写了序言。

庐隐女士多灾多难

1930年,有一件事情轰动了北京文坛和新闻界:女作家庐隐与比她年轻十来岁的李唯建相爱并结婚。

庐隐幼时名叫黄英。出生那天,恰巧她外祖母去世,迷信的母亲便把她视为不祥之物,不给她哺乳,还令人抱到下房去。奶妈见此,便把她带到乡下自己的家里抚养了两年。三岁时,其父黄举人赴长沙县当知县,船行中途为小庐隐的哭声所恼,一把提起她,就要向江中抛去,一个听差急忙夺下,才得以存活下来。

父亲死后,舅舅把黄夫人母女接到北京。只会念女四书的姨母,当上了庐隐的启蒙老师。由于她执拗的脾气,又挨了不少凶狠的毒打,后来被送到一所教会办的学校。辛亥革命后,她考入女子师范学校预科。一位名叫林鸿俊的远亲向她求婚,她很同情他的不幸遭遇,便不顾母亲的反对,毅然与他订了婚。为了谋生,她先后在北京、河南、安徽等地三所学校里当教员。1919年,二十岁的庐隐以旁听生的资格考入北京国立女子高等师范学校，开始接受新思想，投身五四运动，进而执笔创作，写了十数篇短篇小说，后来结成集子《海滨故人》。她敏锐地观察着社会和人生，寻找着那些具有较大社会意义的题材。她痛恨当时的官僚政体，由此遭到未婚夫的反对，于是决然与大学工科毕业要去考文官的林鸿俊解除了婚约。

不久，在福建同乡会里，她结识了北京大学的高才生郭梦良，他们真诚地相爱了，但郭在故里有个家庭包办的妻子。经过剧烈的内心矛盾后，她终于不管世人非议，还是和郭梦良结合在一起。他们双双返回家乡，同婆婆及郭之前妻同住在一起。然而这对经过了艰难困苦才结合的伴侣，只在一起生活了两年。1925年10月，郭梦良患肺病突然逝世了，终年不满二十八岁，遗下一个不足十个月的女孩。庐隐悲痛欲绝，这时，她无节制地喝酒，常常醉得人事不知，然后尽情地哭个痛快。三年后，由北京大学林宰平教授介绍，她结识了清华大学西洋文学系的学生李唯建。李唯建深深地爱上了她，希望她忘记以前的残痕，勇敢地向命运宣战。庐隐乃重新焕发了生气，辞掉了北大附中的教职，和李唯建一起到了东京若干时日。回国后，从杭州到上海，她一面与李唯建过着恬静生活，一面继续着自己的写作生涯。她的著作甚多，除《海滨故人》外，尚有《灵海潮汐》《归雁》《成人的悲哀》《象牙戒指》《曼丽》等十多个集子。正当她乐观热情地投身于生活的时候，却因难产,于1934年5月13日以三十六岁的年纪,结束了多灾多难的一生。

林徽因多才多艺

凌叔华女士现居美国,已八十五岁高龄。日前于友人处,见女士近日函札,字迹端谨,文思周密,仍是五十年前典型,寿登期颐,定可预卜也。

"大江东去,浪淘尽,千古风流人物",看着凌叔华女士的函札,不禁想起与其同时代的装饰艺术专家林徽因教授。林教授去世近三十年了,如果健在,也该是八十多岁的高龄。可惜由于长期的肺结核病,身体过弱,较早地凋谢,至可哀也。

林徽因教授当年是有名的才女,既是画家、建筑学家、装饰艺术专家,又是散文家、戏剧家,可说是多才多艺。其先德林长民氏,是著名学者,名宗孟,福建闽县人。清末在东京时,与梁启超是好朋友。民国初年,袁世凯解散国会,设参政院,黎元洪任院长,汪大燮任副院长,林长民任秘书长,也是北京政府的著名人士。最后林长民给东北军郭松龄做高级谋士,郭松龄倒戈,失败了,为张作霖所杀,林长民也罹难了。以著名学人而不幸死于军阀权势之争,现作历史的回顾,似乎太遗憾了。

1918年,林长民赴英国,其女公子林徽因也跟随去英国读书。她高中都是在英国读的,所以英文特别好,尤其长于口语口译。印度诗哲泰戈尔游北京,演讲时,除了徐志摩担任翻译外,再有就是林徽因了。

林徽因教授是著名建筑专家梁思成教授的夫人。他们在当时可以说是新旧相兼,郎才女貌,门第相当,情投意合,最令人艳羡的美满婚姻。为什么说是新旧相兼呢?因为他们是婚前既笃于西方式的爱情生活,又遵从父母之命所结的秦晋之好;因为林长民和梁启超是好朋友,为子女订了这门婚姻;又因为林长民是段祺瑞内阁中的司法总长,梁启超做过熊希龄内阁的司法总长、段祺瑞内阁的财政总长,所以说是门当户对。

林长民胡子很长,有美髯公之称。民国十年(1921)福建老诗人陈石遗入京赠以诗云:

> 七年不见林宗孟,划去长髯貌瘦劲。
> 入都五旬仅两面,但觉心亲非面敬。
> ……
> 小妻两人皆揖我,常服黑色无妆靓,
> 长者有女年十八,游学欧洲高志行,
> 君言新会梁氏子,已许为婚但未聘。

老诗人的诗记录了林徽因教授的年龄,算到今年也只是八十二岁的老人耳。

林徽因、梁思成二位,一生在事业上也是志同道合。思成教授长期在清华任建筑系主任,夫人则长期任建筑装饰学教授。如果说思成教授的学术偏重于营造学史、建筑工程、工艺方面,林徽因教授则更偏重于建筑艺术的美学方面。思成教授生前,常常爱说"不愧名父之子",那么徽因教授自然也不愧名父之女了。因而他们来往的好友,更多是文学、戏剧界的人士。近六十年前,他们来往最多的是丁西林、陈西滢、胡适之、陈衡哲、江绍原、凌叔华等,那时,沈从文、焦菊隐等还是初露头角的新人呢。

我最初知道林徽因的名字,那已是远在上述盛会之后了,因为我的行辈晚他们二十多年。我最初知道林徽因,是在商务印书馆出版的《文学丛刊》创刊号上。她的四幕剧本《梅真和她们》是在这个刊物上连载的。这是沈从文先生编的大型文学刊物,创刊号上还有萧乾、施蛰存等人的作品。过去我收藏有前四期合订本,思之如在目前,但早已无觅处矣。自我得之,自我失之,世事自当作如是观。而我真正见到林徽因教授,则是更后十多年。我代表一个机关驱车去清华接思成教授审查图纸,这样才有幸见到徽因教授。后来在一次展览会上又有幸接待过她一回,以后再也没有机会见到她了。

关于她的情况,更多的是听另一位老先生说的。她与大诗人徐志摩有一段极为深厚的友谊。早在徐志摩于英国康桥皇家学院读书时，林正随其父在英伦读中学。林的祖辈曾任海宁州知州，同徐父申如先生是世交。异国相逢，自然来往十分密切，这样在英伦海滨种下友谊的种子。数年后，大家又都相聚在北京，不但都成为社会上文化界名人，而且又都是风华绮丽之时，过从甚密，风头之劲是少有的。林家住景山东街，院中有双桔树，名雪池斋；另西山有别墅，林徽因生肺病，住在其中养病，徐志摩经常去看她。用汽车接了她，开到燕园，故意由另一位女文学家窗下轻轻开过，一时传为韵事。一次泰戈尔生日，徐志摩主持在东单三条协和礼堂举行的庆祝会，林徽因扮演"齐德拉"，陆小曼演"卡昆岗"。徐逝后四周年，林在《大公报》文艺版著文纪念，抄几句作为本文的结束语吧：

> 在昏沉的夜色里，我独立火车门外，凝望着那幽黯的站台，默默地回忆许多不相连续的过往残片，直到生和死间居然幻灭一片模糊。人生和火车似的蜿蜒一串疑问在苍茫间奔驰，我想起你的：火车擒住轨，在黑夜里奔过山，过水，过……

30年代女作家白薇

近读内地出版的《白薇评传》,忆起了1937年4月,鸥查、董竹尹、王莹、陈波儿等十九位社会知名妇女,在《妇女生活》杂志上联合发起的为白薇筹钱治病的活动。

白薇是当时为广大读者所熟知和喜爱的女作家。早年,她为挣脱封建包办婚姻的桎梏,独自漂洋过海,在日本做工、学习,苦苦挣扎了九个年头。后来,她又毅然辍学返国,奔赴国民革命军总司令部,投身北伐。她的许多作品,如多幕剧《打出幽灵塔》、独幕剧《革命神受难》、长篇小说《悲剧生涯》等都发生过很大影响。

在现代文学史上,许多作家都曾有过这样或那样的坎坷,然而,好像还极少有人像白薇那样不幸:精神上受刺激,经济上拮据,而且还患有多种疾病。

这一年,她陷入了不能自拔的困境。本来一个专靠卖文为生的人就很不容易过活下去,何况她又重病在身,三五天断炊是常事。有时突然发病,一个人孤零零地躺在床上,不但茶水无人照顾,而且还要求偶尔来访的客人替她设法筹借药费。

刊登募捐启示的妇女都是白薇的好友,她们请求各界朋友合力为白薇筹一笔钱,送她去治病,使她早日恢复健康。

病中的白薇知道这件事,已经是几天之后了。她虽然感激朋友们的好意,但对女记者蒋逸霄说:"大家都在外面做事情,每月挣几个钱过生活,经济上自然不很富裕,还要省下一部分来给我,我心里怎能安适呢?"她迅速发表了劝止的文章。然而等她的文章登出来,上海及各大城市的学生、工人、基督教会,以及南洋的华侨,已经纷纷有款寄来。学生们每人捐一二角到一二元,有些工人省下一顿早饭钱。随同这钱寄来的,还有深表关切和同情的信件。笔者犹记当时募到六百零四元,要不是各方看到她谢绝募捐的文章,数目还会多些。当时的物价大约二元能买到一袋面粉,所以六百多元,也算可观了。

据说白薇还健在,居住在北京,算来已年近九十。对于一个曾长期在死亡线上挣扎着的人来说,这顽强的生命力简直就是一个奇迹!

大胆的女作家苏青

再度被人们"炒热"的女作家张爱玲曾说过这样一句话:"古代女作家中最喜欢李清照……近代的最喜欢苏青……"苏青何许人也?竟博才女张爱玲的如此青睐?

苏青(1917～1982)原名冯和仪,浙江宁波市人。小时候受家庭文化熏陶,后进南京中央大学英语系学习,这为她后来的写作打下了坚实的中西融会的根基。不过,年轻的苏青大学尚未毕业就结婚,做起家庭主妇。后来,因婚姻不幸夫妻反目,无以排遣愁闷。为了生活,苏青拿起笔来,写饮食男女,身边琐事,大胆真实,才华显露,成为40年代与张爱玲并驾齐驱、红极一时的女作家。

苏青的"大胆",从其散文名篇《谈女人》《谈男人》中可见一二。在《谈女人》中,她把《礼记》中的一句话改了一个标点,遂成:"饮食男,女人之大欲存焉。"这种大胆的言语,据知当时竟造成轰动。在《谈男人》中,苏青也语出惊人。譬如:"一个年轻的女人必定是爱贾宝玉的，也许等到她懂得世故了，才改变心态宁愿嫁给甄宝玉去。女人爱贾宝玉是想得到甜蜜的爱，嫁甄宝玉只不过想做一品夫人罢了。但亚当夏娃的子孙不幸没有现成的乐园中仙果可吃，要自己流汗而生活，于是男人便选了赚钱，女人自然轮到打扮了。——不过也不必自轻自贱，其目的还是一样的，互相取悦而已。"这种大胆，真是把当时社会笼罩在部分女人面上的一张张面膜给全部挑破开来了。

苏青在《谈性》中更是直言："我以为性是一种艺术，而谈性却是一种科学。"不过，苏青相当看重爱情，并且主张"惜福"，认为"只有真正有爱情的性生活才可以使人满足，而且任凭有真性也得惜福，别朝朝暮暮混在一起，因为刺激过度便麻木了"。

苏青的作品虽然受欢迎，但走红之时，也起起落落，一波三折。比如报社来找她写文章，先是叫她别用"苏青"的笔名，因为影响太大，后来又想借"苏青"的大名做招牌，招徕读者。还有人攻击她"小气"，称她为"犹太作家"。对此，苏青驳道："犹太人曾经贪图小利而出卖耶稣，这类事情我从来没有做过。至于不肯乱花钱呢，那倒是真的，因为我负担很重，子女三人都归我抚养，离婚的丈夫从来没有贴过我半文钱。还有老母在堂，也要常常寄些钱去。近年来我总是入不敷出，自然没有多余的钱可供挥霍了。我对朋友不常请客，不过也很少跑到别人家里去吃白饭，我不请人看戏玩耍，不过人家邀请我，我总也是心领谢谢的次数居多。"

20世纪50年代以后,正当盛年的苏青在文坛上消失了。她先是改行为越剧团编写历史剧《屈原》和《司马迁》,不久因为和贾植芳讨论创作致使1955年的"胡风事件"受到株连。"文革"动乱,苏青又在劫难逃。总之,这位创作生命虽短但却富有特色的女作家,由于这样那样的原因,终于成为一个悲剧角色。

刘云若和他的言情小说

四五十年前，天津有一位以写言情小说享名的刘云若，原名兆麟，天津人。他生于光绪末年，小学毕业后，肄业于天津官立一中，即俗称铃铛阁中学。青年时期富有才华，好写文艺小品，投寄报纸副刊。

王小隐主编天津《益世报》副刊《益智粽》。刘云若常为之撰稿，为王所赏识。后来王小隐转入天津《商报》，遂邀刘云若进《商报》编副刊《鲜货摊》。其后，冯武越创办天津《北洋画报》，沙大风创办天津《天风报》，也均请刘云若任过编辑。

小说《春风回梦记》是刘云若的处女作，连载于天津《商报》，凡此名传三津，为人称道。继又有《歌舞江山》《旧巷斜阳》《粉墨筝琶》《芳草天涯》《酒眼灯唇录》等小说问世，均属言情小说。与张恨水的小说齐名，当时有"南张北刘"之称。

刘云若身瘦而高，一派浊世公子姿态。喜作北里游，又染阿芙蓉癖，经常过着昼伏夜动生活。他的作品大都是在烟灯前偎红依翠，构思而成。所写的小说，多属妓院沦落人的题材；更因熟悉津沽旧事和市民生活情景，他的作品富有浓厚的地方色彩，所以深受读者欢迎。

当时，每当小说一问世，人们就争相购买。

刘云若写稿习惯沿着旧式毛边直行红格稿纸，写着密密麻麻的蝇头小字，每行写一百多个字，却非常清楚。有时随手取一小片纸头，或利用撕下来的日历页，也可作为稿纸。他的连载小说都是每日写一段，足够日报一天排印的字数需要。用稿的报馆派信差到他的寓所或他常去的妓院去取稿。当时，天津各报竞相刊登他的小说。他能在同一时期，分别为各报写几部不同内容的小说，虽是逐日分别零星写出，而情节层次，各不相扰，头绪不乱。他的身价提高之后，凡向他约稿的必先付稿费，否则迟迟不动笔；供稿中途如稿费偶有拖欠，他便以停稿来威胁。

"七七"事变前夕，刘云若在津自办四开小报《大报》，内容和编排，尚称新颖。因转载上海《新生》周刊杜重远写的《闲话皇帝》，上海发生杜重远被控案之后，这份《大报》在天津也被地方当局勒令停刊。刘云若长期居住天津，由于才思敏锐，又喜与各行业朋友交往，因而对天津社会有着深刻了解，对天津城各个角落、形形色色的人物非常熟悉。刘富正义感，对当时那些为了生活终日战战兢兢瞧人眼色行事的小职员，对那些沦落青楼、无依无靠的弱女子，皆寄以无限同情。他的小说中，总是以这些人为主角；而对那些有钱有势的军阀、买办、奸商、豪绅，则毫不留情地予以鞭挞，这类人物在他的小说中常常是不得好报。

刘云若有一枝生花妙笔，任何故事一经他写来，就令读者入迷。当时京津各报争相登载他的小说。有的报纸，原来销路不畅，一登他的小说，销数立即上升。

刘云若出名比张恨水晚。张因《啼笑因缘》等名作成为上海滩最走红的通俗小说作家时，刘云若才初露头角。而不久后，"七七"事变，华北首先沦陷，张恨水于抗战期间到了重庆，名声远及西南，刘云若则只是困守天津一隅。但在华北、东北，刘云若的名声渐渐远在张恨水之上，尤其是天津，凡对通俗小说有兴趣，或常看报纸的人，可能有不知道张恨水的，但很少有不知道刘云若的。抗战胜利后，刘云若的言情小说难以恢复，加以吸毒多年，身体羸弱不堪，后来，据传说于1949年病逝于津门。

孤独的张爱玲

著名女作家张爱玲在美国洛杉矶她的寓所里去世了,终年七十五岁,不禁更引起对她的怀念。

张爱玲生于1921年,她的祖父张佩纶是清朝的一名御史,与大名鼎鼎的洋务派首领李鸿章的公子缔姻,在当时被传为佳话。但是张爱玲本人的生活并不幸福。张爱玲的父亲是一个吸毒嫖妓的遗少,与她母亲——留过学的新派小姐——感情不和,终至离婚。张爱玲从小受尽后母的虐待,不得不于1938年在上海圣玛丽女校毕业后即离家去与生母同住。张爱玲极富文学天才,七岁就开始试写小说,十四岁时写出了一部鸳鸯蝴蝶派的小说《摩登红楼梦》,二十岁以《我的天才梦》一文获《西风》杂志征文三等奖。张爱玲二十三岁因发表《沉香屑》等作品而开始出名,就在这年,她与作家胡兰成结婚。但因胡兰成生性放荡,他们的关系以离异而告终。她的这段经历,后来被台湾已故女作家三毛写进了《滚滚红尘》。张爱玲在三十五岁那年从香港赴美国定居,第二年与美国剧作家赖雅结婚。这段婚姻持续了十一年,直到赖雅于七十五岁去世。

从张爱玲成名起,人们就觉得她是一个欢喜离群索居的女性,她一向信奉"我要单独生活的原则"。她爱一个人独居,数十年里,她极少会见人,与外界的联系完全靠的是信件,就是出版著作也都是通过信函委托别人代理。她的很多作品在台湾由皇冠出版公司印行,可皇冠的发行人平鑫涛与她联系达三十年之久,竟没有见到过她一次,简直令人难以置信。为了能见到张爱玲,有机会与她交谈,有一位研究者特地搬到洛杉矶她所住的那幢楼房,与她做邻居,连张爱玲倒出的垃圾都作为可能利用的资料收集起来。但当这位研究者与她谈上话,说要访问她,张爱玲立即就搬家离开了这座楼房,使他哭笑不得。

张爱玲最亲近的人不是父亲,不是母亲,不是胞弟,也不是早年的情人胡兰成和后来的丈夫赖雅,而是她的姑姑张茂渊。张爱玲写的话剧《倾城之恋》,20世纪40年代在上海上演时,她姑姑曾写过一篇精彩的剧评。80年代末,张爱玲虽与姑姑恢复联系,能够互通音信,互诉心曲了,但通信时断时续,并不频繁。她的住址对姑姑也是保密的,信只能寄到租用的信箱,信箱又经常变换。张爱玲姑姑去世后则是偶尔向她姑父倾吐情愫了。

张爱玲就这样从不与人来往地独个儿在洛杉矶的住所生活了几十年。

一举成名话"女兵"

在中国当代的女作家中,谢冰莹是成名较早的一位。她把1926年参加国民革命军北伐时的一段亲身经历写成了《从军日记》。她没有想到,竟会这样顺利地走上文坛。《从军日记》1928年在《中央日报》发表后,得到林语堂的赏识,译成英文,后来又被转译成法、德、日三国文字和世界语。从此,她就成为闻名中外的女作家,甚至引得罗曼·罗兰的欣赏。她和诗人柳亚子相逢于上海。柳亚子非常爱护这株文学幼苗,著文揄扬,不遗余力,并且过从甚密,文友交相誉曰:白发红颜,相映成趣。

她于1922年进长沙第一女子师范读书。那时她经常阅读一些名家的新文学作品,以及《三国演义》《水浒传》等古典小说,也爱读法国作家如莫泊桑、左拉等的作品。在学生时代写过一篇小说《一瞬间的印象》,这是她的处女作。《大公报》副刊发表了这篇小说后,促使她决心从事文学。

谢冰莹的成名,除了因她学习上努力外,还由于她从小就是一个"叛逆的女性"。她生于辛亥革命前七年,在家里激烈反对缠足穿耳,后又违抗母命进入一所男孩的私塾读书。接着转到新化县的女子学校,再转益阳的教会学校信义女子中学;后来是因为发动反对日本帝国主义的游行,被学校开除,才进入长沙第一女子师范的。1926年毕业后,为反抗父母包办的婚姻,径自跑到武汉,参加了革命军办的军事学校,甘愿接受严格的军事训练,投入了北伐战争。20世纪30年代初,东渡日本。淞沪战役时毅然回国,投入动员妇女参加抗战的工作。1935年又去日本早稻田大学学西方文学时,竟被捕入狱,释放后立即回国。"七七"事变后,积极参加抗日活动,写了不少战地通讯。

三年后,谢冰莹的新作《叛逆的女性》《一个女兵的日记》完成了,这次是由林语堂的女儿译成英文后在纽约出版的。林语堂在为此书写的序言中说:她坦率的爱国精神,对腐败政治的坚强斗争,对穷困和压迫不屈不挠的斗争,对中国社会传统歧视妇女的反抗,是五四运动后新中国的社会理想主义的典型。她的作品是解放了的中国妇女参加社会革命的文学记录。

无独有偶的是,现在在内地的谢婉莹(冰心),也是一位驰名国内外的女作家。比谢冰莹大三岁,人们疑为姊妹。可是,冰莹是湖南人,婉莹却是福建人,过去不在一处,现在也还是遥遥相望呢。

40年代的李霁野

20世纪40年代初,李霁野还不到四十岁,在文学界已是一位颇有声望的人了。他翻译英国文学名著,严谨认真,文笔流畅,颇受读者赞誉。他得鲁迅先生提携创办未名社,辛勤尽责,公道正派,屡受鲁迅先生称赞。1937年华北沦陷后,北京许多文学界知名人士纷纷撤往内地,李霁野是留在北京的少数几个作家之一。他在辅仁大学西语系任教,很有号召力,不少爱国青年团结在他周围。

"七七"事变时,李霁野刚结婚,去天津岳丈家,战火把他滞留在天津达一年之久。1938年秋天,他返回北京,寄寓在地安门外白米斜街4号,这房子是清代湖广总督张之洞故居,在北方是一所极有名的宅院。但李霁野租住的却是其中最陈旧的一个小院。

40年代初期,北方文化界已是一片荒芜,出版界满目凄凉。李霁野想筹办一文学杂志,拟名为《北方文学》,以维持翻译界朋友们的生活,及向社会提供一些健康的精神食粮。但在那沦陷时代，怎能容得这种理想的实现？后来，连登记证也办不下来，办刊物终成泡影，他只得一边教书，一边译书。列夫·托尔斯泰的《战争与和平》一百二十万字，大部分是他在这一时期译出的。可惜这部稿子竟在香港失陷时遗失了。

李霁野极重情谊。鲁迅先生的母亲周太夫人和原配夫人朱氏住在北京阜成门宫门口西三条21号，许广平在沪很难及时照料。周作人做了伪教育总署督办，家住北京八道湾，离西三条不算远，但因和鲁迅不睦，竟连老娘也不去看望。李霁野留住北京时期，便经常去鲁迅故居，承担了照料鲁迅家属的责任，直到1943年1月他被迫离开沦陷区为止。1941年秋天，我曾随李霁野去鲁迅故居看望周太夫人，并瞻仰鲁迅先生的书斋"老虎尾巴"。周太夫人说绍兴话，我听不懂，便由李霁野做翻译。

四十个年头过去了，一直无缘再晤李霁野先生一面。记得李先生是1904年生，现在应该有八十多岁了吧。听友人来信提及，他现任南开大学外文系主任，还兼任天津文艺界联合会副主席。这位追随鲁迅先生走上文学道路的著名翻译家，诚可谓文坛耆宿了。

李劼人的"菱窠"

作家李劼人逝世已有三十几个年头了。他的长篇小说《死水微澜》《暴风雨前》《大波》都是以四川成都为背景，再现了四川保路运动和辛亥革命时期波澜壮阔的历史场面。尤其是那原汁原味的川腔川调，令人读来别有一番滋味在心头。

李劼人1891年生于成都，曾留学法国，翻译有福楼拜的《马丹·波利娃》、莫泊桑的《人心》、都德的《小东西》等名著。他生前曾任中国作协理事、四川文联主席等职。

李劼人的前半生居无定所，先后曾住成都磨子街110号、指挥街118号和桂花巷64号，直到1939年后才定居成都的沙河堡。

菱窠是李劼人后半生的住所。李劼人土生土长于成都，而他的住所却设在城外。那是1939年，日本人的战火已烧到大后方的腹地——成都。二十七架敌机盘旋成都上空，狂轰滥炸。盐市口一带被炸得瓦砾横飞，火海一片。

城中的居民哪里见过这样场面，纷纷疏散到市郊。李劼人一家也随逃难大军出城，来到城外沙河堡的菱角堰，在这里购置了一亩土地，盖起了一幢草顶泥墙的乡间住宅，李劼人自名为"菱窠"，意为"菱角堰边的窝"。他在篱院的门楣上亲手书写了"菱窠"二字。

菱窠坐落于绿树繁茂、茵茵田畴之间，庭院旁边一鉴方塘波光粼粼，垂柳依依，一派田园风光。菱巢外形为典型的山川西坝子建筑，即明柱头、宽屋檐、榖草顶、泥巴墙。南端为一大一小两间卧室，中间是书房，北端一间起居室约有二十平方米。室内东西两侧都有木格窗，东窗用一扇屏风隔着外面的视线，屏风后是李劼人的单人卧床，里面放着一张宽大的书桌，桌前一把木圈椅，南北两侧分别摆着两排书柜。这就是李劼人的卧室和写作室了。他的后期作品都是在这里创作的。

1959年，李劼人得到一笔稿酬，便将菱窠改成了砖木瓦房，并将原来的藏书阁楼正式改为书房。李劼人一生钟爱书籍，他的书库藏书五万余册，仅线装书就有一千一百六十八部、一万六千零七册。

1962年李劼人去世，菱窠渐次荒芜，1983年重新修复。经修葺一新的菱窠，基本恢复了旧居原貌，并在园内增塑了一尊汉白玉雕成的李劼人胸像。作者是李劼人生前好友、著名雕塑家刘开渠。菱窠内收藏有李劼人的手稿、他生前收集的字画和用过的部分家具。现在已成立"李劼人故居文物保管所"，正式对外开放。

学者实录

xuezhe shilu

"人参状元"翁同龢

清代末年,江苏常熟的翁同龢,于咸丰六年(1856)中丙辰科状元,即入翰林,成为光绪的老师。关于翁氏高中状元,说来有趣,还与两根人参有关呢!

翁同龢之父翁心存,于道光二年(1822)中进士,后官至吏部尚书、协办大学士,对翁同龢热心培育,渴望儿子也状元及第。

清咸丰六年,各地举子云集京城,炫耀才学,问鼎春闱廷试。在这芸芸之众中,翁家的同龢与孙家的毓汶是夺魁呼声最高的人选。论才名,二者在伯仲之间;论书法,翁同龢钻研颜、欧阳,兼及米、黄,孙毓汶潜心董、赵,兼法翁方纲,二人皆称冠绝一时;论家世,翁同龢为大学士之子,安徽、湖北巡抚之弟,孙毓汶则是当朝尚书孙端珍之子、道光二十四年(1844)状元孙毓龢之弟,皆是门庭显赫;翁同龢从乡试、会试过关斩将,步步登高,孙毓汶亦凭才华,锐意进取。孙家夺魁之意更切,冀望毓汶高中榜首,与其兄毓蘇共成"兄弟状元"。

旧时习惯,考生进京城参加廷试(殿试),总是找一家离宫廷稍近的亲戚家或客店投宿。翁家在京城住的地方离内廷稍远。

廷试的前天晚上,孙家以"通家之谊",接翁同龢到孙家住下。翁家不察孙家之居心,翁同龢之父只给儿子的卷袋里塞进两根人参,作了些叮嘱,便让他到孙家住下。

当天晚上,孙尚书以父执世谊,频频劝酒,将廷试之规定指点了一遍又一遍,一直谈到深夜,而这时孙毓汶早已借故休息去了。

蒙在鼓里的翁同龢,还以为孙家的殷殷之谊是对自己的关怀,颇为感动。散席后,翁同龢已是筋疲力尽,来不及脱衣服,便倒头而睡。不一会儿,孙家院里鞭炮大作,接连不断,翁同龢刚躺下便被惊醒,他一夜也没休息好。

第二天殿试,翁同龢尽管强打精神,无奈通宵未眠,因和衣而睡又受了点寒气,只感到昏昏沉沉,力不从心。他想,这次考试肯定不行了,只好把状元拱手让给孙家了。这时他才开始责怪自己不存防人之心,中了孙家的计谋。他心中一急,猛然想起离家时,家父曾塞给他的两根人参。他赶忙从卷袋里掏出来,一口含下了半根。

说来还真灵,想不到这上好的人参,顿时起了作用。翁同龢只觉得精神振奋,意气风发。考试时,他挥笔疾书,一份策论一气呵成。

放榜之日，人头攒动，结果是翁同龢第一，授修撰；孙毓汶第二，授编修。这样，后来了解这段掌故的人，便称翁同龢为"人参状元"。记得后来有人还在1946年的上海《新闻报》撰文，称"爆竹声中争状元"。

为此事，事后翁、孙两家虽未撕破脸皮，但彼此却心存芥蒂，耿耿于怀，在以后的政见中常常不自觉地搀杂着私人恩怨。

"冷籍"状元张謇

"讴歌淮海三千里，关系东南第一人。"

这是中国知识界、实业界所熟知并敬佩的张謇于1926年8月24日病逝后，大学教授王毓祥（湖南衡阳人）为其所撰献的一副挽联。上联说张謇在江苏南通致力于兴办实业和教育，对三千里淮海地区的空前贡献。下联除推崇张在东南的"地位"之外，"第一人"亦含有他的身份是"大魁天下"的状元之意。

张謇，江苏南通人，字季直，号啬翁，别署啬庵、啬叟、简署啬，人称"啬公"，别号季子，乡人尊称"张四先生"（行四而称），幼名长泰，早岁学名吴起元（因父赘吴氏而兼祧，后还姓）。影射名"章謇"，字直蜚。

张謇生于清咸丰三年（1853），十六岁开始涉足科场。

按当时的习惯，一家三代无人考官学的，叫作"冷籍"。子弟应试颇费周折，张謇便属此类"冷籍"。张家万般无奈，经人介绍张謇便冒认为如皋（在江苏省东部长江北岸，东普置县，距南通约一百五十华里）人张驹的孙子，改名"张育才"，去如皋县应试。

张謇顺利地通过了县试、州试，不过州试成绩不是顶好，取在百名之外。当时的学官宋璞斋，举人出身，很瞧不起这个少年学子，狠狠排揎道："若有千人应试，录取九百九十九，那么剩下的那个必定是你！"张謇羞惭至极，在住所的窗户和帐顶上都大书"九百九十九"五字，发愤攻读，每夜必耗尽两盏灯油方入睡。功夫不负有心人，张謇终于院试（清代由各省学政主持的考试）取中，名列第二十六名，成了"冷籍"张家有史以来的第一个秀才。后经通州（今南通）知州孙云锦斡旋，张謇仍改籍归宗，恢复原名，成为通州一名秀才。

张謇十六岁考中秀才，三十三岁取中举人。今后每逢"春闱"会试，他便放下幕府文案，奔赴京城应试。但他三进礼部贡院考场，三次都落选。光绪二十年（1894），为庆祝慈禧太后六十大寿，朝廷特举行一次"恩科"会试。其时张謇已四十有二，有些心灰意懒无意再去应试了。无奈老父一定要他再去考一次，"父命难违"，他借了几个友人的考试用具，极不情愿地步入考场。谁知，竟然取中会试第六十名，礼部复试又名列第一等第十名。

是年4月22日殿试，以一白昼为限。试题是关于河渠、经籍、选举、盐铁的四道，正中张謇的心意。担任评卷的"读卷大臣"为张之万、翁同龢、常麟书、李鸿藻、薛允州、唐景崧、汪鸣銮、志锐八人。在这八人中,最赏识张謇的是光绪皇帝的老师翁同龢。翁阅张謇试卷后,立刻得出"文气甚老,字亦雅,非常手也"的结论。"读卷大臣"把殿试前十名的卷子送呈光绪帝圣裁。光绪皇帝经审阅后,在张謇试卷的卷首御画朱书了"第一甲第一名"六个笔力沉劲的正楷大字。

经过二十六个春秋的坎坷曲折,"冷籍"张謇终于考中了"鼎甲之首"的状元。

清末,江苏南通"冷籍"状元张謇,还是一位亦刚亦柔受人钦敬的人物。

说来令人难以置信,大名鼎鼎的张謇,一度还曾是窃国大盗、卖国贼袁世凯的老师。当年张謇曾指点袁读书习字,作文写诗,袁亦以师礼事张謇,在张的面前不敢有半点放肆。袁在书信中称张为"大人""夫子"。后来袁世凯的官做大了,改称张謇为"先生",继而呼为"季翁"(张謇字季直)。等到袁做了大总统,便直呼其名字,称他为"季直兄"。张謇在袁世凯政府中任农商总长,自认为是不入流的"十八品"。他曾写信指责袁世凯不学无术,并指斥袁"勿谓天下人皆愚,勿谓天下人皆弱",因此袁世凯对他冷淡起来。但当袁称"中华帝国皇帝"位之前夕,却又突然对张謇热情起来,尊崇他为"嵩山四友"之一(其他三友为徐世昌、赵尔巽、李经羲)。可是,张謇早已洞悉袁世凯的为人,便写了一副对联挂在自家门前,"官居十八品,世阅一千年",此联嵌入数字"十八""一千"。上联道出不愿为"四友"之意,即不拥护袁世凯称帝;下联有阅尽兴亡之意,含有"看你怎样下场"的讥讽之意。不久,张謇便辞去农商总长一职,回家乡南通办实业去了,并痛斥袁为"不忠、不信、不仁、不义"之人。

张謇不仅是一位刚正不阿、嫉恶如仇的正人君子,他同时还是一位热情好客、爱才如命、彬彬有礼的谦谦君子。张謇在他所佩服的人面前,不论是学有专长者抑或是能工巧匠,均尊为上宾,推崇备至。他的住宅建过一阁,叫"梅欧阁",就是为戏苑名流梅兰芳、欧阳予倩而建的。

张謇还与苏州女绣工沈寿格外有缘。沈寿,原名云芝,字雪君。八岁学绣,二十九岁创造仿真绣针法。三十岁那年,为慈禧太后七十大寿,特绣了《无量寿佛》《八仙上寿图》各一幅。慈禧见了十分欢喜,特赏赐她御书"福""寿"字各一帧。沈云芝因此而易名为"寿"。1915年2月,美国为庆祝巴拿马运河通航,在旧金山举行万国博览会。沈寿所绣的"英女王维多利亚半身像",获博览会第一金盾大奖。从此声名远播,以至有"绣圣"之称。

"冷籍"状元张謇也极欣赏她的绣艺,特于他创办的南通女子师范学校附设女子传习所,聘沈为所长。沈寿到南通,寄寓张家。张謇特整修"谦亭"别墅,供沈寿居住,并赠以七绝诗两首,其一为:

记取谦亭摄影时,柳枝宛转绾杨枝;因风送入廉波影,为蝶为鹣那得知?

其二为:

杨枝丝短柳丝长,旋合旋开亦可伤;要合一池烟水气,长长短短护鸳鸯!

一墅加上两诗,于是众口纷传,颇多微词。沈寿于1921年农历五月初三因病谢世,年仅四十八岁。其时张謇已年近七旬,对沈寿的病逝甚为痛惜,撰联挽曰:

真美术专家,称寿于艺,寿不称于名,才士数奇,如是如是;亦学诗女弟,视余犹父,余得视犹子,夫人为恸,丧予丧予。

此联既痛沈之不寿,中年亡故,更表明他们的关系情同父女,意在辟谣言,正听闻。

王国维死因离奇

北京清华园中有"海宁王静安先生纪念碑"一座,碑文为陈寅恪撰。海宁王静安先生国维,去世已近百年。民国十六年(1927)六月二日,自沉于颐和园安澜堂前昆明湖中。临终只留下了"五十之年,只欠一死,经此世变,义无再辱"四句话,更无其他遗嘱,一代学人,就这样谜一般地自杀了。人们在惋惜伤感之余,不免思考起他的死因来。有的说罗振玉剽窃了他的稿子,有的说罗振玉欠了他的钱不还,等等,不一而足。总是把王国维的死拉扯到罗振玉身上,或者把王国维之死归之于钱,却很少从性格、信仰、学术理论上分析他的死因,所以,总难免有隔靴搔痒之感。

静安老先生弃世时,正在清华国学研究所执教,同时执教的有梁启超、陈寅恪、吴宓,以及在美国去世的赵元任先生。静安先生去世后,陈寅恪先生在一首挽诗中,有一段注解。其中说:"甲子岁,冯(按:指冯玉祥)兵逼宫,柯、罗、王约同死而不果，戊辰冯部将韩复筑兵至燕郊，故先生遗书谓'义不再辱'，意即指此。遂踏旧约自沉于昆明湖，而柯、罗则未死。余诗'越甲未应公独耻'即指此言。"

甲子逼宫，是指把溥仪赶出故宫。柯、罗是柯劭忞和罗振玉，即三个人相约同为清朝自杀，另外两个人只是唱唱遗老的高调而已，并不想真死。静安却真的学屈原的样子，跳到昆明湖去死了。他一死，一些围着溥仪转，准备重做大官的人，拿他大做文章，说他为清朝而死，为他请谥，让住在天津日租界张园的溥仪封他为"忠悫公"。好像有了他做样子，溥仪就真能够再做宣统皇帝了，其实又如何能理解他的思想信仰呢？

实际上，他并未做过清朝的什么大官，也没有功名，只不过是清朝末年学部的一名工作人员而已。在他跳昆明湖自杀时，清代的那些大大小小的官儿还多得很。连那些王公大臣也还活着，在北京深宅大院中，在天津、上海租界地里，照样吃喝玩乐，并没有人去死，却只有他去死了。因此又有不少人可惜他的呆气，觉得他太犯不着。而静安先生一死，倒变成了一些遗老们的好诗题。浙江诸暨周善培在一首题为《王静安投昆明湖殉国为诗哀之》的律诗中写道："入地觐天知慰藉，十朝待士竟何如？"好像清朝待读书人真的太好了，所以王静安跳湖殉节。人们却不禁要问：你自己又如何呢？清朝那些血淋淋的文字狱的账如何算呢？真是莫名其妙！

静安先生一死，写挽诗的人很多，连跟他相约同死而未死的凤荪老人柯劭忞也写了感怀伤殁诗：

> 历历三千事，都归一卷诗。
> 秦庭方指鹿，江渚莫燃犀。
> 管邴君无忝，唐虞我已知。
> 文章零落尽，此意不磷淄。

"管、邴"是指汉末的管宁、邴原，都是避乱隐居的人物；"不磷淄"是不薄、不黑，哀伤惜怜之意未变。柯凤荪哀悼王静安，没有把他扯到"殉国"，为大清而死等上去，这是这位清史馆馆长的高明之处。他只是叹息"文章零落尽"而已。从这点感慨王国维之死，多少还沾一点边儿的。

静安先生不论从哪一方面说，始终是位学者，而不是清朝的一名官吏。他生于光绪三年，即1877年。读书之后，并不是去应科举，而是进了学校。1900年前后，他在上海东文学社读书，学日本及西方科学知识。1901年去日本留学，进东京物理学校。1903年任南通师范学堂、苏州师范学堂教习，教授心理学、伦理学、哲学。光绪三十二年（1906），经罗振玉介绍，到北京，在学部总务司行走。当时清政府体制已改革，张之洞任军机大臣兼领学部，把不少学者都网罗在学部中。静安先生到京师图书馆编译，后调名词馆协调，这是在清朝所担任的职务。清代分"官"和"差事"，外官小的如典史、县丞，内官如主事、郎中等，再小也有个"衔"，差事是具体工作。严格说来他所任只是"差事"，还够不上"官"。一直到1923年，他才接受了溥仪的伪旨，"在南书房行走"，食五品俸，似乎已经身列清秘了。但那已是清朝覆亡后的第十二年了。过了一年多，溥仪就被赶出故宫。他这个五品俸实际上是连剔庄货也赶不上的破烂。

在他死前没有多久，正值清华园花开之时，湘人章士钊（孤桐），蜀人曹让蘅、经沅曾去清华看他。死后挽诗起句云："匆匆执手记花时，危语辛酸最可思。"亦可想见他当时的思想情况了。章行严先生逝去没有多少年，可惜生前没有写点儿回忆王静安的文字。陈寅恪有挽观堂长诗，序言对其死因论述甚当。现在《寒柳堂集》已出版，读者可以去看，无须赘述了。

于右任之悲歌

每当经过绍兴古轩亭口，映入眼帘的是那通巍然矗立于街心的秋瑾纪念碑。此碑建于1930年，碑文为学界泰斗蔡元培撰，字则由时任南京政府监察院院长的于右任所书。从这铁划银钩间，透出于右任对辛亥烈士、巾帼英雄秋瑾的敬慕之情。

一提起于右任，人们会情不自禁地想到他临终写下的泪血凝成的悲歌三章：

（一）葬我于高山之上兮，望我大陆。大陆不可见兮，只有痛哭。

（二）葬我于高山之上兮，望我故乡。故乡不可见兮，永不能忘。

（三）天苍苍，野茫茫。山之上，国有殇。

这三曲悲歌，字里行间渗透着于右任对祖国和故乡亲人的无限眷恋和思念。

于右任，1879年4月11日生于陕西省三原县的一户农家。青少年时代，因才华出众，被陕西学政誉为"西北奇才"。由于言辞激进，被清政府通缉。他亡命上海之后，免费就读于近代教育家马相伯办的震旦学院。与同窗邵力子结为莫逆之交。之后，他相继结识了章太炎、宋教仁、马君武、叶楚伧、李烈钧、陈英士、胡汉民等。由于他才思横溢，文笔犀利，深得《新民丛报》主笔梁启超的赏识，因函邀东渡扶桑一晤。1906年，于右任首赴日本。在那里，他不但见到了梁启超，而且还会晤了仰慕已久的孙中山。于右任加入同盟会，并接收了孙中山授予的"长江大都督"之职。

1907年至1910年，于右任在上海创办了《神州日报》《民呼日报》《民吁日报》和《民立报》。由于积极宣传反清革命思想，揭露和讽刺清朝反动统治的腐败黑暗，报道世界各地资产阶级民主革命运动，故深受广大读者的喜爱和欢迎，也遭到清政府的阻挠和破坏。其结果是报社被查封，于右任遭通缉。

1911年的辛亥革命，推翻了清王朝的封建统治。但革命的胜利果实被袁世凯窃取，造成军阀混战，政治更加黑暗腐败。虽然孙中山等百折不挠地斗争，但仍屡遭失败。就在此时，俄国十月革命一声炮响和中国共产党的诞生，使于右任又看到了新的希望。于右任积极拥护和支持孙中山的新三民主义政策，主张实行第一次国共合作。他在1924年1月10日出版的《东方杂志》上撰文指出：国民党和共产党"今日之事，合则两益，离则两损"。同年10月，于右任参加了体现国共两党合作的中国国民党第一次代表大会，被选为改组后的国民党第一届中央执行委员。

第二次国共合作，是在中国共产党和张学良、杨虎城将军共同努力下实现的。当时，身为国民党南京政府监察院院长的于右任，出于民族大义和爱国之心，赞同国共两党再度携手共同抗击日本帝国主义的侵略。周恩来在武汉、重庆时，曾多次和于右任恳切交谈，还通过王炳南、屈武（于右任的女婿）等，与于右任经常保持联系。于右任曾为中共中央在汉口创刊、后迁重庆出版的《新华日报》题写了报头。汪精卫当了汉奸之后，于右任曾发表《以胜利击破汪倭毒谋》等文章，伸张了民族正义，鞭挞了汉奸卖国贼的丑恶嘴脸。

1939年1月，国民党五中全会出笼的《限制异党活动办法》等文件，以及国民党顽固派掀起的分裂倒退的反共高潮，使于右任深感痛心和不满。1941年1月，"皖南事变"发生后，于右任非常气愤，手拍桌子大声地说："国民党这样破坏两党合作，简直就是破坏抗战。我一定要讲话！"过了一会儿，他又叹了口气说："唉！讲又有什么用呢？"这席话，既说明了这位爱国老人主持正义，同时，也反映了他当时有心无力的处境和心态。

有一次，监察院揭发了一起重大贪污案，涉及国民党权要人物。于右任坚持要执行监察院的职权，对这些权要人物进行弹劾，而蒋介石却要庇护这些坏人。于右任对此气愤至极，要求辞掉监察院长职务。为表示对蒋介石的不满和抗议，于右任负气离开重庆去成都居住。后经蒋介石指派的张群从中斡旋，于右任出于无奈，只好随张群又回到重庆。

抗日战争胜利之后，毛泽东亲临重庆参加国共两党谈判。在此期间，毛泽东在周恩来的陪同下，登门拜访了于右任。于右任设便宴招待了毛泽东和周恩来，并一再表示，他反对内战，赞成和平，支持国共两党再度合作，和平建国。可是，国共两党签订的和平协议墨迹未干，国民党再次挑起内战。1947年2月，国共谈判彻底破裂，中共代表团被迫从南京等地撤离。于右任此时心情十分沉重，常常夜不能寐，深为国家和民族的前途担忧。

1949年4月21日，正当中国人民解放军以摧枯拉朽之势，神速突破长江防线之际，年已七十一岁的于右任受蒋介石的挟持，被迫离开内地去了台湾。这位曾叱咤中国报坛的老报人、诗人、书法大师，从此，过着离乡背井、骨肉分离的生活。

于右任到台湾之后，身边除长子外，原配夫人高促林、长女于芝等亲属留在内地，其他子女都居住国外。长期以来，于右任与内地亲友，天各一方，互不往来，思念之情与日俱增。

1961年，年届八十三岁高龄的于右任一直为一事焦虑不安。按照时间推算，这年正是夫人高促林的八十寿诞，他是多么希望能为夫人好好做寿呀！于右任的这桩心事，竟为章士钊知道了。3月中旬，章士钊由香港回到北京，给周恩来总理写了一封信，最后说："胡子的这种心情，请总理予以注意。"周恩来看完信后立即告知于右任在北京工作的女婿屈武："绝不能为这件小事使于先生心中不安，让他以女婿的名义为于夫人做八十大寿。"同时，周恩来还要屈武带上儿子、儿媳妇一道去拜寿。

于右任的晚年，在政治上颇不得志，常常流露出对现实的不满，对前途的悲观，曾几次想辞职。他因困居海岛，沦落天涯，欲返故乡夙愿难酬，内心苦闷不堪。反映他这种心情的诗词不胜枚举，如"忧愁风雨，迷离云树，流不尽的艰难路""如何久滞天涯"等，真可谓言为心声，情见乎词。

岁月催人老，于右任身体日衰，自感时日不多，乡思更为殷切。他为自己安排后事时，仍念念不忘故乡，他在日记中写道：

> 我百年之后，愿葬于玉山或阿里山树木多的高处，可以时时望大陆。我之故乡是中国大陆。

傅增湘藏书万卷

20世纪30年代，笔者在北京曾有机会结识著名藏书家藏园老人傅增湘，深为他那治学谨严、写作认真的精神所感动。

藏园老人号沅叔，四川江安人，生于清代同治十一年（1872）。十七岁中举，二十六岁中进士，授翰林院庶吉士。他早年和父母住在保定，入莲池书院从吴汝纶学习。清末任直隶提学使，曾先后创办天津北洋女子师范学堂、京师女子师范学堂。辛亥革命后，任唐绍仪顾问，出席南北和议。1917年在王士珍内阁任教育总长，以后长期从事古籍收藏和版本目录学的研究。

他和北京琉璃厂、隆福寺的许多旧书肆都有很深的交往。由于知识渊博，对鉴定古籍独具慧眼，所以在书贾收购的大量私家收藏的古旧书卷中，尽管已经历了不少古籍专家筛选，但他仍能从中发现极为珍贵的宋元版和名家抄本。因此，他一生搜集的古籍善本中，有的是付出了高昂的代价，也有些是以廉价购进的。由于老人一生的辛勤努力，不知抢救了多少珍宝免于沦劫。至20世纪40年代后期，他所收藏——包括祖传——的善本已达六万多卷。他把藏书楼名为"藏园"，又因收藏了两部宋元版《通鉴》，故另名"双鉴楼"，成为中国当代著名的几位藏书家之一。从30年代起，他就根据所藏古籍陆续在《国闻周报》等杂志撰写《藏园笔书题记》，用藏园老人或藏园居士署名。他的"题记"，对古籍版本的考订和评述，在中国学术界享有很高的评价。

当年笔者见过老人的手稿，除敬佩他对版本研究的精深造诣外，更令人陶醉的是欣赏他的书法。他的文稿，有的是请人誊抄，自己再朱笔点校，有的则是亲笔书写。尤其他那工整的小楷，胜过他的大字。如以莲池书院法帖赵子昂的《蜀山图歌》和老人书稿对照，其笔迹颇多相似。我曾收藏老人手稿二十余篇，后均于乱中散失。其中最惋惜的是他撰书的《光绪戊戌旋蜀舟行日记》，记述戊戌年中进士后偕夫人序珊由京去沪沿江经三峡回乡的经过，有万余字，我珍藏若拱璧。还有一幅中堂，系老人应我之请而录《项羽本纪》中巨鹿之战的片段文字，不幸都一并散失，殊堪痛惜。现在只存留其两封信札，横十六开浅蓝色木印十行笺纸，左侧下方为篆体杏色印的"双鉴楼"三字，珍藏已四十余载。其他文稿散失后，这几页亲笔信笺就弥觉可贵了。

当年老人住在北京西城石老娘胡同。对于接待我们年轻人，总是以谦逊言辞，循循善诱。据悉，老人已于50年代初逝世，所遗"双鉴楼"藏书均献归北海图书馆庋藏。宝书得传，良足欣慰。

张元济印《四库全书》

著名出版家张元济在主持商务印书馆期间，校印出版了大量书籍，《四库全书珍本初集》便是其中的一部。

《四库全书》是清乾隆年间纂修的一部大型丛书。全书共收书三千五百零三种，一万九千三百三十七卷，三万六千余册，分装六千多函。内分经、史、子、集四部，故名"四库"。如果将全书的二百三十万张书页摊开，逐页相接，可绕地球赤道一又三分之一圈，其规模之大，可称得上"世界之最"。

《四库全书》成书后，当时抄录七部，分藏于北京故宫文渊阁、承德文津阁、潘阳文溯阁、扬州文汇阁、镇江文宗阁、北京圆明园文源阁和杭州文澜阁。可惜未过百年，文汇、文宗皆毁于战火，文源阁后亦被英法联军焚毁。《四库全书》的命运，引起了社会文化界人士的关注。

1919年，中国学者金梁、叶恭绰等为保存古代文化遗产，提出了影印《四库全书》的建议。法国巴黎大学新创设的中国学院为扩大收藏，也想影印。翌年法国总理班乐卫访华，再次建议影印，得到当时北洋政府总统徐世昌的同意。徐旋召张元济至北京，提议由商务印书馆影印《四库全书》，并愿资助周转款三十余万元，还确定以文津阁藏本按原版影印一百部。估计费时需五六年，耗资约二百余万元。张元济问此一百部将如何销售，对方说：每省一部，每督军一部，学校五部，哈同五部，个人有能力购者十五部，机构有能力者购六部，政府二十五部。张元济建议，要承印只有两种办法：一是政府出款，商务代办印刷出版等事宜；二是由商务印书馆承办，政府包销。后终因北洋政府难以支付这笔巨款，这件事就搁了下来。

到1924年，张元济打算影印《四库全书》作为商务印书馆开业三十周年纪念。同时，考虑到商务印书馆若不印此书，在若干时期内，必无人肩此重任，于是呈请政府，要求借印文渊阁藏本。报告批准后，张即派人去北京，准备将全书运沪。谁知正要起运，直系军阀贿选总统曹锟的亲信李彦青忽然从中作梗，阻止藏书出京，影印一事再次搁浅。

1925年7月，章士钊出任教育总长，提出请商务印书馆影印《四库全书》，仍用文澜阁本。但正当全书装点完毕，准备起运之际，政局有变，章士钊去职，全书南运事又被迫停止。对此，张元济十分焦虑，他在10月5日致傅增湘的信中说："印《四库》事……弟尝譬之唐三藏取经，层层难关,均已渡过,此时总算望见大雷音寺矣,白马驮蹄,尚未知在何日,尚望诸大护法家始终保佑。"

1933年,教育部与商务印书馆重提影印之事,决定缩小计划,影印文渊阁所藏中的珍本。教育部委托中央图书馆筹备处与商务签订合同。商务印书馆聘请专家学者陈垣、傅增湘等十七人,选出二百三十二种,一千九百六十册,编为《四库全书珍本初集》,影印一千五百部,于1935年7月全部出齐。

爱国学者叶恭绰

在纪念抗日战争胜利四十二周年之际，笔者想起了爱国学者叶恭绰先生。

叶先生生于清光绪七年（1881），七岁能诗文，十八岁应童子试，以《铁路赋》获第一名。民国时期，历任铁道部、交通部部长等职，为中国早期的交通事业做了不少有益的工作。叶恭绰先生还是著名的文学家、书画家、文物鉴赏家，是一代著名学者。尤其他的高尚品德，更为后人所敬仰。

1931年，他五十岁生日。作为交通部长，收到的礼物、寿金很多，但他把所得全部捐献以赈济当时的水灾。他购藏了大量文物，但不是囤积居奇，待价而沽，而是为了保护祖国文化遗产，使之不流于外国人之手。一次，他重金购得稀世珍品——晋朝王献之的《鸭头丸贴》真迹，慨然捐赠给了上海博物馆。

叶先生曾画竹、松各一幅，分别自题诗曰：

报国效之心似铁，
论交终矢直如弦。

不随高柳弄柔条，
却伴霜松作后凋。

诗为心声，这两首诗道出叶先生赤胆忠心、刚直不阿的气节。

1941年，日本侵略者的铁蹄已践踏了大半个中国。叶先生时年六十一岁，避难香港。是年12月8日，日本对美宣战，又攻占中国香港。敌人的魔爪首先伸向居住在香港的爱国文人志士，叶恭绰首当其冲被列在黑名单上。为逃脱魔掌计，他决定去重庆，便购买了第二日的飞机票。不料，机票虽在手，在临上飞机时却被某党政要员强行占了座位，无法成行。自此，叶先生便受到特务的严密监视。之后，汉奸政权想利用叶恭绰的名望，要他组织文化协会，他拒绝了；继而劝他出任广东省长，他也拒绝了；又请他另立华南政府，出任主席……花样百出，头衔一个比一个大，只要表示亲日，他就可以得到高官厚禄。此时，他虽然贫病交加，又居铁蹄之下，但他宁死不从，坚贞不屈。一直坚持到第二年10月，才在友人的帮助下逃离香港，移居上海。这时南京的汪精卫汉奸政府又派人来找他，请他出山为汪伪政权效力，叶先生仍置之不理。

1945年8月15日日寇投降,台湾省被日本占领五十年后归还中国,叶恭绰欣然命笔,以诗致庆:

喜从海外赴炎洲,
百战功勋海底收。
施郑朱蓝都莫问,
且教呼酒酬唐刘。

清末三才女

清末有所谓"三才女",即吴芝瑛、徐寄尘与秋瑾。这三人曾交换过兰谱,以生死相托。秋瑾是其中的佼佼者,所作诗词慷慨悲壮,又喜击剑走马,自号"鉴湖女侠";后来参加光复会,组织反清起义,不幸事泄被捕,在刑讯中不吐一字,最后凛然就义。另一位吴芝瑛在当时是极享盛誉的女书法家和诗人。她是安徽桐城人,其夫是无锡举人廉泉,曾办文明书局,印行过大批珂罗碑帖书画。吴芝瑛书法工瘦金体,书名冠绝一时,并曾抄录经文、古碑、古诗及自写诗作三十余种行世,其斋署名小万柳堂。

吴芝瑛与秋瑾居北京的故宅都在南半截胡同附近,因而结识。秋瑾与其夫琴瑟不和之后,吴芝瑛即接秋瑾至家暂住。后来吴芝瑛又资助秋瑾东渡日本留学,并赠诗一首:

驹隙光阴,

聚无一载。

风流云散，

天各一方。

吴芝瑛在北京最煊赫一时的快事当为她上书袁世凯，劝其顺应潮流。后来笔者曾于琉璃厂书肆购过一册吴芝瑛上书的刊印本，名《万柳夫人上容盦先生书》，"容盦"为袁氏之室名。

另一位徐寄尘是浙江石门宿儒杏伯老人之女，为南社社员。其本名自华，因少年守寡，儿女早殇，孑然一身，故别署"寄尘"。她素承家学，师事南社大诗豪陈巢南，自号忏慧词人，著有《听竹楼诗集》《忏慧词》《秋心楼诗词》等。

寄尘与秋瑾结识于南浔女校，一见各相倾倒，日夕纵论家国，遂订兰契。随后与秋瑾赴上海办《中国女报》，吴芝瑛那时也由北京迁家沪上。吴、徐二人在经济上多方资助《中国女报》。报纸停办后，秋瑾回浙江组织起义，寄尘尝与秋瑾密侦杭州城厢内外径道，绘为军用地图。二人谒岳坟时，秋瑾相约如事泄赴义，即请寄尘埋其骨于岳王坟侧。后秋瑾因起义竭于资用，寄尘慨然将家产悉行变卖交与秋瑾。秋瑾大为感动，脱臂上翡翠腕环相赠为纪念。

秋瑾就义后，寄尘冒风雪渡钱塘江，于昏夜秉烛入文种山，将秋瑾遗骨异至杭州西湖，买岳王坟侧地安葬，又含泪写了碑文。当时吴芝瑛正在病中，闻此大恸，亲撰《秋女侠传》《记秋女侠遗书》等哀挽诗文，又亲笔撰写了"呜呼鉴湖女侠秋瑾之墓"的墓碑及墓志铭。寄尘后来又与南社同人结秋社合办上海竞雄（秋瑾之号）女校以示继志。寄尘待秋瑾之女璨芝长成，将腕环交与，并撰《还钏记》。当时中学国文课本入选此文，笔者曾朝夕背诵，至今犹朗朗上口。

王云五奇人奇事

被称为"现代中国一奇人"的王云五,一生虽有过几段从政的经历,但主要是位文化名人,他堪以称奇的事迹亦主要是在文化方面。

王云五,原名日祥,生于上海,老家则是广东香山。其父早年从家乡农村到上海经商。这位外乡人,大概希望最小的儿子日祥能早早在上海商界立足,于是在王云五十四岁那年,送他到一家五金店当了学徒。未想到,这个在此之前只读过几年私塾的儿子更喜文化。他白天在店铺当学徒,晚上上夜校学英文,勤奋苦读,深得老师喜欢。一位师叔还据典故"日下现五色祥云",为他取名为"云五"。

学徒期间,少年云五先后在上海虹口守真书馆和同文馆修业。为了维持半工半读的生活,他还当过洋行的仓库助理,做过英文夜校的教生(助教)。1905年,成绩优异的王云五被上海私立英文专科学校——益智书室——聘为教员，该校百余名学生中有的已二三十岁，而王云五这年才十七岁。

在同文馆学习时，王云五除广泛阅读西方政治学、社会学、经济学及哲学名著外，还开始攻读二十四史、《通鉴纪事本末》等中国史籍。他在益智书室的教员生涯，颇得益于这段苦读经历。

1906年，王云五担任中国新公学英文教员。他的学生中有胡适、朱经农、杨杏佛等。次年，在合并后的中国公学，他继续任教。教书之余，他依然手不释卷，博览群书，并通读了三十五册的英文版《大英百科全书》，被众人啧啧称奇。这期间，不满二十岁的王云五还兼任留美预备学堂教务长和上海《天铎报》主笔。

辛亥革命爆发后，王云五利用《天铎报》呼吁革命。1911年12月31日，在旅沪香山同乡欢迎孙中山的集会上，王云五任主席致欢迎词，受到孙中山的赏识，邀请他担任临时大总统府秘书。不久，他又任教育部专门教育司科长。教育部北迁后，他继续留任，并兼北京国民大学法科英文教员。1913年年初，时年二十五岁的王云五离开教育部升任该校专职教授：除教英文，还授政治学和英美法概论。

王云五曾说："我常常好发奇想。"而今年轻人多所不知，四角号码检字法正是王云五由"好发奇想"而获得成功的一项成果。

20世纪20年代初，商务印书馆从编辑《辞源》着手，开始改进使用起来颇不方便的汉字传统的部首检字法。如商务印书馆编辑所长高梦旦曾设计了字形定位部首检字法；林语堂计划从字的首笔着手，分为五母笔二十八子笔，等等。这些，因为皆不成熟，未付诸实行。但王云五从林语堂的研究得到启发，觉得唯以号码代替部首最为方便。他经过反复研究，苦思深虑，于1926年终于推出"四角号码检字法"。1928年10月，商务印书馆出了本《四角号码学生字典》，销路很好。接着，又出版用四角号码排列的《王云五大辞典》，使这种新的简便的检字法得以推行全国。据知，美国哈佛大学的汉文书名卡片、日本京都大学许多教授的索引卡、日本著名的《汉和大辞典》全部索引，均采用四角号码检字法。

谈到商务印书馆，又有王云五的几段奇事。原来，王云五曾几度振兴"商务"，与"商务"的缘分很深。

创办于1897年的商务印书馆，原先只是一家作坊式的小印刷厂。自文化名人张元济等加入后，定下"扶助教育为己任"的宗旨，十多年间很快发展成编辑、印刷、发行配套的全国最大的出版企业。五四运动后，时任监理之职的张元济感到商务印书馆应有所改革才能适应时代潮流。于是，先是坚请胡适来馆主持，然胡适却举荐他的老师王云五。这样，1921年9月，王云五应邀进入商务编辑所，并被高梦旦"让贤"任所长。

新所长果然不孚众望，很快写出一份长长的《改进编辑所意见书》,对改组所内组织、聘请馆外专家、精选出书选题等,都提出了远见卓识,深得张元济、高梦旦的赞同。1922年以前,商务印书馆每年的出版物一般只有二三百种,经王云五改革后,一年时间,就增达六百六十七种。五年中,商务印书馆出书之多,已俨然如一个小型图书馆。可以说,王云五使商务印书馆大大振兴,商务印书馆也使王云五在中国教育文化界的知名度日益提高。

1929年秋,王云五应蔡元培邀请任中央研究院研究员,曾一度离开商务印书馆。不料同年11月,商务印书馆总经理鲍咸昌突然逝世,张元济等力主请王云五回馆接任总经理。于是,1930年年初,王云五正式出任商务总经理,并为实行科学管理,旋即开始了他的环球考察之旅。

他从日本到美国,又抵欧洲。短短半年,他考察了九个国家四十多家企业,访问学者专家五十余人,参观团体、研究所二十个,到图书馆研究十余日,阅书三百余册,搜罗刊物千余种,写成笔记四十万言。在回国的船上,他草成七千余字的科学管理计划,工作效率之高,令人称奇。

当然,王云五如此得到的科学管理办法,在"商务"获得了成功。

抗战期间,王云五为商务印书馆再次立下奇功。

先是1932年"一·二八"事变中,地处闸北地区的商务印书馆总厂遭日寇飞机轰炸，化为废墟。王云五成立了以他为主任的"善后办事处"，日以继夜，连续一个多月抢救"商务"。为此，其时只有四十五岁的王云五已须发全白。半年后，商务印书馆宣告复业。王云五将"为国难而牺牲，为文化而奋斗"作为复兴口号。仅三个月，商务又每日出新书一种。至1937年年初，大批有影响的图书又从商务印书馆源源不断地进入千家万户和各地图书馆。

1937年"八一三"事变，商务印书馆再遭劫难。王云五毅然决然挑起商务印书馆第三次复兴的重担。抗战时期，物资奇缺，王云五发明一种书籍排印新版式，使每页增排百分之八十至百分之百的字数；又采用轻磅纸印书，发明极薄的航空纸型，以利运输，商务印书馆再恢复日出新书一种的记录。

20世纪50年代初，王云五定居台北，直至1979年8月14日逝世，享年九十二岁。

章士钊与沈尹默

长沙章士钊,字行严,号孤桐老人,一生写文用文言,直至九十高龄。章先生在十余年前完成洋洋巨著《柳文指要》,仍以文言行文,不改初衷,而居然能获出版;似此一生遭遇之隆,在中国文人中,亦只此一家,再无第二人矣。前曾写小文介绍他写白话诗,与胡适之先生交往。今又想到他与五四运动另一健将沈尹默先生的交往,虽为新旧文学战垒中不同主张的人物,而私交弥笃。

章行严十七八岁即出人头地。清末与太炎先生在上海办报,后又到英国牛津留学,学习逻辑,办《甲寅杂志》,鼓吹文言。1925年在教育总长兼司法总长任上,为女师大杨荫榆事,与新文化健将战斗白热化,达到水火不相容的地步,被鲁迅称为"章士钉"。"三一八"惨案之后,营垒就更为清楚。

沈尹默先生与孤桐老人早于1907年在杭州时,即有深厚交往。1917年又因蔡元培、陈独秀的关系共事于马神庙京师大学堂（当时沙滩红楼尚未盖好）。陈独秀因沈尹默之荐，被蔡元培延聘到大学堂为文学长。与陈独秀与章士钊曾于1903年在上海共同办《国民日日报》，陈延聘章为大学堂图书馆长。这样故人重逢，诗酒往还，过从甚密。惟孤桐老人虽学识渊博，才气横溢，而毕竟是官场中人，大学堂的图书馆长，虽甚清高，当时工资有四百银元，亦不为少，而对一位想抓大印把子的人来说，是不屑于长久为之的。因此，只在大学堂一年多，便弃之而去。他积极周旋于安福系、交通系各北洋政治帮派之间，去做总长了。

1924年11月，段祺瑞组织政府，不设内阁总理，阁员为安福系骨干龚心湛、李思德等。章士钊出掌教育部，又因段置冯系人物薛笃弼为司法总长，薛拒绝入阁，章士钊又兼了司法总长，这在北洋政府的各届内阁中是仅见的。因此，以办《老虎杂志》（《甲寅杂志》，封面为一只老虎）而出名的孤桐老人，此时又膺了"老虎总长"佳誉，都人说起，也无谈虎色变之感了。这是他仕途上最得意的时候。总长公馆在西四北街南魏儿胡同，大红门外，汽车、马车、黄包车不断，真是风光一时。而"三一八"惨案，就发生在他最得意的时候，他又是主要负责者，舆论自然集中在他身上，老友沈尹默也公开声明，指其为罪人，要天诛地灭，表示与其断绝朋友关系。

孤桐老人是诗家当行，同光俊哲。北伐之后，孤桐老人再度放洋，远走英伦，其《伦敦郊居寄人》诗云：

> 廿载天涯去后还，郊园小小足舒颜。
> 野眠独息怜幽草，晓坐枯眉润远山。
> 忧国不弹无益泪，读书宁为有心闲。
> 来禽怪少门前客，侧目窗棂代疑关。

《逸塘有孤桐抵英有诗见怀奉训通酬》云：

> 嬴颠项蹶本同沦，谁与神州寒乱源。
> 阅世坐怜肠太热，解嘲失哭舌犹存。
> 沉沉举国方酣睡，悒悒思君欲断魂。
> 多少罪言今已验，伤心何忍话前番。

在章孤桐远游英伦的时候，沈尹默先生仍在北京。当时南京教育部把北京工业、医学、女子文理、农业等国立专科学校，合并成立北平大学，沈尹默被任命为校长。但这个校长不好当，不久他便辞职，索性连北大教授也不做，回到上海卖字过日子去了。此际孤桐老人也由英伦倦游归来，息影上海，挂牌做大律师，词锋敏锐，有老虎律师之誉。知尹默先生来沪鬻字，遗书安慰之，大意云：昔时骂我者爱我，昔时爱我者害我，历史如鉴，于今兄辞去校长职甚是也。尹默先生得信后，感到其意拳拳，因而不仅前嫌尽释,而且在上海过从更密,诗简往还,几无虚日矣。

抗日战争时期,二人都到了后方。1941年,孤桐老人旅居桂林,遥寄重庆尹默先生《玉楼春》云:

几多词句情依旧,折尽风林无限愁。
只缘知律眼前稀,说与前山客独秀。
别来总是愁时候,纵有燕翎书不就。
一篇花雨独思君,难问东阳先问瘦。

末句东阳指浙地及尹默先生别号"东阳仲子"。"瘦"用沈约瘦腰典,切人切事,押韵非常俏劲。尹默先生《答行严》云:

风雨高楼有所思,等闲放过百花时。
西来始信江南好,身在江南却未知。
花光人意日酣酣,容我平生士不堪。
说看江南放慵处,如君怎不忆江南。

胜利之后,二位又一同回到上海,孤桐老人时往虹口海宁路东阳(原"洋")街看望尹默先生,沈有《答行严过访诗》云:

自笑居桓爱楚狂,归来行径却平常;
字同生菜论斤卖,尽取幽篁闭阁藏。
惯会底径遇赵李,剧谈时复见刘王;
烦君为说闲中事,已足人间一世忙。

诗中可以想见二人风度了。孤桐老人作古十年了,此文聊作纪念吧。

钱钟书记忆力惊人

近读著名作家、评论家、翻译家杨绛女士的新著《回忆两篇》,其中有一篇是写她的丈夫钱钟书先生的,从中颇获教益。

钱钟书先生是当今举世公认的大学问家。有人曾给他的《管锥篇》作过统计,说这部稀世巨著中所征引的西方学者和作家有近千人,被征引的著作达一千七八百种,由此可见他学识的博大了。

20世纪40年代,笔者居京就学时,钱先生任教于清华大学。他的惊人记忆力,在学生中广为流传。有一次中文系的一位同学从图书馆回寝室大喊大嚷:"不得了!不得了!"大家惊问怎么回事,原来这位同学是研究唐诗的,他为了考证一个典故,在图书馆中遍寻未获,正巧碰到了钱钟书先生,便上前请教。钱先生笑着对他说,你到哪一个架子的哪一层,哪一本书中便可查出这个典故。这位同学按图索骥,果然找到了这个冷僻的典故,因此他大为惊讶。

那时,钱先生只有40多岁,已经是闻名遐迩的大学者。《围城》《谈艺录》等著述,早令世人佩服。钱先生的笔锋犀利,不少人都有些怕他。虽然他待人宽厚,常开玩笑,但他学识之渊博,却使学生产生敬畏之感。还记得有位同学在学期末交了一份读书报告,他没有好好思考,只是从几十本书中东抄西抄凑成一篇,草草交账。钱先生看后,不加一句评语,却把他所引话的出处一一注出。当时大家表面都笑话这位同学,但从心里不得不佩服钱先生的学识和记忆。

钱钟书治学十分刻苦,当时清华所藏西文图书,几乎每一本的书卡上都有他的名字。那时流行的一本词典是《简明牛津词典》,别人的用了几年仍很新,而钱先生的已相当旧了,并且每一页的空白处都密密麻麻地写满了注解,可见他花的功夫之深。

有人问钱先生藏书有多少,他幽默地回答:"多乎哉?不多也。"可见他并没有藏书癖,但又常见他隔几天就去图书馆抱一大堆书回来。这从另一个意义上讲,他又最有藏书癖,只不过他的书都藏在脑子里了。学生们每次论文答辩前,都有一个想法:其他老师提问,或许能应付,若此老一发问,便会措手不及。

李石曾与故宫博物院

故宫博物院建院已经七十周年了,在庆祝和纪念这个日子的时候,我们不能忘记为创建故宫,为保存祖国灿烂文化而做出贡献的李石曾先生。

李石曾是李煜瀛先生的字,他的笔名石僧,晚号扩武,河北高阳人,1881年生于北京。其父李鸿藻为清朝重臣,曾任清廷协办大学士兵部尚书。

1900年八国联军入侵中国,对青年李石曾震动极大。越二年,他前往法国留学。其间接受资产阶级思想,反对封建反对殖民主义,鼓吹推翻清政府,进行资产阶级革命,发起勤工俭学运动,并在1906年加入孙中山领导的同盟会,成为国民党的元老之一。直到1973年以九十三岁高龄去世,在长达半个世纪的政治生涯中,他一直担任国民党政界上层职务。

辛亥革命推翻了清王朝的统治。李石曾作为国民代表、北京警备司令、警察总监率军进入紫禁城,将清废帝溥仪逐出皇宫。之后，李石曾连日与清室会谈洽商解散清室警卫队、太监、宫娥、雇人等，并接收国玺三十颗及点收封锁各宫殿房屋，同时成立清室善后委员会，李石曾为委员长。

段祺瑞任临时执政后，对驱逐溥仪出宫十分不满，下令解除了对溥仪的监视，并设置重重障碍，干扰清室善后委员会的工作。段祺瑞政府的国务会议决议五项清查办法，遭到李石曾严辞拒绝，并在清室善后委员会第一次会议上，通过了《点查清室物件规则》十八条。排除了各种困难，使大量珍贵国宝在战争频仍的动乱年代得以保存下来。经过近一年的清点、注册和整理工作，创立故宫博物院的准备工作终于就绪了。

1925年，李石曾召开清室善后委员会会议，通过了《故宫博物院临时组织大纲》和《故宫博物院临时董事会章程》。他亲自书写了"故宫博物院"五个大字，悬挂于神武门上。而且亲自主持了在乾清宫举行的，有数万人参加的故宫博物院的开幕典礼。从此，历代皇帝私有的皇宫变为向全中国，乃至全世界公众开放的博物馆。

在1929年故宫博物院成立四周年纪念会上，李石曾先生在会上做了题为《清故宫须为活故宫》的演讲。他说："故宫为历史上遗留之建筑物……希望故宫将不仅为历史上遗留下一个死故宫，必为世界上几千万年的一个活故宫。以前的故宫，系为皇帝私有，现已变为全国公物，或亦为世界公物。其精神全在一个公字。"

1987年故宫博物院被联合国教科文组织列入世界人类优秀文化遗产保护目录，它正在吸引越来越多的人前来参观游览。

《四库全书》与张宗祥

在西湖孤山之巅，楼外楼菜馆旁，有一座中西合璧的宫殿式建筑，飞檐挑角，碧瓦绿墙，高大轩敞，坚实牢固，显得典雅雍容，气势非凡。它就是国宝《四库全书》的藏书处，青白山居。

《四库全书》原藏于西湖文澜阁，与扬州文汇阁、镇江文宗阁并称为"江南三阁"。它们和"内廷四阁"——北京故宫文渊阁、圆明园文源阁、承德行宫的文津阁以及沈阳行宫的文溯阁各藏有一部《四库全书》。七大书阁现存四阁，其中江南三阁仅存文澜一阁了。而另六阁所藏的《四库全书》大都毁于战火，唯文澜阁所藏基本完备。

曾任浙江图书馆馆长、西泠印社社长等职的张宗祥，热心古籍，喜寻访善本、孤本，抄校古书。1922年他在杭州任浙江省教育厅长时，鉴于《四库全书》在咸丰年间被损，虽经丁氏兄弟搜集补抄，缺书尚多。他奔走沪杭、北京之间，筹款补抄，历时两年，抄得缺书四千四百九十七卷，重刻丁氏抄本五千六百余卷，并亲自题写全部书签，《四库全书》始得完整。

据说，张宗祥一生共抄、校过珍、善本六千余卷，常常是凌晨起来喝一杯水，准备好十多个装满烟丝的烟斗，即开始伏案抄书，一天能抄一万五千余工整的毛笔字。久而久之，抄写功夫愈练愈深，有人喻之为已到了"摆棋谱式"的高超地步。他打开一页古画，有时先从页中心写上几个字，接着从这几个字的旁边布局慢慢写开去；有时先在页的四角抄几个字，再像下棋似的布局抄去，竟能一字不误。有时家里高朋满座，他还可以"五官并用"，边抄边谈，亦一字不错。当时曾有人称赞他的抄书本领是"前无古人，后无来者"，看来并不过誉。连鲁迅、茅盾等朋友都戏称他为"打字机"。他的许多手抄本及底稿，均由浙江图书馆珍藏。

1937年"七七"事变以后，日寇飞机经常到杭州上空轰炸。为保《四库全书》这一国宝无虞，浙江图书馆全馆工作人员投入突击搬迁任务，将《四库全书》和其他善本书分装成二百八十余箱，先运往富阳渔山，复转迁建德，再迁龙泉，最后辗转运到贵阳，安排于山区地母祠，设浙江图书馆《四库全书》管理处。到1944年12月独山战役爆发前，他们感到贵阳仍不安全，再由贵阳运到重庆青木关。其中爬山越岭，备尝艰辛，押解人员都分外的细心负责，使国宝安然无恙。

1945年"八一五"抗战胜利,正欲将《四库全书》运回杭州,却又平地起波澜。贵阳、重庆两地均先后提出,要求将《四库全书》留在该市。作为《四库全书》保管委员会主任的张宗祥深感责任重大,他又多方奔走,四处游说,终以乡梓之情,说服了两地政府,同意将《四库全书》放行,于1946年5月自重庆青木关起运,于7月上旬安抵杭城,这才结束了《四库全书》历时九年颠沛流离的逃离生活。

爱国文人沈兼士

沈兼士(1887～1947),浙江吴兴人,语言文字学家。早年游学日本,师从章太炎,并加入同盟会。1928年,他任天津中日中学校长。因日本人在济南制造"五三"惨案,屠杀中国人,他为此愤然辞职,以示不与日本人合作。北京故宫博物院成立不久,他任该院文献馆馆长,在"七七"事变北京沦陷的第二天,他就拒绝去文献馆上班。后来敌伪在北京组织"治安维持会",派人登门邀他出来主持文献馆工作,他拍案把说客赶出门外,并说:"我饿死也不给日本人做事!"

沈兼士在沦陷的北平发表不少文章,后均收入《沈兼士学术论文集》。其中有一篇题为《"鬼"字原始意义之试探》,文末落款"民国二十五年二月二十一打鬼节沈兼士写成于北平"。又一篇题为《景、杀、祭古语同原考》,文末落款为"二十八年除日写于北平寓庐之识小斋"。还有一篇题为《吴著经籍归音辨正发墨》,文末落款为"民国二十九年四月四日写于北平寓庐之抗志斋"。文章的款识使用"抗志斋""打鬼节""除日"等词语，反映了他反日、抗日、除日的坚强信念。

1941年，北平辅仁大学高步瀛教授病逝，他送了挽联。上联是"冀北马群空，后进何知失大老"，下联是"天上搀枪落，家祭勿忘告乃翁"。显然，上联是慨叹大雅云亡之意，下联借古喻今，是用爱国诗人陆游诗句言高氏虽赍志而殁，但雪耻之心是尚存的。其中，"搀枪落"是比喻。"搀枪"在《尔雅》里解释为彗星的别名，《广韵》解释为妖星。妖星陨落世人皆欢。言外之意，日寇完蛋之日，万民欢腾之时，家祭时千万别忘了奠告过世之人的在天之灵。当时，挽联是用篆文写的，虽能遮常人眼目，但略通文史的人都能懂其义，不少吊丧的人见了，都为他捏着一把汗。但他本人却大义凛然，应酬如故，处之泰然！

第二年，他时任华北文教协会主任委员，已被敌伪列入黑名单。在亲友和同事的劝说下，他于12月潜出北平，辗转到大后方重庆。在他写的《入蜀杂诗》小序中说："去岁由贼中违难入蜀，自冬徂夏，家讯渺然。会有客从北平来，将余女君健近画雪景一帧，报平安，谓敌卒时至家中刺探余踪迹，属必寄书，恐为所持。"

沈兼士在为其二哥沈尹默亲家谌揖山写的挽词中，末两句说："他时讨虏成功日，寄语贤郎靠祭筵。"又有《九日用少陵韵》一首，末两句云："引领官军收蓟北，放歌燕市荡胡尘。"这些诗句,既表现了处在大后方的他对日寇铁蹄下敌我争伐的关注,也表现了他蔑视敌寇的豪迈气概。

"厚黑教主"李宗吾

近年来,《厚黑学》一书在内地十分畅销,一些盗版者还借此发了财。

该书作者李宗吾(1880～1946)是四川富顺人,原名世楷,字宗儒,后来因敬仰明朝惊世骇俗的学者李卓吾,而改字宗吾。他早年加入同盟会,投身辛亥革命。民国后历任中学校长、四川省议会议员、省都督府官产清理处处长、省教育厅督学、四川大学教授等职。

清末民初是政局动荡不安的年代,再加上四川特有的历史、地理、风土人情诸因素,而形成了当地纷呈百态的社会世情。这影响着李劼人写出《死水微澜》,巴金写出《家》《春》《秋》等小说名著。而同为四川才子的李宗吾另辟蹊径,写出了一篇篇嬉笑怒骂、刺世警世的杂文。

李宗吾出身前清儒学生员,酷嗜中国传统文化,熟读经史子集,入师范后又专攻理化专业,接受了西方的科学文化,也算得上学贯中西。他官虽不大,却久混迹于官场,身经宦海浮沉,洞察官场黑幕,再加上常与社会上五光十色人物打交道,熟悉世情民风,故常思考如何将种种人生感受形诸文字。

有一日深夜,他(当时任校长)听到隔壁教务主任的寝室内传出愤世嫉俗的狂呼:"方今之世,非脸皮厚、心子黑不可!"不由得触发契机,顿有所悟:"得之矣!真是踏破铁鞋无觅处,得来全不费功夫!"他遂以"成功的秘诀在于皮厚心黑"立论,搜罗古今中外由厚黑决定成败兴废的典型论据加以论证。如他说项羽之所以兵败垓下,自刎乌江,全在于他的厚黑功夫欠佳,仅能逞匹夫之勇;刘邦则连自己的亲生父亲和儿女的性命都不顾,厚黑透彻,所以能登上皇帝宝座。其实此论只夸大一点儿而不计其余,楚汉相争的结局是由政治、经济、军事等诸多因素决定的。虽然李宗吾文章都有以偏概全的缺陷,但在当时,处于重负之下的民众特别欢迎抨击人间不平、扬清激浊的言论,对李宗吾出语新奇,揭露虚伪丑恶的社会现象极易引起共鸣。

李宗吾的《厚黑学》全书分"经"与"传"两卷:"经"仿《老子》五千言的体例,"传"仿《左氏春秋》的叙事法。全书于1912年在四川《公论日报》副刊上连载一月余,声震遐迩。后书商遂出版了单行本,销量极大。某日,李宗吾路遇一军官,对他行军礼,敬佩地说:"我是您的忠实信徒。"从此,李宗吾常自称"厚黑教主",而朋友们也以"教主"称之。

李宗吾后来还写了若干与"厚""黑"有关的书和文章。抗战中,吴稚晖入川后,读了他的《厚黑丛话》,并对《心理与力学》等文章赞不绝口,急欲一识其作者。李宗吾闻讯,冒着被敌机轰炸的危险,到重庆拜会了吴。

"学人疯子"刘师培

近代中国,有三位国学造诣很深,来往密切,被世人称为"近代学人三疯子"大师,他们是章太炎、刘师培和黄侃。这里只说刘师培。

刘师培生于光绪十年(1884),出身于书香门第,精于音韵训诂学。他主张以字音推求字意,用古语明今言,用今言通古语。他还擅长骈文。

刘师培早年醉心于民族革命,1903年在上海时,认识了国学大师章太炎,因所治学术相同,彼此一见如故,关系极好。他因赞成"光复",特改名"光汉"。早年曾参加同盟会,他以"刘光汉"的名字和章绛(章太炎)、黄节、陈去病等在上海倡办"国学保存会",出版《国粹学报》。刘的大作《攘论》《中国民族志》,均系鼓吹革命、传诵一时的名文。其后亡命日本,娶了风流一时的名交际花何震为妻。不久便回国入端方之幕,做了出卖志士的鹰犬。辛亥之后,差点儿送了命。多亏太炎先生"若杀叶德辉与刘光汉，则中国读书种子绝矣"的一封电报，才救了他的命，并推荐他到北京大学文科讲学。不料他在讲学之外，又为袁世凯所收罗，官封"上大夫"，成为筹安会的六员大将之一。因刘师培经常不修边幅，平时蓬头垢面，衣履不整，不洗脸，不理发，看上去颇像一个疯子。有一天，有位朋友来看他，但见他一面看书，一面吃馒头，桌上摆着一碟酱油，边吃边蘸。因专心看书，入了神，不觉把馒头蘸到墨盒里而不知，弄得满嘴墨黑，全然不知。

1915年秋，袁世凯想要当皇帝，"筹安会"应运而生。刘师培发表了一篇《告同盟会诸同志》，大唱"民族革命已成"的论调。而在这之前几天，刘师培曾跑到黄侃家里，向他大谈"纪元"问题。他说："我们写文章要纪年，总写什么甲子乙丑，但六十年一转，这干支就弄不清楚了。而元年、二年地写下去，也不方便，你说如何办？"

黄侃听不明白他的用意，便说："这没什么，用年号来纪年，始于汉武帝，汉武帝以前写文章的，也没有发生什么问题。欧洲各国，都用耶稣生日来纪年，也没有什么不方便之处。"刘师培听了，无话可说，只好辞去。

不几日，"筹安会"发起人的名单在报章上公布了，刘师培的大名，赫然排在第六位。黄侃见了，这才恍然大悟，方知前几天刘师培来谈话的用意，是在为袁世凯拟年号。翌日，刘师培又来访，对黄侃大谈"君政复古"，还说想邀请一班学者参加"筹安会"。话未说完，黄侃就大怒起来，不客气地下了"逐客令"，说道："刘先生请！刘先生爱怎么办就怎么办，我们这般书呆子，不配做'佐命之臣'，你请吧！"说完，不等刘师培起身，自己已拂袖进屋里去了。

袁世凯称帝破灭之后，刘师培也成了众目睽睽的罪人。一般朋友看他不是气节之士，都不愿与他再来往。

1919年11月，刘师培病逝前夕，特意把黄侃请到病榻前，从枕边摸出一本抄本，颤抖着递给他，说："我一生只会论学，不该问政，一念之差，追悔莫及！这一本音韵学，是我毕生研究的成果。此学非公莫传，我把它交给你，算是我临终自赎的一点儿心愿吧！"说时，气促声嘶，音调异常凄咽，令黄侃激动，急忙跪下给他磕了个头，拜他为师。这一年刘师培只有三十六岁。

刘氏是一个贪图名利玩政治火把的政治投机家，但其等身的著作，却是他同时的其他人一般都比不上的。他博览群书，经史百家，旁及释、道经典，几乎没有一门不精通。家居时手不释书，专心致志，常常到了如醉如痴的出神境界。

刘师培的著作在他生前刊行的并不多，有《国学发微》《左盦文集》《读左札记》《论文杂记》《中古文学史》等数种。他去世后近十年，他的生前好友、曾在20年代出任过天津市长的山西人南桂馨，广泛征集他的遗著，捐资十万元为其次第刊印，并委托郑友渔整理校勘。其目录极为丰富，内容也极广泛，范围所及有：尚书、毛诗、礼记、春秋、左传、周书、尔雅、小学、国语、管子、穆天子传、晏子春秋、老子、庄子、墨子、荀子、韩非子、白虎通义、杨子、道教、两汉、敦煌石室、楚辞……

此外，还有在北大文科时所编的经学、中国历史、中国地理、中国伦理学、中国文学、中国民俗志、中国民约精义等书籍及讲义，虽然有不少原稿均属未完之作，但大多数还是完整的，在其短短的生命史中，完成这许多著述，实在是不寻常了，而且这还不是全部著述，如其重要著作《左传疏证》稿本，早在四川时就已散失了。

他的诗也颇豪放，有一首《书扬雄传后》五古，其结尾四句道：

> 吾读扬子书，思访扬子居，
> 斯人今则亡，吊古空踟蹰。

今天谈论他，也有些"空踟蹰"之感了。

马一浮轶闻

近闻马一浮弟子龚慈受的杭州故居辟为"马一浮纪念馆",而且《马一浮全集》亦将由浙江古籍出版社出版,由此想起他当年的一些轶闻。

马一浮先生是当代博古通今、学贯中西的大学者,是精研儒学的一代宗师,是深通内典深悟不二法门的当代维摩居士,堪称集哲学家、理学家、佛学家、翻译家、诗人、书法家于一身的大师。

马一浮(1883～1967),浙江绍兴东关长塘后庄村人。乳名福田,后更名浮,字一浮,号湛翁,晚号蠲叟、蠲戏老人。父名廷培,曾任四川仁寿县令。母何恭人,出身于陕西丐县望族,擅长文学。一浮八岁学唐诗,九岁能诵《楚辞》《昭明文选》,记忆力惊人,有神童之誉。他初受业于郑墨田,稍长,他父亲为他延聘一位乡里中有名望的举人,来家教读。十六岁那年,与启蒙老师郑墨田同赴绍兴府参加会稽县考,发榜之日,师生同中秀才,而马一浮名列榜首。同考者还有会稽周树人（鲁迅）、周作人兄弟。马的一篇县考应试文章全用古人文句集成，竟然天衣无缝，宛如己出。闱卷流传，人人惊叹。当时的绍兴名流汤寿潜（蜇先）大为赞赏，挽人执柯，许以爱女汤孝愍，次年结婚。一浮十九岁丧父，翌年又遭丧妻之痛，他伤心欲绝，说："人命危浅，真如朝露，生年欢爱，无几时也，一旦溘逝，一切皆成泡影，自此遂无再婚之意。"从此断弦未再续娶，一心向学。

马一浮早岁游学美、日诸国，通习英、法、德、日、西班牙和拉丁等多种外语，博研海外诸学，译著甚丰。1906年二十四岁定居杭州，潜心于祖国文献，广览文渊阁所藏《四库全书》典籍，兼精佛乘与老庄之学。凡深知马先生者无不敬仰。弘一法师李叔同称赞马先生是生而知之者。马一浮讲学，每次开讲前，都事先穿好袍褂礼服，端坐以待。案上必放鲜花一瓶，讲堂气氛肃穆安详。有人曾问马师法何人，他微笑答道："直接孔孟。"并以此四字镌刻一印，可见其自许之高。

马一浮在经、理、佛、史、文等方面皆有很高的造诣，因博古通今、学贯中西而享誉海内外。1911年他应教育总长蔡元培之邀，被聘为孙中山临时政府的教育部秘书长。到任不久，便提出"我不会做官，只会读书，还是让我回西湖去读书吧"。从此便一直寓居西湖，潜心经史子学，不再涉足仕途。其间，除1937年应浙大校长竺可桢之邀去浙大讲学和随浙大一起内迁外,抗战胜利以后,即又回杭州。

说到马一浮对杭州人的贡献,有两件事值得一提:一件是建杭州城站时,他的岳父汤寿潜在主持浙江铁路事务。铁路从嘉兴过来,原来地图上铁路线画到了拱宸桥的日租界。马一孚看了地图坚决反对,以为这是把市场送到日本人那里去了。后来改了图,把今日的城站做了杭州火车站。另一件是袁世凯曾送了数千大洋给汤寿潜,想贿赂他拥护自己做皇帝。也是马一浮帮着出了主意,把这笔款作为公用,后来建造了浙江图书馆。

马一浮一生中,受到众多人士的爱戴和推崇。在蒋庄生活期间,除了政府接济他的生活外,海内外的许多景仰者也给了他不少帮助。比如新加坡的广洽法师就在他患白内障时,多次送钱物供养。为此,马老曾风趣地说:"和尚是吃十方的,我连和尚的东西都吃到,可说是吃十一方了。"广洽法师还在新加坡出版了马一浮手书的《弥陀经》。

马一浮幼年时,即能诗善书,初习欧阳体,俊整秀发。二十岁后,通临魏晋南北朝书。其后,复探源于篆籀,穷奕于分隶,集众善而成家。他的手迹早在20年代已为名家所珍视,30年代即被公认为首屈一指的当代书法家。旧时代学者文人多订立润格卖诗文,卖字画。上海有李姓巨商,为纪念他母亲,不惜重金遍求海内名家署笔题褒。因马一浮不卖艺,独缺其杰作。后来这位巨商探知马多与和尚交往,乃请一老僧陪谒马先生,一见便下跪叩头,求撰墓志,马为之感动,允其所请。他日撰就,手自端写与之。

50年代后,马一浮被任命为浙江文史馆馆长,后又被聘为中央文史研究馆副馆长。享寿八十五岁。

一代奇才李叔同

据台湾女作家林海音同名小说改编拍摄的影片《城南旧事》,不久前在马尼拉电影节上被评为最佳影片,并获得金鹰大奖。影片中有一首插曲,名《送行》,歌词感人,不禁使人想到歌词的作者李叔同。

李叔同,名文涛,1880年农历九月二十日出生于天津河东地藏庵一家"进士第"。他幼年聪慧,方成童,即对诗文、书法、篆刻学有兴趣。十九岁逢戊戌变法,自刻"南海康翁是吾师"石章一方,以示景仰。因而背上康党之嫌,奉母命避难于沪,崭露头角于上海文坛,有"二十文章惊海内"之誉。二十二岁考入南洋公学,与邵力子等同受业于蔡元培。不久,李加入上海城南文社。每月会文一次,"写作俱佳,名列第一"。文友宋梦贞曾赋诗赞其才华云:"李也文名大如斗,等身著作脍人口。酒酣诗思涌如泉,直把杜陵呼小友。"

李叔同二十六岁那年,生母王氏病逝,他即率妻眷衔哀扶柩回津，易名李哀。他们举办西式丧仪，由吊唁者致悼词，李自弹钢琴合唱悼歌，举家服黑衣送母葬。其时还是清朝光绪末年，一改旧式丧礼烦琐陈规，是要有很大勇气的。这年秋天，李安置下妻儿，东渡日本，入上野美专攻绘画，又从名师学钢琴。在东京加入了孙中山领导的同盟会，寻求救国之道。

1907年2月23日，李叔同为赈济祖国两淮地区水灾，与曾延年领导春柳社假东京骏河台中国留日学生青年会公演新剧《茶花女遗事》(法国小仲马原著)。李叔同以"息霜"之名饰女主角玛格丽特（茶花女）。白衣长裙，束腰披发，两手托头，自伤薄命，受到观众热烈欢迎。演出结束，日本戏剧界元老松居松翁去后台与之"握手为礼"，赞其"演得非常好"，一步一姿"优美婉丽，决非日本俳优所能比拟"，预言此举已"在中国放了新剧的烽火"。

李叔同1910年回国，一度在天津任教。辛亥革命后去沪，曾与叶楚伧一同编辑陈其美创办的《太平洋报》。加入"南社"，与柳亚子创立"文美社"，并任《文美杂志》主编。1912年应经亨颐之邀，到杭州浙江一师做图画音乐教员，造就不少人才。丰子恺、刘质平等都是他的得意门生。他是早期学校音乐课的创始者、艺术教育的启蒙者。歌曲创作收入《中外名歌五十曲》中，书法有《李息翁临古法书》行世。

就是这样一位具有绝代才华的新文化运动的先驱者，

刚到中年，在人生道路上却发生了一个突然的大转折。他在1918年，三十九岁的时候，竟跑到杭州虎跑寺，拜了悟和尚为师，剃度出家，法名演音，号弘一。他专修佛教中以持戒苦行为主的律宗。经他探讨阐发，使中断了七百年的南山律得以重兴，因而被推崇为继唐代道宣、宋代芝照、明代智旭之后的第四位律宗大师。所著《四分律比丘戒相表记》，深为中外佛学界所称道。

李叔同虽然中年遁入空门，而爱国之忱不减。晚年有人求书，则写"念佛不忘救国"六字以报。死前六年，挂锡厦门普陀寺讲律时，还为厦市第一届运动会谱写会歌，勉励体坛健儿在外敌狙狝之下励图自强。日军迫近厦门，他临危不避，仍以"身为佛子，不能共纾国难"为憾。1942年10月2日他圆寂于福建泉州，在遗偈中还殷切寄盼"华枝春满，天心月圆"的境界到来，可见他是如何眷恋祖国的河山了。

弘一法师的学生丰子恺编其遗著《前尘影事集》，收有不少弘一出家前所作的诗词。弘一年轻时即同情维新变法，仰慕康有为，后愤于祖国沉沦，于光绪三十一年（1905）东渡日本学画，临行填《金缕曲》词呈诸同学，抒发其留恋祖国的深情。词曰：

> 披发佯狂走，莽天涯，暮鸦啼彻，几株衰柳。破碎山河谁收拾，零落西风依旧，便惹得离

人消瘦。行矣临流重太息,说相思刻骨双红豆。愁黯黯,浓于酒。

漾情不断淞波溜,恨年年絮飘萍泊,遮难回首。二十文章惊海内,毕竟空谈何有。听匣底苍龙狂吼,长夜凄风眠不得,度群众那惜心肝剖。是祖国,忍孤负。

其爱国激情洋溢,堪称绝唱。他留日五年期间,无时不怀念风雨中的故国。"鸡犬无声天地死,风景不殊山河非",是他发自心底的哀辞。回国后他即参加南社,辛亥革命推翻帝制,他放声讴歌,曾填《满江红》词赞曰:

皎皎昆仑,山顶月,有人长啸。看囊底,宝刀如雪,恩仇多少。双手裂开鼷鼠胆,寸金铸出民权脑。算此生,不负是男儿,头颅好。

荆轲墓,咸阳道。聂政死,尸骸暴。尽大江东去,余情还绕。魂魄化成精卫鸟,血花溅作红心草。看从今,一担好山河,英雄造。

辛亥革命后,袁世凯等军阀政客粉墨登场。弘一写下了很多忧国感时的诗词,读来很令人伤感。1918年他于杭州西湖虎跑寺正式削发,这似乎是他向黑暗社会斗争的一种方式罢?

文人才子张伯驹

张伯驹先生辞世已数十年,其生前遗物、文献将长留人间。笔者对张老种种,略闻一二。

伯驹为著名"四大少"之一。所谓"四大少"盖指段祺瑞之子宏纲、张作霖之子学良、卢永祥(苏皖赣巡阅使、浙江督军)之子小嘉及伯驹。

伯驹肄业于天津新学书院,中年曾任陕西督军署参议,抗战胜利后任十一战区参议兼河北省政府顾问。三十岁时任盐业银行总稽核,后任两京盐业银行经理、上海盐业银行常务董事。"七七"事变后,曾经被伪第三军刘培绪部师长丁锡之绑架,索洋百万。时伯驹正家道中落,存款选购古董,家无存项。经其夫人潘素四处张罗,由亲友孙耀东等处凑得数十万元将伯驹赎出。伯驹被困匪窟达八个月。

伯驹擅诗词曲,以词为最。他是李后主、晏几道、纳兰容若一脉流传下来的词学大师。早年名作《丛碧词》蜚声词坛。曾与郭啸麓、夏枝巢、黄公诸、黄君坦、关颖人等结成"蛰园诗社"。日寇投降后，又于西郊展春园墅组"庚寅词社"。老辈人如汪仲虎、夏枝巢等均尚未能参加。如此豪举，为当时所仅见。

伯驹收购古董书画，名闻中外，最著名者为陆机《平复帖》，范仲淹《道服赞》，李白《上阳台帖》，杜牧《张好好诗》，么庭摹《怀素书》，赵孟𫖯《千字文》，蔡襄仁《姚山秋霁图》，宋徽宗《雪江归棹图》《孟蜀官使图》《烟客山水瑞蔬图》等历代字画数百件，花费大量黄金银洋。据说只《平复帖》即花费银元四万，《道服赞》代价黄金一百多两。推而计之，数目可观。

隋代名画展子虔《游春图》是中国现存最早的一幅山水画，堪称国宝。经张伯驹捐献，现藏北京故宫博物院。张氏为抢救这一稀世珍品，当年曾卖掉自己的住宅，经过情形颇有可述者。

1946年年初，在中国东北地区陆续发现一些故宫散失的书画。当时任故宫博物院专门委员的张伯驹即提出两项建议：一是所有溥仪"赏"溥杰单内者，不论真赝，统由故宫博物院作价收回；二是经过鉴定确为精品者，亦作价收回。张氏认为那一千一百九十八件书画中，有价值的精品约四五百件，按当时价格，不需太多经费，便可大部收回。而故宫博物院院长马衡只口头允诺，并未着手进行，遂使许多名作落于商贾之手。

当时，琉璃厂玉池山房马巨川去东北最早，论文斋靳伯声继之。两人皆精于鉴别，有魄力。他们由东北收进许多碑帖字画，马巨川以一些赝品及平庸之作售与故宫博物院，真精之品则售与上海商人牟取重利，甚至勾结沪商，辗转出国。如唐代陈闳的绢本《八功图卷》、元代钱选《杨妃上马图卷》，均已流至国外。后来，这幅《游春图》又为马巨川所收，索价八百两黄金。张伯驹知道后，亟向马衡建议，此为国宝，应收归故宫博物院；甚至提出如院经费有困难，他愿意帮助周转。但马衡不应。张只好自己去和商人商量，最后以黄金二百二十两成交。是时张伯驹已收购了一些宋、元巨制，手头拮据，不得已，以所居房产付款，收回此图。

在此之前，靳伯声收得宋范仲淹《道服赞》，后有文同的跋。当时张大千想收买过来，马衡知道，当即追索，靳故避之。最后由张伯驹变卖家产，将《道服赞》收购过来。

听说后来张伯驹将许多珍藏的名画书法全部捐献国家。张伯驹毁家保护祖国文物的精神，颇为友朋称道。

"二太子"袁寒云

美籍华人袁家骝及其夫人吴剑雄,研究物理学造诣精深,国际驰誉。如提起袁家骝的父亲袁寒云来,更是名士风流,当年曾蜚声国内。

袁寒云是项城袁世凯的次子,名克文,字抱存,又作豹岑,别号寒云,又曾自署龟庵。生于中日甲午之战前的1890年,为袁世凯第三如夫人朝鲜族金氏所生,是袁世凯的嫡长子克定的二弟。

寒云工诗词,精金石,书法秀劲,画富意趣,为人欣赞,又善于鉴别版本。喜京剧,擅长演文丑。20世纪20年代末期,在天津曾与著名票友王庚生合演《审头刺汤》,寒云饰汤勤,文雅脱俗,不同凡响。并喜昆曲,在津倡组"同咏昆曲社",与好友常拍曲雅集。寒云多才多艺,性情豪爽,风流自赏,自名公钜卿,大江南北,多有交游,人称"袁二公子"。

辛亥革命后,民国肇建,袁世凯由清廷的内阁总理大臣，登上中华民国大总统宝座，但他欲壑难填，竟妄图称帝。拥之者，固有"六君子"之流，而劝阻者，也不乏其人。寒云不同于长兄袁克定，系持反对态度者，但不敢明言，曾咏诗讽之。诗中有云："须知高处多风雨，莫到琼楼更上层。"用苏东坡"琼楼玉宇，高处不胜寒"的词意，委婉讥之。袁世凯见诗大怒，竟欲杀之泄愤。寒云避走上海，始得免祸。后来，寒云刻一私章，文曰"二太子印"，故意在上乃父书中，钤用此章。袁世凯阅后，转嗔为喜，不复追究前事。

寒云居沪时，参加青帮，是辈分最高的"大"字辈，故其寓所中经常有青帮中"三老四少"出入。1927年北返天津，住于英租界两宜里。因从未从事生产，又不善于理财，而挥霍无度，以致时常处于拮据局面，有赖于青帮徒弟辈的金钱接济。1931年，因患猩红热病不治而逝，年仅四十二岁。

扬州名士方地山，曾充袁家西席。寒云从之学，两人半师半友，情谊深挚。寒云逝世，方地山伤痛至极。寒云逝世三周年忌辰，方地山仍深切怀念，撰联云：

> 自我不见，于今三年，魂梦依依犹昨日。
> 相期与来，同声一哭，生徒恋恋胜家人。

寒云遗著有《寒云诗集》和《寒云日记》等传世。其诗词著作，自有其清逸的感人处，其日记更随时流露其坦率的政治态度，为研究近代史实者所重视。

寒云有夫人刘梅真及如夫人三人，有四子二女。今日享名海内外的袁家骝，为其第三子。

"美学老人"朱光潜

朱光潜先生是中国近代美学园地的开拓者和耕耘者,亦是蜚声中外的美学家。近日翻阅其早年著作,想起这位中国的"美学老人"。

朱光潜是安徽桐城人,1897年生于"书香门第"。幼承家教,为科举读书。进入桐城中学后,仍受古训,整日作八股文章。对此,他颇感抑郁,亟欲冲开精神枷锁,开阔自己的视野。其父有一书箱,装有各式各样的书,但从不许翻阅。对他来说,这些书真成了伊甸园里的"禁果"。一次,乘父亲外出之机,他鼓起勇气打开书箱,翻出了《三国演义》《红楼梦》《试帖诗》《历代名臣言行录》《麻衣相法》《太上感应篇》等杂书,贪婪地读了一本又一本,偷食了"禁果",心中激起了一股澎湃的旋涡。

还有一次,他的一家亲戚,从距家乡二三十里的牛王集,买回一套梁启超的《饮冰室文集》。朱光潜如获至宝,爱不释手。书中思想激越,感情浓烈,文字酣畅,使其开始向往"新学",崇拜起梁启超。甚至上海报上误传梁启超遇难,朱光潜得知,竟难过得大哭了一场。

朱光潜的大学历程,不同一般,曾先后进过六所大学,做了十四年的大学生。先是考进武昌高等师范国文系,因对该校头脑冬烘兼有海派习气的教师大失所望,仅学一年,便向教育部告了一状后,愤然离去。接着,考取了香港大学教育系。此校条件欠佳,寝室十分拥挤,虽然如此,但在其案头墙上却端然挂着"恒、恬、诚、勇"四个大字,以为座右铭。为其书者乃著名书法家方盘君先生。在港大,朱光潜对心理学产生了浓厚的兴趣。1925年,朱光潜又考取了官费留英。在爱丁堡大学,受康德专家史密斯之影响,开始研究哲学。之后,又在伦敦大学、法国巴黎大学和斯特拉斯堡大学求学。有时他在两所大学同时注册,今天在英国听课,明天渡过英吉利海峡,又赶到法国听课。学习中,他发现美学与其所喜欢的心理学、哲学、文学皆相通络,于是乎最终选择了美学研究的道路。

朱光潜一面攻读康德、克罗齐等人的著作,一面广泛接触各种门类的艺术作品。读诗、看戏和雕刻,还曾独自一人跑到意大利的古罗马地下墓道,考察哥特大教堂和壁画的起源。

而且到巴黎的罗浮宫观赏达·芬奇的《蒙娜丽莎》原作,并视为一生"最快意的事"。

严景耀其人其书

1995年,开明出版社出版了《严景耀论文集》,在这本近三十万字的论著里,作者不但精辟地论述了过去中国监管犯人的来源、罪因、狱政,而且论述了民主、法制和国体。

作者严景耀,生于清末光绪二十一年(1895),卒于1976年,他是中国最早研究犯罪学、监狱学的学者之一。为了获得第一手材料,增加对监狱生活的感受,他曾经自愿做一名"犯人"。征得监狱吏卒同意,入狱与真正的囚犯同吃同住同劳动,空闲时间便与囚犯谈心,从而掌握了早年北平监狱的大量真实情况。

犯人是从哪里来的?经过调查,作者说:"朝阳门外是北京穷陋无比的地方,只要能形容得出的龌龊、污浊,那里即能见着、嗅到。住在那里的都是北京最下层社会的人民,如洋车夫、乞丐、小窃,以及失业的工人们。这与城里天桥一样,是犯罪的发源地。倘若不将这种地方先有相当处置,犯罪问题是没法解决的。"

犯人犯罪的原因是什么?经过调查,作者说:"1925年大赦,释放了许多囚犯,可是有一个第一天出狱,第二天就在东便门偷一头牛被捕入监。"为此,作者议论说:"若不根本为他们谋生计方法,使他们能衣食足够,能安居乐业,专靠恢复自由,绝不能使他们自新。"作者还记下了一名囚犯的话:"老爷!你讲的实在有理,我现在都已明白了,以后当牢记在心,可是我出监以后,肚子要饿,又找不着事情,不知道老爷有什么法子可以救我。"

狱政如何革新?经过调查,作者说:"最根本的是把囚犯当人看,至于犯人在监生活切不可使其变态,当养成公民最不可少之精神,如自立、自治、互助、快乐等。培植坚健之人格,使有高尚理想、坚忍不拔的志趣、自制的能力及勤勉的习惯,方能窥见成效。而监狱之管理员,于此当负重大责任,盖监狱乃社会之缩影,苟或犯人专在被治之下,过奴隶生活,而管理人员不以指导之法补救个人不足,不发展其特长的个性,则他日出狱再入社会,如骤入异境,使之无可适从,欲望其自新实不可能。"

面对大千世界,罪犯理应处置,但深层次的根治方法何在?经过调查,作者指出:"是的,为保护社会安宁和利益起见,非用相当方法处置他们不可。不过用铁面无私的专治平民的、只管目前事实不顾事前成因的法律,去惩罚这种变态社会中的牺牲者,以为制裁犯罪的方法,是否公平?"

　　作者就是通过周密观察,切身体验,并以大量文书案卷为依据,很有真情实感地写出了《北平犯罪之社会分析》《中国监狱问题》、《北平监狱教诲与教育》等论文,由此辑印成了《严景耀论文集》。

史学家罗尔纲

对中国近代的太平天国运动，全面而系统研究其历史，且卓有成就的，是现代著名学者罗尔纲。

罗于1901年生于广西贵县一个书香之家。他少年时期在家乡读书，二十三岁时到上海求学，不久转入由胡适任校长的中国公学，三十三岁到北京。当时，有两个职务可供他选择——一是中华教育文化基金会文书，工作清闲而且月薪丰厚；二是北京大学文科研究所考古室助理，工作繁重而月薪只及前者一半。他认为前者不是"学术工作"，而毅然选择了后者。

20世纪30年代初，他由张嘉祥传记辨误入手，开始了对太平天国史的研究。三年后，他撰写出《太平天国广西起义史》，交给上海亚东图书馆编辑汪原放。当时，被关押在南京监狱的陈独秀想研究太平天国史，汪原放之父是陈的挚友，故汪常至监狱探望。一次，陈说明心思，汪便将《太平天国广西起义史》未刊稿送上。陈阅后大加赞赏，并从汪口中得知罗尔纲是跟随胡适做学问的青年，便请汪传话给老朋友胡适，想请罗到南京面谈太平天国问题。胡听后大笑道："仲甫（陈独秀）是有政治偏见的，他研究不得太平天国，还是让罗尔纲去研究吧。"

经过数年努力，抗战开始那年，罗尔纲对太平天国全面系统的论著《太平天国史纲》出版。一些旧式学人将太平天国视为封建社会的"叛逆"，作为"粤匪""流寇"加以贬斥；而另一些新式学者则强调太平天国是一场宗教革命，或一场反满的民族运动。罗尔纲面对浩瀚的史料，经过严格考证辨伪，指出"太平天国的革命性质是贫民革命"，"含有民主主义的要求"。

该书面世后，《大公报》评介该书是"一部具备时、地、人条件的好著作"。著名学者金毓黻将该书列入唐宋以来值得称道的私修史书之内，评论说"近人撰太平天国史者"，"以吾所知，惟罗尔纲之《史纲》着墨不多，而语语扼要，颇能明其因果演变之迹。后来者虽不可知，而旧有诸作，殆恐无以胜之"。《太平天国史纲》在太平天国研究史上确实具有开山作用。

多年来，罗尔纲研究太平天国史孜孜不倦，奋斗不息。20世纪50年代，有人将世传李秀成笔迹送司法部法医研究所鉴定，认为《李秀成自述原稿》并非李秀成所写。一位精通书法的专家看了罗提供的照片，也认为不是李秀成手迹。他听后，遂下苦功夫钻研中国古代书法，掌握了书家八法，写出了《笔迹鉴定的有效性与限制性举例》，确证《李秀成自述原稿》并非赝品。他考证出李秀成是学三国时姜维伪降钟会的典故，以便劝曾国藩反清称帝，实非叛徒，从而提出李秀成"伪降说"。关于太平天国金田起事的准确日期，他是经过半个世纪的不辍考证，最后才被史学界公认的；而《李秀成自述原稿》注，是他用了四十九年时间才完成的。

与罗尔纲相交五十多年的谷霁光说："我的朋友都是勤奋的人，而罗先生是最突出的。他在北京居住三十年，只陪朋友听过一次京戏，至今没游过长城，日夜埋头斗室，出门不辨东西。"

鲁迅的学生黄源

承友人赠北京新出版的《鲁迅的学生黄源》一书,这是由著名作家、翻译家黄源的友人写的反映其一生经历的文集,为黄源的家乡浙江海盐政协所编。黄源今年九十四岁,是鲁迅当年的学生中如今健在的寥寥者之一。

说起来是缘分。1927年鲁迅从广东到上海,在江湾的劳动大学作《关于知识分子》的讲演。黄源就职于该校编译室,有幸为之作记录。之后,记录稿经鲁迅审阅后,发表在《劳大周刊》上,后来又刊登在《劳大论坛》上。四天后,匡互生请鲁迅到立达学苑去讲演,题目是《伟人的化石》。因匡曾是黄源在浙江上虞白马湖春晖中学的老师,于是又请他去作记录。如果说第一次是初识,第二次则跟匡互生一起陪鲁迅先生漫谈起来了。

但是,黄源真正同鲁迅熟悉起来,还是1934年茅盾推荐他帮助鲁迅编《译文》杂志。直到鲁迅逝世,参加他的葬礼,黄源一直在鲁迅身边。这使他得以在鲁迅晚年亲聆教诲，并在鲁迅指导下编《译文丛书》。这一时期，他自己也翻译了高尔基的《三人》和《日本现代短篇小说》。

1934年夏天，鲁迅找茅盾和黎烈文商定办《译文》杂志。其目的主要是对付国民党采取的书报检查制度，同时也是想通过《译文》来介绍一些外国的文学杰作，包括木刻，作为借鉴。黄源当时正在文学社当编辑，和承印的书店比较熟悉，茅盾就举荐他出面编辑和接洽书店的承印事宜。《译文》最初三期是鲁迅以黄源为助手，一手编就的。鲁迅对黄源说："下期起我不编了，你编吧，你已经毕业了。"从第四期起，黄源就按着鲁迅所提出的方针去做。鲁迅仍不断地译稿，找插图。他放手让黄源工作，而在出现问题时，却挺身而出坚持原则，不顾一切地保护青年。至今保存下来的鲁迅给黄源的三十八封信，大都是有关编辑《译文》方面的意见和指示。

这时，黄源由于主编《译文》和帮助鲁迅筹划、编译《译文丛书》，成了常常出入鲁迅家的人之一。鲁迅最后出版的创作、翻译和画册等，都在巴金、吴朗西主持的上海文化生活出版社出版，但是中间的媒介却是黄源。

每忆及此，黄源总是感慨地说："我原来是搞文学的，最多是搞革命文学的吧，可是从接触鲁迅之后，我的人生道路起了显著的变化，最终走上了参加革命武装，为推翻旧制度、建设新中国而战斗的道路，这是我永生难忘的。"

1937年抗日战争爆发，黄源参加了纪念鲁迅先生逝世一周年《鲁迅先生纪念集》的编辑校对工作。等编完校对后,在鲁迅周年忌日前夕,黄源离开上海进入战场,于1938年年底参加了新四军。黄源晚年有两本回忆鲁迅的著作,一本是《纪念鲁迅先生》,一本是《在鲁迅身边》,充分表达了他对鲁迅的感激和怀念之情。

陈训慈的"书情"

陈训慈去世已八年了,上海辞书出版社已把他作为中国图书馆事业家收入《辞海》补编,记录了这位世纪同龄人的一生书情。

陈训慈1901年生于浙江慈溪。受其胞兄陈布雷的资助与培养,1924年在南京大学历史系毕业后,曾任上海商务印书馆编辑、宁波效实中学教师、浙江图书馆馆长等。早在学生时代,他就满腔热情地投入了五四运动。"五卅"惨案发生时,他在效实中学任教,创办了《爱国青年》杂志,宣传内除军阀、外抗强敌的主张。作为一位爱国学者,他的爱书之情和用书之情,在他于1932年至1941年任浙江图书馆馆长的十年生涯中更得到了充分的印证。

作为图书馆馆长,陈训慈以"寓书于教、教育救国"为办馆宗旨,推行普及社会教育和开展学术研究并举的方针。在杭州大学路图书馆新馆舍落成不久,他就力主图书馆应向社会开放,拟定了改进阅览工作的计划。从1933

年开始,把原定每天下午5时闭馆的时间延迟到晚上9时,同时取消了每逢周一休假的惯例。他还想方设法为进馆的读者提供方便。他认为,图书馆不能闭关自守,坐而论道,而应当走出深院,接触社会,以书为媒,联系民众。在他的倡导下,浙江图书馆在杭州市内设有图书馆流通部三处,民众书报阅览五处,另有一流动书库每天在市内定点巡回。当时,在杭城的街头巷尾、车站码头随处可见图书馆提供的各类读物。如此一流的、广泛的服务,使图书馆名声大振。与此同时,他也不忘倡导、开展学术研究之风,致力于创办《省立图书馆馆刊》《文澜学报》《图书展望》等刊物。

1937年抗战开始,随浙江大学西迁。陈训慈受竺可桢校长委派筹建浙大龙泉分校,并任第一任主任。为使馆藏图书免遭厄运,陈训慈不顾安危,四处奔走,历尽千辛万苦。在竺可桢校长的帮助下,终于将《四库全书》《永乐大典》《古今图书集成》等一批珍善本暂运至贵阳后方和浙江龙泉山村,方使这些古籍安然无恙。讲起这些往事,老人感慨万千。他的一生,是与这些积淀了中华五千年文明的书籍紧紧相连的呀!

陈训慈还是一位学贯中西、博古通今的历史学家。用生动的历史以激发群众的爱国之情,是他的治学宗旨。他除娴熟中外通史,下功夫最多的是对地方历史和地方文献的研究。在《浙江省史略》《明清浙江文献概述》等史学专著中,凝聚了他对祖国、对家乡的深厚感情。新中国成立后,他历任浙江省政协一至六届的委员和民革浙江省委顾问。1991年,浙江图书馆为这位老馆长九十寿辰举行庆祝大会。会后,他激动的心情好几天未能平静,他说:"我不求活到百岁,只望能再有五六年的时间,就能把要做的事都做完了!"他九十一岁高龄时,仍通宵读书,结果病倒住院,延续到次年5月,与世长辞。有老友送其一挽联,曰:

胸有五车史籍,心无一点尘埃。

民俗学家张次溪

张次溪生于1908年,系近代名士张篁溪之长子。张篁溪是近代学者、文学家王闿运的门人。张次溪自幼秉承家学,后又拜桐城派作家吴北江为师,故其学问渊博,著作等身。

20世纪30年代初,张次溪在北平研究院工作。其工作性质决定了他对北京的历史沿革、风土人情、各类掌故须作广泛而深入的研究。于是广结友,勤采访,每夜挑灯奋笔,数十年如一日。有《琉璃厂志》《北平天桥志》《岭南文物志》等多种著作刊行于世,为后人研究北京文化史奠定了坚实的基础。

次溪先生与齐白石老人乃忘年交。白石老人与张篁溪同为王闿运门下士,故将次溪视为世侄,亦视为契友。1932年,次溪先生不遗余力,替白石老人编印《白石诗草》(仿宋铅字八卷本),诗稿前面印有白石自题诗五首,其第四首云:

书名惭愧扬天下，吟咏何必并世知，多谢次溪为好事，满城风雨乞题词。

并注曰："此集初心未敢求人题跋，张子次溪替人遍乞诗词，余老年因得樊山翁社中诗友数人为友。"

1933年10月2日，张次溪与徐肇琼女士于西长安街广和饭庄举行婚礼，白石老人证婚，并撰写一联一诗。联云：

花月长圆见天德，男人无过识贤妻。

诗曰：

昨夜星辰仙袂凉，有人月下与商量。赤绳在手长如许，系汝良缘做一双。

诗前并有小引云：

癸酉八月十三日次溪仁弟佳期，既请证婚，又想联语，再赠以诗圆联，老年人喜如人意，一一为之。

次溪先生对其评价是"谑而不虐,很见风趣"。

张次溪祖籍广东南海,其父篁溪与康有为既有乡谊,又是诗友。康有为晚年曾游历苏杭及泰山,最后到北京,篁溪、次溪父子与梁启超等人,曾陪同康有为到菜市口,凭吊戊戌变法失败后被杀的六君子,而后回到米市胡同南海会馆,忆及往事,凄然泪下。

篁溪、次溪父子,对明末蓟辽大将军袁崇焕极为崇敬。袁崇焕乃广东东莞人。1630年,崇祯帝中皇太极反间计,以"与后金有密约"罪杀崇焕于菜市口。崇焕故宅在左安门内龙潭湖南岸,清末废为民居,满目荒凉。张篁溪购置为别业,人称"张园"。张篁溪殁后,张次溪继续料理之,每逢盛夏,必约成扶平、金寄水、耿晓堤等文友小住张园消夏。

位于广渠门内的袁崇焕墓和位于张园附近的袁督帅庙,其房屋修缮费用多年来皆由张氏父子承担。解放前,张次溪每年均用稿费支付修缮款项。解放后,张园房地产收归国有,袁崇焕墓地和庙堂亦由文物部门接管。

1966年8月,噩运降临张次溪头上,数十名"红卫兵"抄了他的家,烧了他的书,侮辱了他的人格,他不胜悲愤,旋即含恨离开了人世。

司法女杰史良

近年来,内地努力推行以法治国,这使笔者想起20世纪30年代,活跃在司法界与救亡运动中的著名律师史良女士。

史良女士生于1900年,对于八国联军蹂躏祖国,在心灵上埋下了义愤的种子。父亲是教书先生,自幼常对其讲屈原、文天祥、史可法、洪秀全等人的悲壮业绩,潜移默化,亦影响其成长。五四运动时,她正在上海"武进女师"读书,被推为学生会会长。她带队游行,上街宣传,一马当先。没有纸墨写宣传品,她曾带同学闯入县府,向县知事索要,为县知事所惧怕。后知事将其父召去,责令管教女儿,史良闻知,闹到县衙,接回父亲。她利口指责县府,知事无以对。

30年代初,史良从上海政法学院毕业,开始当律师。当时妇女被社会歧视,作为女律师,维业为艰。但史良深谙法律,为人仗义,又口才锋利,办事干练,因而所受案件常常胜诉。在其承办的案件中，竭力为保障妇女的权利辩护，并对困难者，义务办案；对离家无所依者，为之谋职，颇受赞扬，遂声名蜚著。日寇侵华，爱国运动风起云涌，救亡团体纷纷成立。其中上海妇女救国会，是最早成立的爱国救亡团体之一。其发起及组织领导者之一就是史良律师。成立那天，何香凝女士参加了大会。史良女士作为大会主席，健步登台，气宇轩昂，慷慨致辞说：现在中国人民受压迫，任人残杀，我们二万万妇女，难道甘心当亡国奴吗？不，绝不，今天我们各界妇女在此集会，就是我们妇女救亡运动的开始！会后史良女士带领队伍，游行示威，高唱救亡歌曲，高喊救亡口号，冲破公共租界工部局的禁令，无畏地通过了南京路。此举气壮山河，威震沪市。

1938年，由宋美龄邀请各党派、无党派及宗教界和社会知名妇女四十余人，在庐山举行妇女谈话会。史良代表救国会参加了此会。会上，决议把新生活运动妇女指导委员会，改组为联合抗日的妇女工作机构，宋美龄任指导长，史良任委员兼联络委员会主任。此间，其力主正义，不为名利所动，周旋于各派政治力量之间，为抗日救亡而工作。

不久，史良在重庆开办律师事务所，重操旧业。同时致力于民主运动，与救国会同仁加入了沈钧儒先生领导的中国民主同盟，被选为民盟第一任中央执行委员会委员。

她还致力于沦陷区儿童的保护工作,发起并组织了"战时儿童保育会",任常务理事。该会在全国设立了四十余所保育院,收容和保育了两万余名儿童。

图书馆学家梁思庄

人们熟知梁启超有个儿子梁思成，是中国现代著名建筑学家；孰知他还有个女儿梁思庄，是著名的图书馆学家。

戊戌变法失败后，梁启超举家东渡，流亡日本。1908年9月，梁思庄出生在日本神户。民国肇建，1912年梁思庄四岁，随全家回国。1925年，随大姐梁令娴到加拿大。梁启超要梁思庄学生物学，她却根据自己的爱好，选修了图书馆学。1930年获加拿大麦基尔大学文学学士；次年赴美深造，获得哥伦比亚大学图书馆学学士学位。当时，梁思庄的二哥梁思成、三哥梁思永都在美国留学。梁思庄结识了梁思永的好友吴鲁强。1930年吴鲁强获麻省理工学院科学博士，翌年归国，先后在北京大学和广州中山大学任化学系教授。翌年梁思庄回国，任北平图书馆编纂委员。越年，她和吴鲁强结婚，便到广州市立中山图书馆工作。不幸，吴鲁强于1936年因患伤寒病逝世，年仅三十一岁。梁思庄才二十七岁就孀居，和女儿吴荔明回到北平，从此没再结婚,终生献身于北京大学图书馆事业。

梁思庄深研图书馆学。她在北京大学图书馆工作,每逢新生入学,她总要向他们讲授利用图书馆学习的方式。1936年,北京大学开设各科讲座,请梁思庄讲授《西文工具书》。讲堂里座无虚席。她把馆藏的中国、印度、日本和东南亚国家的外文书籍,分类编目,写成《东方学目录》;还编写了《非洲目录》和《拉丁美洲目录》,供读者查找资料。

梁思庄现已八旬高龄,从事图书馆工作五十多年。晚年长期在北京大学图书馆工作,曾任副馆长。她会英、法、德、俄等外语,擅长西文图书分类编目,尤其精通西文工具书有关资料。人们说:"梁先生的脑子就是一部外文工具书大全。"不论读者向她提出什么问题,她都尽力帮助解决。她认为一个学校图书馆的水平,代表着整个学校的学术水平。所以她在北京大学图书馆工作时,总是争取要办成世界第一流水平的图书馆。她工作作风严谨,特别注重深入实际。她身为副馆长,却把办公桌安置在采编部人员中间,同大家一起劳动。从贴书号标签,到典藏阅览,买书、订书、分类、编目、制片、入库、借阅、咨询……她都插手过问,深得工作人员和读者的好感。

《苏武牧羊》作者蒋荫堂

一度流行于大江南北的《苏武牧羊》一歌,以歌词通俗易懂,情感悲壮、慷慨激昂,深受人们喜爱。而此歌作者却默默无闻。

原来此歌作者是辽宁盖平人蒋荫堂。

蒋荫堂名麟昌,生于清咸丰年间,天资聪颖,八岁入塾读书,十八岁时,为文只需略加构思,即能一挥而就。清末盖平成立"辰州学院",聘蒋氏为国文讲师。1914年,又应聘至盖平县中级师范学校教书。《苏武牧羊》一歌即在那时写成。

一次,盖平福建会馆邀河北乐亭皮影剧团演出,学校师生前往观剧。在演唱悲调时,以打琴伴奏,音调悠扬动听。有些学生随琴声哼成一个调子,后由该校音乐教师田锡侯加工成歌谱,再请蒋荫堂填词,遂成此歌。歌词全文为:

苏武留胡节不辱，雪地又冰天，可怜十九年。渴饮雪，饥吞毡，牧羊北海边。心存汉社稷，旄落犹未还。历尽难中难，心如铁石坚。夜在塞上四听笳声入耳心痛酸。

转眼北风吹，雁群汉关飞。白发娘，望儿归，红妆守空帏。三更同入梦，两地谁梦谁？凭海枯石烂，大节不稍亏。定叫匈奴惊心丧胆共服汉德威。

歌曲初成之日，学生竞相抄录传唱，唱来委婉动听，扣人心弦；有用洞箫吹奏，音韵愈加凄婉感人，由此此曲不胫而走，流行全国。

蒋荫堂填写此歌，是鉴于清末民初时，政府对外卑躬折节，怯懦媚外，深感有损中华民族之尊严与国家之威望，愤而作此以图振奋国人，以警往惕来。

蒋荫堂在当地名重一时，然淡于功名，长期过着清苦生活。他住在县城文昌庙中，斗室一间，伴有老妻弱子。每日粗茶淡饭，粗衣布衫，辄盛暑不去。常穿双面布鞋，浆白布袜。他喜蓄须发，嗜关东烟，有一长杆烟袋，常不离口。为人和蔼可亲，平易近人，从不恃才傲物，素为全校师生所敬重。他卒于1926年。

刘天华即兴作《良宵》

最近,喜得一盘录音磁带,是内地二胡演奏家王国潼独奏的刘天华十首二胡曲。听着悠扬的乐声,我无法抑制对刘天华先生的缅怀之情。

刘天华是江苏江阴人,生于1895年。五四运动后,西方各种思潮传入中国。当时社会有很多一部分人对中国固有的文化采取虚无主义态度,诸如中医、国画、书法、京剧以及中国音乐等,都认为是落后的,不科学的,统统予以轻视、排斥。甚至有些人连二胡也瞧不起,认为是叫花子乐器,不能登大雅之堂。刘先生很不以为然,他认为二胡"在国乐史上可与琴、琵琶、三弦、笛的位置相等"。而且为了实现他"要把音乐普及到一般民众中去"的主张,刘先生选中二胡作为工具。他把二胡比作窝窝头和草鞋,说:"今日的中国,或者窝窝头与草鞋的用处比大菜、皮鞋还要大些。"他通过拜民间艺人为师和刻苦自学,创造性地掌握了二胡的演奏技巧。他又把小提琴的某些演奏技巧移植到二胡上，运用得十分自然，以致使人觉得这些都是二胡固有的技巧。

1922年，刘先生到了北京，在北大、艺专和女子高等师范学校任教。他把二胡列入课程之内，为二胡写教程、编练习曲，改变了过去"口传心授"的旧方法，培训出蒋风之、储师竹、陈振铎等一批二胡演奏家。同时他还组织创办了"国乐改进社"，编辑出版了《音乐杂志》。

1928年1月22日晚上，即旧历丁卯年的除夕之夜。笔者随几个同学到刘先生家去度节。刘先生身材魁梧，态度和蔼可亲。刘师母亲自为我们准备了丰盛的辞岁晚餐。饭后，我们尽情说笑聊天，心里感到十分温暖畅快。

谈话间刘先生起身拿过二胡，先是坐着任意而拉。拉着拉着，忽然站起来，匆忙拿过纸笔，便飞快地记下所拉乐谱。就这样，随想随拉，随记随改，大约半个小时，一支二胡独奏曲就写出来了。曲成之后，刘先生谦虚地让我们起个曲名。商酌结果，决定用《除夜小唱》作曲名。刘先生又拉一遍，曲调是那么活泼、愉快，表达了我们除夜聚会时的愉悦心情。《良宵》这个今天通常采用的标题，是后来刘先生为《除夜小唱》另起的一个名字。

没有想到，四年以后的1932年6月，刘先生到北京天桥收集锣鼓谱时，染上猩红热，不幸逝世，终年仅三十七岁。半个世纪过去了，他开创的这一学派的门生至今仍活跃在乐坛上，发展着二胡艺术；他创作的乐曲，至今仍在广泛流传，受到人们的喜爱。

教授述林

jiaoshou shulin

"清华"名师漫忆

清华大学自开办以来,不知进出过多少位名教授了。他们名气大,学问高,但是派头、架子却丝毫没有。过去有人说过:在北京公共场所若偶然遇到一位戴金丝眼镜,穿蓝布大褂、礼服呢、千层底鞋的先生,问他在何处工作,对方便会很随便地答道:"兄弟去年刚从美国回来,在清华园有几个钟头的课……"同样情况如果在上海,那对方一定是一位穿着笔挺洋装、夹着大皮包、口含雪茄的绅士。问过之后,他便会马上打开皮包,取出名片,递给你,同时报给你听:"康奈尔大学工程博士、沪江大学教授,兼光华大学讲师……"这就是"海派"和"京朝派"的差别。清华的先生是属于京朝派的,永远是那么谦虚、潇洒、有涵养。

有几位先生与清华关系极深,在清华待得时间长,甚至是从清华毕业后去留学,回来再到清华园任教。而且除去做教授之外,还做校务性的工作,这样就为更多的学生熟悉了。比如海内外知名的潘光旦先生就是其中的一位。这位在美国留学时，因踢足球受伤失去了一条腿的教授，长期担任清华教务长，校友们对他是记忆最深的。

潘先生不只是举世知名的社会学家，他培育后进的热情也是被人传为美谈的。费孝通先生原是他的学生，是他介绍给世界学者的。后来在费先生取得巨大的学术成就之后，潘先生反过来在费先生前称"门生"，虽然是说笑话，但也传为学术界的美谈了。潘先生教授种族学、遗传学，讲课时妙语连珠，那笑话是说不完的。他身体虽然伤残了，但体质很好，十分健壮，平时架拐走路，走得飞快。有一年暑期，清华、南开、北大三校联合招生，招生委员会临时办公处设在沙滩嵩祝寺夹道北大灰楼。潘先生坐在轮椅上，进出于各个办公室之间处理工作。他双手转动椅轮，可进可退，转弯敏捷，这屋出来，那屋进去，似乎比健全人还矫健。

马约翰先生，也是清华的一位知名人物，校友中大概没有一个不记得这位老先生的。他一辈子好像没有换过第二种服装，一年四季都是短袖衬衫打领结，猎式西装裤——北京俗话叫"灯笼裤"，因为它在腿肚子上束起来，像北京旧时的小纱灯一样，裤下是羊毛长筒袜子。据说这位老先生一年到头吃饭要按照营养学的规定去吃，青菜、萝卜、豆腐、肉、鸡蛋等，都有严格的数量，算好热量的卡数再下锅。不过马老先生却是一位热情的忠厚长者。

清华的体育分数是很重要的，别的课程都通过了，体育没有通过，也要影响到升级、毕业、留学等，因此学生们对于这位马约翰教授，是十分尊重的。"七七"事变前，在清华园上马先生的课，不但体育要过得去，而且英语要好，不但口令用英语喊，球场裁判用英语叫，而且学生同他说话也要说英语。等到抗战胜利，由昆明复员回到清华园之后，老先生的办法才改变了，不再坚持要求学生用英文同他说话了。

也有旧时在清华名重一时的先生，后来却没有再回到清华园。吴宓（号雨僧）先生便是一位，这位留学法兰西的陕西人，是诗人、哲学家，又是爱谈《红楼梦》的红学家，当年是清华研究院的负责人。他主持清华研究院，梁任公、王静安、陈寅恪诸位先生在那里讲学，培育出不少知名学者，其功绩在清华校史上很值得大书一笔。

清华也有父子两代的教授，最著名的便是梁任公、梁思成二位先生。

另一位早年毕业于清华的陈岱孙先生，是以最优秀的成绩毕业于美国哈佛的，回国到清华做经济系主任，当时还没有结婚。他有部美国友人送的黑色雪佛兰小轿车，很引人注目。现在如果健在，也该是八十左右的老者了吧。

清华大学人才辈出，在中国教育史上领一代之风骚，这是与清华众多名师的辛勤耕耘密不可分的。

学人长寿遥祝俞平伯老

报载,北京召开"俞平伯先生从事学术活动六十五年纪念会"。我深为夫子贺,为夫子资。因为我感到,对这位按阴历算八秩晋八,按阳历算八十有六的老夫子说来,的确是一件喜庆的大事;即对中国学术界说,也不能说是一件小事吧。纪念会的内容,报上都登了,我这里无须再多说。我只想说一点儿我对夫子的敬意、情谊,作为遥远的祝贺。

话还得从四十几年前说起。地点是北京沙滩松公府夹道北京大学文学院图书馆后面的新教室楼。在这里我听了夫子八个学分的课(每周一课时,一学期为一学分),即杜诗、清真词门。当时各自选各自的课,人数不固定,教室也不固定。夫子的课是选课,在一个有三四十个座位的教室里上。我自童年读先生的《画舫灯影里的秦淮河》之后,对于先生的著作,什么《燕知草》《杂拌儿》《燕郊集》等早已看了不知多少遍,烂熟于胸中了,但对先生本人,还较为陌生。先生在上面讲，我们在下面听，虽说是的的确确的师生，但感情上还远远没有水乳交融呢。当时先生上课来，下课走，家住南小街老君堂，虽不甚远，可离沙滩也有一截子路。北大学生纵使白天不听课，但晚间却是欢喜跑教授家串门儿的。当时我常去的是沈从文先生家，他住西老胡同，出西斋宿舍门，转弯就是。对于俞先生老君堂的古槐书室，则始终没有去过，迄今引以为憾。

我做学生时，很不用功，上课常常不好好听讲，而一心"以为鸿鹄将至"，想入非非起来。有一次先生讲杜甫诗"香雾云鬟湿，清辉玉臂寒"两句，举了很多例子，讲得十分生动。时正冬天，教室朝南，阳光很足，我有点儿浑浑然，老毛病又发，忽然放弃听课，注意起先生的衣着来：头戴黑羔皮土耳其式高筒小皮帽，外罩阴丹士林蓝布大褂，里着藏青绸料棉袍，而大褂短于棉袍约两寸许，显见大褂新时同棉袍一样长，洗后缩水，便越来越短了。内穿黑色棉裤，不绑腿，散着又比棉袍长了。如此三截式装束，给我留下极为深刻的印象。此后，天南海北，春夏秋冬，每当想起先生，好像总是穿着那"三截装"一样。近若干年，与先生通信频繁，师生之情老而弥笃，前年先生寄了一张照片来，信中说：

　　附奉小照一纸，以代晤面。

我看照片，虽然苍老，但风神如昔，不过是戴黑边儿眼镜、穿白衬衫的。望着照片，我想起"三截装"，不由得笑了。

在现在的学人中，俞先生也真可以说是老前辈的老前辈了。五年前有一次通信谈到施蛰存老先生。夫子来信云：

> 施舍（蛰存）是我早年在上海大学时的学生，年七旬余，前说是办《词学》，迄未能出版，今又向足下征稿，想必有希望。

今年蛰存先生也八十多了。前寄新年贺柬来，为宋赵长卿小词《探春令》，结句云：

> 愿新春以后，吉吉利利，百事都如意。

并有跋云：

> 余弱冠时曾以此词歇拍三句制贺年柬，以寄师友。赵景深得而喜之，志于其文，去年一甲子矣。景深鹤化，忽复忆之。更以此词全文制柬，聊复童心。奉陈文几，用贺一九八六年元旦，兼丙寅春正。施蛰存敬肃。

多么别致的贺春帖子呀!而且一说就是一"甲子",足足六十年呀!纪念俞先生学术活动,是六十五年;蛰存先生贺新春,"聊复童心"又是六十年。白发老师,白发门生,学人长寿,婆娑人间,我这个小师弟,比起白发老师、白发大师兄,那真是稚气未脱的"小不点儿"呀。

中国香港过去常说"姑苏三老",指叶圣陶老、顾颉刚老先生、俞先生三位。他们都是"三元坊"苏州高中的同学。如以学籍说,这个称呼可以成立。如以籍贯说,就不对了。叶、顾二位是苏州籍贯,而俞老则是浙江德清籍贯。不过学术界为了尊敬先生,习惯于这样叫,自是可以,那我的说明,似乎也是"废话"了。

再有人们对于先生和曲园公的关系,也常常弄错辈分,以为先生是曲园老人的嫡孙,实际是曾孙。俞先生府中是以五行金、木、水、火、土相生的关系起名字。曲园老人名"樾",从"木";"木"生"火",俞先生祖父辈名字从"火"字旁;"火"生"土",先生父亲陛云公,从"土";"土"生"金",所以俞先生学名"铭衡","铭"字旁从"金"。以名起"字";《礼·曲礼》云,"大夫衡视";衡,平也,所以表字"平伯";后以字行。现在说起"俞平伯",中外学术界没有不知道的;如说起"俞铭衡",则知道的人就太少了。

耆宿元老钱玄同

20世纪30年代后期,中国著名的音韵学权威钱玄同先生逝世,曾轰动一时;还记得报纸用大字标题《耆宿元老返归道山,教界震惊》报道消息。笔者所接触到的教育界人士亦一致交口谈论钱老噩耗,莫不深表惋惜。

钱玄同先生原名钱夏,玄同系别号,曾是国学大师章太炎的学生。他早年留学日本早稻田大学。学成归国,被京师高等学堂(北京师范大学前身)聘请讲授文学;其后,北京大学聘他任国文系教授兼任研究所国学门导师,同时兼任中法大学国文系教授;其后又任师大国文系主任及北平、清华等大学国文系讲师。钱老学识渊博,桃李遍大江南北,专研音韵学(彼时称为声韵学)。他又擅长书法,冶隶楷于一炉,极与魏碑相似,独成一格,有"钱体"之称;当时师大校匾即出他手,琉璃厂亦有他的笔单。

笔者经友人介绍,与钱老相识。钱老性格开朗,谈话爽快。还记得谈到他精于诗词但不轻易一吟时,钱老曾说：诗词之成，乃所以遣兴自娱，而不宜频犯牢骚。以故钱老著述方面，除音韵及中国文字学外，诗词方面很少见到。

钱老家住北京东城，住宅建筑古雅，颇具园林之胜。他生活安适，避免一切嚣杂，于静寂生活中得到人生乐趣，充分获得学识上的修养和发展。他曾患高血压症，医嘱静养；他却时常访友畅叙，友辈咸敬羡之。

犹记钱老逝世前数小时，还曾出门访友，返家不到十分钟即语老妻，感觉头晕，旋作咳嗽，亟送德国医院救治，讵料脑血管已破，抢救无效，一代学者溘然长逝，年不及六旬。他遗有三子，著名科学家钱三强即其次子。钱老毕生致力于文化教育事业，对音韵学有极大贡献，平日除上课外，大部分时间看书习字，身体夙健，不做无谓娱乐，屏绝烟酒，常喜与知己朋友谈心。当年的周启明、黎锦熙等名流为钱老最知心挚友。20世纪20年代，新文化运动初倡时，钱老为最早响应者。当时反对派虽亦迭有立论发展，但新文学趋势如火如荼，锐不可当。为表决心，钱老将原名"夏"改为"玄同"，且以"疑古"为字。钱老逝世后，时人谓钱老归真返璞，直进玄冥之大同世界矣。

转眼五十寒暑过去了，钱老的爽朗笑貌，犹长留脑际。思及其才华横溢，书法洒脱，实令人不胜唏嘘悼惜。

辜鸿铭佯狂嘲世情

早年的北京大学,有一位怪而闻名的学者。平时,但见他蓄发梳辫,头戴红顶瓜皮小帽,身着绸长袍缎马褂,脚穿双凉鞋。张口子曰,闭口诗云,间或也用流利的英语讲话,既好辩,又爱骂人,他就是辜鸿铭。

原来这位老先生,姓辜,名汤生,字鸿铭,别号慵人,祖籍福建,生于马来西亚,父亲是华侨。十岁左右随英国布朗夫妇到英国读书,其后还到过德国、法国、意大利、奥地利等国求学。因此,通晓英、法、德、拉丁、希腊等几种文字,一生获得十几个学位,其中一个是清朝宣统皇帝赐的文科进士,他由此而入《清史稿》。日常,他自称是东西南北人,这是对他生在南洋,学在西洋,婚在东洋,仕在北洋的概括。由于他不同凡响,在外国人心目中便成十分神秘的人物,竟有"到北京可以不看三大殿,但不可不见辜鸿铭"之说!

后来,蔡元培校长邀他到北京大学教英国文学和拉丁文,他欣然而至。在校内,他装束如故,脾气照常:大家都拥护的,他反对;大家都崇拜的,他蔑视;因为时兴剪辫子,他便留辫;设若大家都留辫子,那他肯定会剪辫子。他在校内尝言,当时中国只有两个好人:一个是蔡元培先生,一个是他自己。

光绪三十三年(1907),张之洞与袁世凯同时由封疆大吏进京入军机。袁世凯对驻京德国公使说:"张中堂是讲学问的;我是不讲学问的,我是请办事的。"袁的幕僚将此语转述于辜鸿铭,以此为袁得意之谈。辜听后竟说:"诚然。要看所办的事是何等事,如老妈子倒马桶,固用不着学问;除倒马桶外,我真不知天下有何事竟是没学问的人可以办得好的。"

五四运动时期,北京大学教授在红楼一间教室开临时会议,商讨挽留蔡元培校长之事。辜在会上慷慨陈词,也主张挽留,但他的理由竟是校长是学校的皇帝,天下不可以一日无君,所以非挽留不可。另一件事,是他在婚姻上的言行。他娶妻,为中国的淑姑夫人;又纳妾,为日本的蓉子如夫人。在新文化思潮风起云涌世态下,他为纳妾辩护,理由出自王安石的《字说》。说"妾"是"立女",供男子疲倦时靠一靠的。有人驳他,说未尝不可以反过来,女的累了,用男的做靠手,由此可以一妻二夫。他正色纠正道:一个茶壶可以配四个茶杯,没听说过一个茶杯可以配四个茶壶的。

有一年,在北京的一次宴会上,座上皆是政界要人和社会名流,有一位外国记者问辜氏:"中国国内政局如此纷乱,有什么法子可以补救?"他听后一本正经地答道:"有,法子很简单,将现在在座的这些政客和官僚即拉出去枪毙,中国政局就会安定下来。"举座闻之哗然。事后,社会评论道,这种言论只有这位戴红顶瓜皮小帽并拖着辫子的辜鸿铭说得出,也只有这位辜老夫子才敢说出来。

爱国哲人熊十力

已故的北京大学教授熊十力,以其独创的"新唯识论"哲学体系名世。他不但是一位著名哲学家,而且是一位满怀忧患意识的爱国主义者。

熊十力于清末光绪十一年(1885)生于湖北黄冈县一个贫苦的农家。幼时为人放牛,在父兄的教育下粗通经史。光绪三十二年(1906),他与熊飞宇等人联络军、学界人士成立黄冈军学界讲习社。年末,革命党人发起的萍浏醴起义爆发。后失败,清政府大肆搜捕,因其力主响应,为此清廷特别指名逮捕他;幸而有人暗通消息,遂得以亡命。

1911年,武昌起义爆发,他参加了光复黄州的活动,后赶赴武昌就任湖北督军府参谋。同年腊月,为庆祝光复,被时人称作"黄冈四杰"的李四光、刘子通、熊十力、吴昆聚会于武昌雄楚楼,为抒发心志,顺次挥毫。吴昆早年两次东渡日本,奔走于孙中山、宋教仁帐下,为发动武昌起义做了不少工作；遂书李白《山中问答》诗："问余何事楼碧山，笑而不答心自闲。桃花流水杳然去，别有天地非人间。"刘子通发挥老子《道德经》思想，写道："生而不有，为而不恃，功成而弗居，若有心，若无心，飘飘然飞过数十寒暑。"后来鼎鼎大名的地质学家李四光，当时只写了四个大字，"雄视三楚"。熊十力则借佛经所言，书为："天上地下，惟我独尊。"其幼年时就曾说过："举头天外，无我这般人。"他幼年时的率真自负与自尊自信，可见一斑。

民国元年（1912），他编辑《日知会志》，力图保存革命史料。后来，孙中山领导的护法运动爆发，他即入湖南参与民军，支持桂军抗击北洋段系的进攻。不久赴粤，佐孙中山幕。

"九一八"事变后，上海形势危急。他专程从杭州赶往上海，力劝老友陈铭枢率十九路军抗日。"一·二八"事变前夕，陈铭枢因事路经杭州，顺便看望他。刚一进屋，他就劈头盖脸打陈两个耳光，责备陈不在上海打鬼子，却跑到杭州游山玩水。陈被打骂委实冤枉，然而他的古道热肠，凡听说此事的无不感慨系之。战事一结束，他又赶赴上海慰问陈将军及参战将士。民国二十四年（1935），华北危机，中华民族危亡，当时他住在北平，目睹祖国大好河山沦入敌手，实在是忧心如焚。于是，联络邓高镜兄弟写信请汤锡予出面，敦请胡适对《何梅协定》

公开表示反对。"七七"事变后,他乔装成商人,乘运煤火车逃离北平,历尽艰辛,回到故里。后到大后方,发奋著述,撰写《中国历史讲话》,宣传汉、满、蒙、回、藏五族同源,其用意是为全国各民族团结一致抵御日本侵略提供理论和历史依据。

他一生清苦,自视甚高。当时,他的著作印刷出版多靠老友、国民党元老居正(觉生)和弟子周封歧、吕汉财等人帮助。他的《读经示要》出版后,其友人曾将该书呈送蒋介石,蒋馈赠两百万元法币。他申斥友人鲁莽,拒不收取一分一厘。

"一代词宗"夏承焘

浙江千岛湖中有个羡山岛,林木森森,百卉争妍,有百果园之称。岛上有莲花岩、龙潭虎穴、将军帽诸景,是旅游胜地。在莲花岩上方的竹树丛中,新增一个引人注目的景点,它就是"一代词宗"夏承焘教授的墓园。

夏承焘墓依山面湖,以青石铺地,石栏围绕,中间矗立着长方形的墓体。墓体四面均用大理石贴面,正面刻着"词学家夏承焘墓"七个金色篆体大字。左右一副对联,上联是"浩荡文风,宙宇神游词笔健",下联是"沧茫烟水,湖山睡稳果花香",联语由夏夫人吴无闻亲撰并书写。墓顶是一尊用汉白玉石雕成的夏承焘半身像,是雕塑家汤守仁教授的精心之作。雕像凝神远望,表现了作为诗人、学者的夏承焘的神韵。夏承焘如今长眠在千岛湖畔的绿水青山之间,实现了他生前的遗愿。

1930年,夏承焘与老友胡才甫同到杭州之江文理学院国文系任教,同住"月轮楼"为邻,历时七年。夏承焘自学勤奋，暝写晨书，无间寒暑，并悉心鼓励老友写作。胡才甫得他指点帮助，编写了《沧浪诗话笺注》和《诗体释例》两书，夏承焘为此书作序。此外，在日寇侵占东北时，为发扬民族精神，胡还写成《民族诗选注》一稿，亦得夏承焘复核订正。据胡才甫回忆，他们平时谈论诗词，研讨学术，他均得益不少，夏堪称良师和益友。抗战时期，学校内迁。胡赴前线工作，夏承焘到金华英士大学执教，但他们仍有书信、诗词往还。20世纪60年代后期，夏承焘移居北京，曾复胡信附七律一首。诗中称胡为"邻翁"，有"小曲哦成容坐啸，稚孙学得莫嗔渠。壮怀昔之横江约，吟兴迢迢入蜀图。……"等句，足见其晚年安适，壮怀犹未已也。

夏承焘初到之江时，致力于研究词学。为姜夔的《白石道人歌曲》考订、笺校和编年。姜词附有旁谱，他按谱度曲，吟唱终朝不辍。他和吴瞿安、唐圭璋、顾颉刚等人书札往还，探讨琢磨，并自谦：如不与瞿安交好，学业成就不大。足见他虚心接纳，刻苦自励，为后学楷模。实际上，他对古文、诗词都有深入的钻研和卓越的见解。以后写成的词学专著三十余种。待整理出版的著作也有多种。其中如《唐宋词论丛》《唐宋词人年谱》及《姜白石词编年笺校》等，都是词林巨著。

夏承焘"桃李满天下"，国内海外，到处都有他的学生。据他的弟子回忆，他常说："南面授之，北面师之。"

意思是，告诉学生，今天你在这里听我讲课，也许不久你也会给我上课。夏承焘当年在浙师院任教时，住在"平湖秋月"。他同时到位于汪庄的私校讲课，两地隔湖相望。逢到他上课的日子，学校派工友划一只小船前去接他，他风趣地称自己是"湖上客"。

爱国教授曾昭抡

曾昭抡为曾国藩之弟的曾孙,是中国著名的化学家、教育家。历任南京中央大学、北京大学、西南联大、武汉大学等校教授,并担任过中央人民政府教育部和高等教育部副部长。

20世纪20年代初,曾昭抡在清华学校(清华大学前身,留学预备学校性质)毕业,考入美国麻省理工学院,后获得博士学位。他的导师劝他留校任教,在当时这是一个很高的荣誉。可是曾先生却谢绝说:"我爱我的母校,我更爱我的祖国。"一个"更"字,明确地表明了他的远大抱负和高尚情操。

30年代初,日本帝国主义强占东北三省,攻打上海,策动华北自治。曾昭抡忧国忧民,为学生开设"国防化学"课程,研制炸药和防毒面具,并率领北京大学慰问团赴绥远(今内蒙)前线慰问抗日战士。日寇占领北平时,曾拷问北京大学化学系的工友,并严厉搜查有关曾先生反对日本侵略的材料。

卢沟桥事变爆发后，北京大学、清华大学和南开大学被迫迁往湖南长沙，合并组成长沙临时大学。翌年春，临时大学又迁往云南昆明，组成西南联合大学。当时曾昭抡和闻一多、李继侗、袁复礼等教授自愿参加步行团，与数十名学生一起，历时六十八天，行程三千五百里，穿越湘、黔、滇三省，到达昆明。在前往昆明的步行途中，他还先后在贵州镇远县和云南平彝县，向当地学生和群众宣讲抗日战争的意义，论证抗战必胜和战后急需大量建设人才等问题。

曾昭抡任西南联大化学系教授期间，十分关心抗日战争形势，经常向学生发表时事演讲，宣传抗战必胜信念。他在《民主周刊》上几乎每周写一篇时事综述，分析欧洲战场形势，树立战胜法西斯的信心。曾先生渴望光明，追求进步，于1944年加入中国民主同盟，任中央执行委员。鉴于曾先生积极参与争取民主、反对独裁专制活动，以至有人这样说："继李公仆和闻一多之后，下一个该是曾昭抡了！"

1945年8月，日本帝国主义投降。曾昭抡从广岛的两颗原子弹爆炸，认识到科技已进入到原子能时代。1946年夏，他奉命赴美考察原子弹技术，其内兄俞大维时任国民党政府军政部次长，采纳曾昭抡建议，举荐物理学家吴大猷、数学家华罗庚同行，每人各带两名年轻助手。不期到美国吃了闭门羹。原子弹技术乃美国超级军事机密，岂容他人染指。考察未成，当后来闻讯新中国即将诞生，便于1949年2月，偕华罗庚、周建人等经大连，最早回到他久别的北京大学化学系。随身带来大批化学仪器、药品和图片资料，都是用他赴美考察时的经费结余购买的。随后，曾先生出席了第一届全国政治协商会议，被选为一至四届全国政协委员。新中国成立后，曾先生又出任北京大学教务长兼化学系主任。

西南联大的金岳霖教授

五十年前的西南联合大学，人们都记得有一位金岳霖教授。他是湖南长沙人，生于1895年，1914年毕业于清华学校，1920年获美国哥伦比亚大学博士学位。1926年至1952年，任清华大学文学院院长，哲学系主任、教授，1984年病逝。

抗战期间，金先生随清华师生迁到云南昆明，在西南联大开逻辑课和符号逻辑课。平时，他常年戴一顶呢帽，到教室也不摘下。每当新学年开始，给新生上第一节课，他的第一句话总是："我的眼睛有毛病，不能摘帽子，并不是对你们不尊重，请原谅。"他的眼睛究竟有什么毛病，学生们无从知道。后来，他配了一副眼镜，镜片是一黑一白，讲课时总是闪着不同的亮光。据说，后来他到美国讲学，眼病治好了。但西南联大师生在校园里见他眼神仍不行，走起路来，总是深一脚浅一脚的。

金先生教逻辑，是西南联大文学院一年级学生的必修课。上课时在大教室，学生总是坐得满满的。金先生有时要提问，但面对那么多学生，究竟叫谁呢。于是，他常一进教室就宣布："今天穿红毛衣的同学回答问题。"由此，大教室里所有穿红毛衣的女同学都又兴奋又紧张。那时，联大女生以在蓝阴丹士林旗袍外面套一件红毛衣为时髦。问题回答得清楚流利也是件出风头的事。学生答问时，金先生总是很注意地听着，完了，总要说："Yes！请坐！"

金先生是研究哲学的，但他博览文学作品。从普鲁斯特到福尔摩斯，从《江湖奇侠传》到《红楼梦》，他都认真研读过。当年，西南联大有几个爱好文学的学生住在金鸡巷，有时沈从文先生亲临学生住地给大家讲课。有一次，金先生也被拉去了，他应邀讲的题目是"小说和哲学"。大家以为金先生一定会讲出一番动听的道理，不料，他讲了半天，结论却是，小说和哲学没有关系。有人问："《红楼梦》呢？"金先生正色道："《红楼梦》里的哲学不是哲学。"后来，在场人看到，他讲着讲着，忽然停下来道："对不起，我这里有一个小动物。"但见他抬起右手伸向脖颈，捉出了一个大跳蚤，捏在手里看，甚为得意。

当年，金先生是个单身汉。他虽然没有家室，也无儿女，但生活得蛮有乐趣。平时，他养着一只很大的斗鸡。每当金先生吃饭，这只鸡能把脖子伸上饭桌，和金先生一同进餐。他还常常带着大梨、大石榴去和别的教授的孩子斗鸡。斗输了，就把梨或石榴送给孩子们，然后再去买。堂堂西南联合大学的教授，生活里倒也充满了不尽的童趣。

"积微居"主人杨树达

在中国语言文字学界,杨树达是一位建树卓著、影响深远的语言学家、教育家。光绪十一年(1885),他生于湖南长沙,早年就读于黄遵宪、谭嗣同等创办的时务学堂;光绪三十一年(1905),东渡日本留学,肄业于京都第三高等学校。宣统三年(1911)回国后,先后任教于湖南省第一师范学校、北京师范大学、清华大学、湖南大学和湖南师范学院。他毕生著作等身,桃李满天下。

杨树达不但是一位博大精深的学问家,还是一位具有高尚民族气节的教育家。"九一八"事变后,日本侵略者不断派遣一些披着"支那学者"外衣的文化特务来求见他,他一概拒之门外,有一次还当面怒斥了日本特务头子桥川时雄。"七七"事变后,他著《春秋大义述》一书,强调攘夷复仇,激励国人同仇敌忾,抗战到底。书中有《诛叛盗》一篇,借古讽今,是鞭挞与声讨汉奸卖国贼的檄文,在文化教育界产生了广泛的影响。即使在日寇最嚣张的岁月,他对抗战前景也未失去信心。抗战第三个年头,他写诗道,"未信暇夷能制夏",深信"浮云蔽日须臾事"。及至民国三十二年(1943),意大利法西斯投降,德、日法西斯在战场上也惨遭失败,他高兴地赋诗曰:"且喜人间公理在,渐看斜日落西隅。"字里行间表达了深沉的爱国主义情怀。为了发扬光大祖国的文化遗产,他发奋著述,笔耕不辍,他所著《词诠》《高等国文法》《马氏文通刊误》《中国修辞学》等著作极大丰富了中国的文化宝库。

杨树达学识渊博,学养深厚,为学界众人所共仰,其成就来自几十年如一日的勤奋与锲而不舍的精神。抗战期间,即使为避日机躲在防空洞中,仍手不释卷。他的书房虽然异常简陋,光线也不好,但总是伏案读书或写作。他认为渊博的学识是靠平日点滴积累起来的,因此把自己的书房命名为"积微居"。

他堪称中国学界一代大师,但生活上却从不计较,平日总是布衣蔬食,怡然自得。民国三十四年(1945),他六十大寿,湖南大学师生纷纷祝贺。中文系有个学生写了一支曲子云:"一领旧宽袍,两只粗布袜,拄杖儿不怕溜滑,叔重以来几万家,都吃这杖儿一顿打煞!"生动地描绘了他的俭朴风貌和崇高的学术地位。

新中国成立后,他完成了有关小学、金文、甲骨文的论文一百多篇,还编定了《积微居小学述林》《积微居今文说》《积微居甲骨文说》三部著作。

20世纪80年代中期，十八卷《杨树达文集》由上海古籍出版社出版。另一本《积微翁友朋书札》由湖南教育出版社出版，书中收集了毛泽东、章太炎、梁启超、钱玄同、陈寅恪、朱自清、郭沫若、董作宾、罗常培、王力、顾颉刚、容庚、徐特立、马叙伦等致他的书信一百八十八封。《文集》和《书札》，既反映了他的学术成就，也体现了他的社会地位。

传记文学家朱东润

复旦大学已经辞世的朱东润教授,原名世溱,字东润,生于光绪二十二年(1896),祖籍江苏泰兴。他十二岁考入南洋公学附小,时值清农工商部侍郎、近代古文大家唐文治任该校校长。有一次,学校举行国文比赛,教师出两道作文题,命学生择其一而为之。他却两文皆作,一并上交。经层层筛选,最后呈报唐校长,结果他的文章被评为全校第一,并获奖金四元。

辛亥革命前,他升上南洋公学中学部。两年后,赴英国伦敦西南学院就读,他曾称:"对于西方文学,在传记作品方面,从勃路泰格的《名人传》读到现代作家作品;在传记理论方面,从提阿梵特斯的《人格论》读到莫络亚的《传记综论》。"

后来,为回国参加讨袁革命,先在上海办报,后到中学执教。不久,进武汉大学文学院任教。在扬子江畔这座著名学府中,他读完了校图书馆所藏全部英文版传记,并对中国传统传记进行深入研究，教学之余撰写了《中国传记文学之进展》《传记文学之研究》、《传记文学与人格》和《八代传记文学述论》等专著，取得了累累成果。

抗战开始后，他由老家江苏泰兴离妻别子，几经辗转，到了迁至大后方重庆的武汉大学。在课堂上，他强调传记文学的精神是写真实，但在写实中还要抒情，在当时的情况来看，就是要抒"爱国之情"。他不但讲，而且实践，最先确定的是为明代名相张居正写传。

明万历首辅张居正，为扭转国家危局，重用名将戚继光整顿军纪，推行"一条鞭法"增加财政收入。当时的中国已有半壁江山沦陷在日寇的铁蹄之下，但在中国陪都——重庆——上空，却流行着各种主义与奇谈，其中有一种说法，声称中国应该"面向北方，右手拉着东方，左手拉着西方"。在国难当头的形势下，卖国的论调对团结御侮无疑是一种腐蚀剂。基于此，他着手为精忠报国的一代名相张居正写传，其良苦用心与匡世的意义是不言而喻的。1943年，《张居正大传》由开明书店出版，这是他一生中第一部也是最重要的一部传记文学作品。

从20世纪40年代开始，自《张居正大传》问世后，他又先后撰写了《王守仁大传》《陆游传》《梅尧臣传》《杜甫叙论》《陈子龙及其时代》《元好问传》等。在所有这些传记文学作品中，无不洋溢着他充沛的爱国热情，体现着他拳拳爱国之心，并始终将探讨与揭示个人与国家以及其时代的关系作为写作关注的焦点。

20世纪40年代中期,在无锡国专任教时,他便开设《传记文学》课;60年代在复旦大学任教时,他开设《史传文学》课;80年代初,他又成为中国最早指导传记文学专业的博士研究生导师。他1988年辞世,不愧是一位爱国的传记文学家。

郑天挺巧解东陵谜

郑天挺是知名的明清史专家。他在北京大学、西南联大和南开大学执教六十年,其间还担任过北大秘书长、西南联大总务长,但他从未离开过教学和历史研究工作。

郑先生治学严谨,对己学而不厌,对人则诲之不倦。他的学生遍全国,在国外扬名的也不少,真可谓桃李满天下。他课余家居,对来访的朋友或求教的学生,总是热诚接待,有问必答。

在西南联大期间,有一个学清史的同学为撰写清东陵(在河北省遵化县)的论文,曾到郑天挺家中郑重请教。他问:"清顺治皇帝的生母吉特皇太后的昭西陵,为什么建在清东陵的风水墙之外?吉特皇太后是清太宗皇太极的皇后,在东陵所葬的帝后中,她辈分最高,莫非她下嫁给小叔子多尔衮,不光彩,因而不许葬在陵园之内?"

郑先生回答说:"恐怕你没读过我写的《多尔衮称皇父之由来》那篇文章。多尔衮称为'皇父摄政王'是出于诸臣阿谀而作为最高爵秩的尊称，也源于满洲旧俗，并无其他不可告人的原因。我已据史实批驳了吉特皇太后下嫁多尔衮之说。至于昭西陵的位置是因为吉特皇太后寿命长，她看着儿子顺治死了，又看到孙子康熙登基以后才死去。她留有遗嘱，为避免动土破坏风水而不利子孙，死后不移灵沈阳北陵同丈夫合葬，就埋在儿子身旁好了。康熙依遗嘱办事，就在陵园之外原为停灵的地方，建了一座昭西陵安葬吉特皇太后。昭西陵不在陵园之内，原因在此。"

那同学犹有未足，又提个问题。清东陵中的定东陵是慈安和慈禧的陵墓，两陵并列，慈禧在左，慈安在右。而慈安是东宫应占上方，慈禧是西宫应在下方，一般说左上右下，是否慈禧恃权占了上位？郑先生笑着回答："慈禧和慈安的陵墓同时修建，规模本来相同。但慈禧为表现自己高贵，又重新修建，金碧辉煌超过了慈安陵。这才是她恃权专横的表现。但是慈安紧靠丈夫咸丰，同是一个丈夫的陵，慈禧陵却因慈安陵夹在中间而被分隔开，她的嫉妒将万世难消了。可见在位置上她并未占上风。"郑天挺风趣的解答，既解决了同学的疑问，也是对历史上弄权人物的嘲讽。

郑天挺精研史学，博古通今，孜孜治学且虚怀若谷。他平生著作，只有《清史探微》《探微集》和《清史简述》三书行世。书名两用"探微"，既显示他治学的精细，又是高度谦虚的表现。据内地旧友函称，郑先生已于1980年在天津逝世,终年八十一岁。晚年主持清史学会和编辑史籍资料性典籍多种,主持标点校勘《明史》。最后还受命主编《中国历史大辞典》,可惜未等他亲自动手就谢世了。

北大卯字号人物刘叔雅

提起老北京大学的卯字号人物,人们多会想起胡适之、刘半农,知道刘叔雅的,恐怕就不多了。

先说卯字号来历。那是北京大学老宅偏西靠南的一组平房,地址在北京景山之东马神庙,后改为景山东街,又改为沙滩后街。据说,原是乾隆的四公主府。住在那里的北大教师有两位是光绪乙卯年生,三位是辛卯年生,故此居题名卯字号。卯的属相是兔,乙卯年生者为老兔,辛卯年生者为小兔,故"卯字号"又被笑称为"兔子窝"。胡适之、刘半农为"三小兔"之二,还有一位,就是刘叔雅。

刘叔雅是安徽合肥人,早年留学日本,二十几岁到北大任教,精于旧学,著有《淮南鸿烈集解》和《庄子补正》等。据说年轻时倒很有革命朝气,但后来消沉颓废,一生很有些不合流俗的轶事传闻。

例如,他不畏权势。1928年,他任安徽大学校长时,因为学潮事件触怒了蒋介石。蒋召见他,态度蛮横。不料，刘叔雅毫不买账，竟伸出手指，指着蒋说："你就是新军阀！"蒋大怒，要枪毙他。幸而蔡元培等全力斡旋，才算逢凶化吉，免职了事。

刘叔雅偏于消瘦，面黑，讲课时总坐着，闭目、沉思，像是自言自语。他讲六朝文章，常常闭目吟诵，吟完了，停一会儿，像是仍在回味。由于他学识渊博，自是赢得学生敬重。

抗战时期，刘叔雅到了云南，一个时期在西南联大任教。在那里，他依然特立独行，传出种种笑谈之事。

有一次，日军飞机来了，跑警报。一位也在联大任教的很有些名气的新文学作家，急着往某个方向跑。刘叔雅见了，一本正经地对他说："你跑做什么！我跑，因为我炸死了，就不再有人讲庄子了。"还好，那位新文学作家总算尊他为前辈，没有回击，躲开，逃之夭夭。

刘叔雅在联大讲课，名气也大的吴宓（号雨僧）常常去听，坐在教室内最后一排。刘氏仍然是老习惯，闭着眼睛讲。只是，每讲到自己以为有独到体会的时候，必抬头、张目，向后排望去，问："雨僧兄以为如何？"此时，吴宓必是起立，恭恭敬敬，一面点头，一面回答："高见，甚是！"惹得全场为之暗笑。

1945年抗战胜利，西南联大解散，各自回原校。刘叔雅其时因为已不在联大，没有回北京。以后，就一直留在云南，在云南大学任教，殁于1958年，享寿不过六十七。

漫忆浦江清教授

早年清华,后来北大,中文系曾有一位文弱瘦小而且戴眼镜的老师,他不但熟悉中文系教学业务,而且精通琴棋书画、诗词歌赋,吕叔湘先生曾称赞他"在同辈中以渊博著称"。这位"学贯中西,广博精深"的学者就是浦江清教授。

说起浦江清,他虽出身贫寒,但自幼聪颖,学习刻苦,靠学业优异而免费读完小学和中学。青年时期考入东南大学,主修西洋文学,辅修国文哲学,受到名师吴宓、吴梅、梅光迪、杨杏佛、柳诒征等人的教诲,打下了坚实的中外文基础。毕业后,被推荐到清华研究院做陈寅恪先生的助教。业余时间,又应吴宓之邀,编《大公报》文学副刊。一方面补习德语、法语、梵文、满文、日语、希腊文、拉丁文,另一方面撰写不少评介东西方文化名人名著的文章。

由于他熟悉东西方文化典籍,驾驭中外资料时没有语言障碍，因此，他在中国古典文学研究领域常常慧眼独具。早在20世纪二三十年代，在讨论中国古代有没有史诗问题时，他就说《三国志演义》是"很够得上中国史诗的资格的"，"不幸这部书的最后写定，用了章回小说体，不用弹词体"。而面对西方有关《天方夜谭》成书问题的纷纭众说，他则用中国话本形成的过程来解释。

他研究的对象，有时不限于文学，诸如天文、地理、民俗、考古、历史、哲学、宗教、语言、戏剧、绘画、音乐、教育等领域，目光所及，都能高屋建瓴，远见卓识；同时又善于熔各科知识于一炉。比如八仙故事，在中国可谓家喻户晓，八仙因何缘由而会合？会合于何时？为何在民间如此盛传？其真实历史是怎样的？为寻根究底，他以严谨的态度，将有关材料搜集殆尽，剔抉爬梳，撰写成《八仙考》，对上述问题作了详尽科学的回答。自此，他考证的功力得到了学术界的认同。《八仙考》发表之时，他才届而立之年。

浦江清多才多艺，尤其爱好昆曲，二三十年代即是俞平伯等人组织的谷音社成员。在抗战期间，学校转移至昆明后，他多次参加曲集，课上讲到戏曲，兴致所致，常常高歌一曲。他坚持南昆唱法，与一般演员唱法不同。他还经常告诫学生："知识要结合实践。讲古文古诗，如果自己能写几句古文、懂旧诗格律，讲起来就会有更深的理解和体会。"

抗战胜利后，他接任闻一多、朱自清先生的课，在中文系开设"楚辞"。关于屈原的出生年月问题，正史没有提供材料，唯一的根据是《离骚》开头两句。他发现前人据此研究有误，原因是战国时使用的是岁星纪年法，而非干支纪年法，而岁星纪年法有超辰。要搞清问题，就必须对战国时的岁星年作通盘研究，予以精确计算。为此，他利用微积分深入研究现代天文学和古天文历法，常常不顾寒冷，在后半夜起来观看星象，终于写出《屈原生年月日的推算问题》一文。

他一生以学校为家。抗战期间，两次把子女留在敌占区，只身长途跋涉，赶回学校上课。在他心目中，学生的分量是比家人还重的。

吴宓教授剪影

偶从书箧中翻出一本20世纪20年代由中华书局出版的《吴宓诗集》，不禁想起了这位二三十年代在中国文坛上叱咤风云的教授。

吴宓是陕西泾阳人，别号雨僧，1922年毕业于清华留美预备班。后留学美国哈佛大学，专攻西洋文学。他在《红楼梦》的研究上很有心得，曾在哈佛中国同学会上大谈《红楼梦》。回国后，吴宓先在南京东南大学执教，又移讲席于清华，任该校国学研究所班主任。同时主编《学衡》杂志，维护文言文，反对白话文，与胡先骕、柳诒征等被称为"学衡派"。不久，在天津《大公报》主编文学副刊，其中所载西方散文名作都用文言文翻译，诗篇则尽迻译为古诗或律诗，自己也常有吟咏，《吴宓诗集》就是这时自编的。吴编文学副刊达八年之久，因不能顺应潮流，而被《大公报》另聘他人。先后由沈从文、萧乾主编的新文学副刊《文艺》所取代。吴曾与留美女同学毛彦文相恋，不料毛后来弃吴而嫁给下台的北洋政府总理熊希龄。吴吞声忍泣，埋首书斋，聊遣愁怀，间以诗文抒发其丢失的恋情。

笔者对吴先生向往已久。1938年曾在昆华南院临时图书馆前，见一脑袋呈炸弹形，身着紧身细腿旧式西服的中年教授，经人指点才知他即是吴宓教授。吴先生作过两次关于《红楼梦》的讲话，并发表过有关"红学"的文章。他用大圈套小圈的方式比喻宇宙、社会、人生，其最内一圈即《红楼梦》的微观形态，认为此书宗旨涉及天人之际，可从一颗沙粒看世界。又认为在艺术手法上，书中一些回目名称妙手天成，得未曾有。又谓凡世界名作，其最高峰都在全书三分之二处，《红楼梦》亦复如此。

吴在联大教授"西洋上古文学"，又开设"中西诗的比较"。因他精通中西文学，所以讲来左右逢源，头头是道。他在五十初度时，曾撰写《五十自寿》古长篇，犹记头两句是"平生爱海伦，至老弥眷恋"。显然，他还在眷恋毛彦文，因此将毛比之于荷马史诗中的希腊美人海伦。

抗战胜利后，吴转到武汉大学任外文系主任，并担任《武汉日报》副刊主编。不久也避战入川，到重庆女师学院任教。当时，他看到上海一家西报的"中国名人传"栏目中有他的小传，大为兴奋。饭后作讲演，话题仍是《红楼梦》。

1949年后,他仍留女师学院任教,后与一女助教结为伉俪。1978年,因病溘然去世。遗言曾嘱家人将其毕生所藏大量图书,包括一些西方文学珍本捐献国家。

性学博士张竞生

半个世纪以前,北京大学教授张竞生博士从学术观点出发,著书立说,在中国最高学府的讲坛上对千百年来中国最为避讳的性问题进行分析研究。此一大胆作为,令当时之国人目瞪口呆,一些卫道士更是直斥其"胆大妄为""毒害青年",对他发起围攻、陷害。然而,时代总在进步,回首张博士的功罪是非,倒成了中国文化史上的一段佳话。

张竞生原籍潮汕饶平,中学毕业后,曾因父亲阻挠其继续求学而在县衙门状告其父。此举获胜后,他先入京师大学堂,又转学保定军校,辛亥革命后更得以官费留学法国攻读哲学。后获巴黎大学哲学博士,回国后为北京大学哲学系主任兼教授。

当时正值五四运动前后,北大文学院对中国新文化运动最具倡导作用。专事研究"美的生活"的张竞生力主思想解放,性智识的解放,大概就是他的思想解放中的一脉小支流。

使张竞生从哲学博士变成性学博士的，是他出版了一本《性史》。此书原定分四集出版，但第一集出版因过于畅销，当局即以"妨碍风化"为由予以查禁。之后，他便自创了一间"美的书店"，出版《新文化》月刊。此刊不是性杂志，但其中几个栏目颇吸引读者，即性育通讯栏、批评辩论栏以及美育栏。通过这些栏目，张一方面仍想在美育、性育方面作些新的倡导，另一方面也是其就《性史》向读者表明态度、答复来函以及笔战的阵地。张竞生承认《性史》是"性书"，但绝对不是"淫书"。他在《新文化》月刊上写了洋洋洒洒的长文，严肃而科学地对"性史"和"淫书"加以比较、区分，并用逻辑方法说明了把《性史》当做淫书的人，本人就有心理上的病态。

张竞生冒天下之大不韪公然讲授性学，招来许多诽谤中伤，甚至谣传他夏日在家不穿裤子，使女佣皆受惊而去。其实，张竞生是一个见了女人就脸红的好好先生。

据一位张的知友回忆，20世纪20年代张在上海开办"美的书店"时，因其一向好客，府上常常高朋满座，但极大多数是男客，绝少莺莺燕燕出入其间。

一次，有位风流女士慕名前来见张，向张一直讨教到夜晚仍毫无归意。此令张竞生大为尴尬，不知所措。后来，忍无可忍之下，设法把女佣找来，嘱其立刻雇车把小姐送走。

后来,张竞生再次旅居法国。1949年后改为从事农产种植研究,在家乡潮汕与人合作种植蜜柑。据知,因其改良种植,提倡"植物优生学",一度又复成为新闻人物。再后,其踪迹何在,就不得而知了。

缅怀顾颉刚先生

香港报纸上过去曾有"京华姑苏三老"的说法,指的是顾颉刚先生、章元善先生、俞平伯先生。不过俞先生虽然年幼时生长于苏州,但原籍是浙江德清,按照习惯说法,不能算苏州人。因而这"京华姑苏三老",于顾、章二位之外,应添上叶圣陶先生,这才真正符合"姑苏三老"的提法。

顾颉刚先生去年已归道山,享寿八十八岁,虽说寿登耄耋,但也不能不说是中国学术界的一大损失。

颉刚先生是地道的苏州人,而且出自名门,是清代苏州著名藏书家秀野草堂顾氏的后人,学术渊源,其来有自。提起顾颉刚先生,年纪大一些的人,可能都还记得"大禹王和大爬虫"的故事,这是顾老早期论文中曾提过的大胆设想。但当时颇为卫道者所非议。其实在学术上,探索一个疑点,提出一种假设,也并非是什么严重的大事。

顾老平生的著述有《古史辨》《浪口村随笔》《中国历

史地图》，主编过在世界学术上有价值的刊物《禹贡》。一生精研《尚书》，精细标点《资治通鉴》，曾三次标点《史记》。其标点之精，真可以说是"明察秋毫"。例如标点《项羽本纪》中《鸿门宴》一段，在"今者有小人之言，令将军与臣有郤——项王曰：此沛公左司马曹无伤言之，不然，籍何以至此。"顾老标点这几句话时，在刘邦说的"令将军与臣有郤"一句后面，不点句号，却写了一个破折号，是大有学问的。表示刘邦急于向项羽表白自己没有野心，话还很多，没有说完，就被项羽打断之意。太史公描绘刘邦的急迫、项羽的胸无城府的传神之笔，经顾老这样一个破折号一点，则神情完全跃然纸上。

20世纪30年代中，顾老在北京燕京大学历史系任教，1931年四五月间，曾同洪煨莲、容希白、吴文藻诸位先生于河北、河南、山东等处旅行：访问古迹，购买文物、书籍，还曾特地到大名去访问崔东壁家的后人，但清代这位著名的北方朴学大师的后代当时已十分凋零了。顾老此行却为燕大图书馆在各地搜求了不少古籍。当时参加者之中，容希白（庚）先生、吴文藻先生都还健在，可算是耄龄硕果、鲁殿灵光了。

颉刚先生晚年以七十七八岁高龄，主持标点《二十四史》，克底于成，是永照史册的胜绩。

忆苦水师

苦水是顾随先生的别号,他曾在燕京大学国文系任教。20世纪30年代末期,我受业于他,曾选修他所开的"词"。

回忆起苦水师,总要联想起鲁迅先生来,因为他面庞瘦削,唇上有胡髭,双目炯炯有神,冬天总爱穿一件灰布棉袍,围一条又长又宽的黑色毛围脖,头戴一顶深灰色的一抻到底露出双眼的驼绒帽,看去多像鲁迅先生。

他讲课选用张惠言的《词选》和王国维的《人间词话》做教材。他讲词强调要有意有境,两者俱备才算好词。因而他推崇南唐李煜(后主)的词,对于《虞美人》中的"春花秋月何时了,往事知多少?小楼昨夜又东风,故国不堪回首月明中"击节赞赏,称为千古绝唱。他对秦观的《蝶恋花》,不甚喜爱"可堪孤馆闭春寒"一句,而赞赏"昨夜西风凋碧树,独上高楼,望断天涯路"。他认为"孤馆"句显得凄厉,而后者则堂庑特大,境界开阔。

苦水师身体孱弱，但讲课时每到紧关节要或欣赏赞叹之处，却精神振奋，毫不惜力，有时引起咳嗽气喘，亦要一气讲完。他常说，在课堂上讲授词章亦如一切学问一样，要用全力。他好引用当年京剧名武生杨小楼演戏为例。他说杨小楼的武生戏已到炉火纯青的境地，晚年登台演出时，仍能抖擞精神，一气呵成。上台前，老态龙钟，在后台要人搀扶，但锣鼓声一响，台帘一挑，他跃身出场，俨然变了一个人，精力充沛，唱念做打，无不精到。一抬手，一举足，都有分寸，恰到好处，毫无衰老之态。这是由于他功力硬，根底深，一登场就把全副精力都倾注在戏里。但一出戏演完，回到后台，便瘫软下来，赶紧由人架住，扶到榻前，躺倒休息。他说杨小楼是把精神气力都与戏中人物融为一体了。他教导同学们写词亦要如此认真，如此下功夫。

我看苦水师在课堂讲词，确实有如杨小楼演戏那股精神。由于他博古通今，学识渊博，讲课时旁征博引，有时谈佛论禅，有时引经据典，旁及诸子百家，一经引用，都能与词学融会贯通。至于讲三国，说红楼，论西厢，引聊斋，更是入木三分，听起来真如天花乱坠，美不胜收。

20世纪50年代，传闻苦水师在天津师范学院教读，音讯鲜通，近始知已逝世多年矣。海天阻隔，忆念殊深。

忆燕大英籍教授贝卢思

贝卢思女士（Miss Lucy Burtt），英国人，20世纪30年代执教于北平燕京大学，开世界通史课。她是个虔诚的基督徒，又是个老处女，脾气有些古怪。看起来很厉害，很暴躁，其实却很和善，并乐于助人。她有"三快"：说话快，走路快，手势快。但又快中有细，讲课细致而认真。

她讲话好用一些语气强烈而夸张的形容词，诸如"奇异的""奇妙的""极大的""怕人的"等，使她所描绘的人或事更加生动。她的讲话中要用许多惊叹号，如果你记录成文字的话。

贝卢思女士有自己一套良好的教学方法。讲世界史她要求同学们作年表，画地图，以加深了解和记忆历史事件发生的年代、地域和它们相互间的关系。作年表，是横向分为若干栏，标明欧洲、亚洲、美洲、非洲，纵向按年代排列，分开"公元前"和"公元后"，把各洲（包括国家和地区）所发生的大事，分列在各栏内，学历史所要求的五个"W",即时间、地点、人物、事件和状况,都标明在纸上,一目了然。

画地图是把一个地区同时发生的事都画在地图上。如各国的版图、重要城市、战争中的进军路线等,都用不同的颜色、线条和符号标出来。这就把历史和地理结合在一起,非常便于理解和记忆。凡受过她教诲的,都会记忆犹新的。

同学们都说贝女士是个大忙人,从没有看她闲住过。不是匆匆忙忙地走在燕园湖边柳下,就是在图书馆里埋头紧张地翻书;不是在教室里口不停声讲课,就是在校园里和遇到的师生们打招呼,又匆匆地寒暄着走去。真是马不停蹄,没有休息。她的生活可说是过于简朴,近乎清苦了。她冬天衣着单薄,蓬松着满头银灰色卷发,微显佝偻的身躯,走在漫天的皑皑白雪下,脸都冻得发紫了,仍是快步如飞,毫无瑟缩畏寒之态。如今想来,她的身影犹如在目前。

后来,我只知道她回国了,但多年以来,再没有听到她的消息。不过一想起她那笑貌、语气、手势和坚强刚毅的性格来,就觉得一定是会享长寿的!在燕园曾受教于她的人们,还记得这位老师吗?

邓之诚治学桑园

最近看到再版的邓之诚先生著《东京梦华录注》。重读邓先生的著作,睹物思人,邓先生的音容笑貌,宛在眼前,加深了我对他的无限缅怀。

邓之城先生,四川人,是一位饱学鸿儒。他曾著有《中国通史》四卷,流传中外,为学者所称道。邓先生在燕京大学开中国通史课,为历史系同学所必修,而旁系选修者为数甚多。

邓先生总爱穿一件灰布长袍,外罩黑马褂,头戴一顶红疙瘩瓜皮帽头,足登礼服呢布底鞋。每到教室上课,双手捧着一摞书,目不斜视,迈着四方步走向讲台,把书往讲桌右边一放,然后摘下帽子,露出剃光的头顶,向同学们深深鞠一个九十度的大躬,头顶几乎碰到桌面,然后便用浓重的四川口音开讲。一部二十四史好像都装在他的肚里,年代、史实、人名、地名,记得滚瓜烂熟,讲得有条有理,津津有味。

邓先生唇上有点胡髭，戴一副深度眼镜。讲课时总是低着头，从来不向学生座位上看。下课时，重复一遍上课时的动作，鞠躬，戴上衬帽，捡起书来，踱着方步，走出教室。

邓之诚的教学与众不同。每学期开学之初，他只到教室上一两节课，然后就让学生到他家去上课。他家在燕大东门外蒋家胡同路北二号。他居住的北房既是书斋，又是他的会客室和教室。书斋中间有张大案桌，师生围坐一桌，听他用浓郁的四川音讲课，显得亲切、融洽。在书斋后院杂生着很多桑树，他因而名之为"桑园"。他后来把读书的题跋、眉批汇集出书，就命名为《桑园读书记》了。

书斋靠墙有张大长桌，上面叠放着各种书籍，其中也放着日记。先生允许学生翻阅他的日记。日记长盈尺，我翻过一次，只见密密地写上蝇头小楷，字端正，有时小得只有几毫米，人愈老字写得愈小，这是令人惊奇的。先生出示过一张名叫"杨翠喜"的照片，那是光绪三十三年（1907）北京的一件名案。御史赵启霖奏参直隶道员段芝贵，贿赂庆亲王奕劻十万两银子，还以一万二千两银子买了天津歌妓杨翠喜，送给奕劻的儿子载振为妾，因得署理黑龙江巡抚。先生在照片旁边用蝇头小楷说明这场丑闻的始末原因，实际上这是一篇极妙的短文。照片拍摄了清末十三个妓女的全身像，中坐者即为杨翠喜。从照片可以看出清末民初人物的服饰打扮，应该说是弥足珍贵的。

邓先生也善书法，常为人书写对联、扇面，字如其人，写得工整大方，遒劲有力。先生又研究金石文玩，所著《古董琐记续编》是部名著。他本人也精篆刻。我见过他所刻的四本《五石章印谱》，里面有为他朋友汤尔和等刻的印章，以及自己的名帖、闲章，刻宗汉印，刀法也好。从印谱看，他不喜欢明清那种路子的刻法。

邓之诚先生于1960年病逝，终年七十三岁，每当想起这位老人，我总要泛起一种难以抑制的怀乡念旧之情！

金庸恩师张印通

由金庸等校友捐资建造的以德育人的教育家张印通的铜像，业已在浙江嘉兴市第一中学隆重揭幕。

正面镌刻着"敬爱的张印通校长"八个大字，下署"学生金庸敬题一九九五年三月廿九日"。背后镌刻着张印通的事略。

张印通（1897～1969），字心符，嘉兴人，早年东渡日本，1923年毕业于日本国立东京高等师范。此后，一生从教，历任浙江省立二中、二师、松江女中教师。1931年8月起任省立嘉中校长。抗战爆发，日寇登陆金山卫，国运艰危，环境凶险。当时多数学校停办、解散。张印通爱国忘家，毅然率领彷徨无主的嘉中师生，还有沿途收容的别校学生数百名，向后方流亡。跋山涉水，晓行夜宿。经余杭，过于潜，抵兰溪，至永康，历尽艰辛，最后抵达丽水碧湖，就任浙江省临时联合高级中学校长。他发扬爱国主义精神，坚持战时办学，与师生同甘共苦，身教言传，战胜了日寇的侵扰和物质的困难，把学校办得充满生气，为国家民族造就了一批人才。

在流亡过程中途经金华，时任松沪前线总指挥张发奎将军也带领部队后撤。张部曾驻防嘉兴，深佩张校长之为人，得知张印通带领师生艰难地南迁，十分感动，特派他的高参敬赠大洋两千元。以后，就用这笔钱给南迁的困难师生添置棉衣和补助伙食。先生廉洁奉公的品德，给苦难中的师生增添了难以言说的温暖，留下了毕生难忘的印象。

1941年、1942年日寇两次侵浙南。张印通带领学生翻山越岭，迁到海拔六百米的青田县南田村继续开学。南田是明朝开国皇帝朱元璋的军师刘伯温的故乡，层峦叠嶂的一小块高山平地，几乎与世隔绝。饱受战争之苦的师生们又在这静谧的环境中弦歌不绝、书声朗朗，直到抗战胜利。

嘉兴第一中学，创建于1902年，当时定名为嘉兴府学堂，后改称浙江省立第二中学、省立嘉兴中学，是浙江省首批重点中学，专设高中部。学校历史悠久，人才辈出，知名校友灿若群星。如现代文学巨匠茅盾、文学家郁达夫、香港华润集团董事长沈觉人、台湾机电专家盛庆琜、气象学家戚启勋、联合国环保专家沈铎，以及时任上海市委书记黄菊等。当然金庸也是其中的佼佼者。金庸对于张印通有着特殊的师生情谊。金庸曾说过，"没有张印通就没有我查良镛"，称其为"恩师"。大概是他小小年纪，是张校长把他自家乡带出上学,在抗日烽火中,学校南迁浙南山区,在极为艰苦的条件下读书明理,受到无形的道德熏陶。

爱国学者赵景深

惊悉赵景深教授于1985年元月7日与世长辞，忆及先生音容，不胜哀哀。

赵景深先生是现代作家、著名文学史家。早在20世纪40年代，先生即以研究戏曲史和小说史方面的显著成就，享誉海内。那时候，笔者每去天津，总要到先生处求教。先生朴讷沉静，说起话来温文尔雅，一派儒士风度。先生的渊博学识和学术方面的深刻见解着实令人敬佩。而先生藏书之多，亦令我慨叹。他一生嗜书成癖，以中国古典戏曲、小说方面的收藏而言，搜罗之多，大概仅次于吴晓铃先生了，其中有些收藏在海内已成为孤本。

初见赵先生，我以为他只是一位终日困守书斋的学者。后来才知道，他外柔而内刚，也是一位具有爱国精神的民主人士。

赵景深先生出身于封建士大夫家庭，祖父中过进士，做过几任知府，父亲思想也并不开通。赵景深在天津南开中学读书的时候，非常用功，星期天还常躲在图书馆内，专心致志地抱着书本冥思苦索。然而，1919年当北洋军阀政府准备签订丧权辱国的《巴黎和约》时，他和一切爱国青年一样，再也不能缄默了。他满怀激愤，跑上街头，和同学们一起高呼："惩办卖国贼！废除二十一条！"他还参加了宣传队，写诗、写标语、唱歌。父亲知道后，十分生气，把他关进书斋，强迫他"安分守己"，并且用断绝经济来源相威胁；母亲则哭哭啼啼劝他"回来"。他却回答说："无论如何，我不能过亡国奴的生活，我要爱国！"

1922年，赵景深从天津棉业专门学校毕业，家里人为他在纺织业找到了一个待遇优厚的职务，别人都很羡慕，而他却拒绝了。他跑到天津《新民意报》担任了文学副刊的编辑，甘心接受菲薄的薪水。他尝言："我本来相信实业救国，但是当时'人为刀俎，我为鱼肉'，列强欲瓜分中国，于是想用文学作为救国的手段。"

后来，他果然在诗歌、小说和散文创作上作出了成绩。中年以后又在文学史的研究上不断探索，取得了很大的成功。

年底，听说北京戏曲理论著作授奖大会上，上海七名受奖者多为赵先生之弟子，故大会特授予赵先生荣誉奖。当时我还很为他高兴。不想时隔数月，先生竟成古人！噩耗传来，悲恸不已，谨以斯文略寄哀情！

周恩来师张皞如

周恩来举世闻名，但他在天津南开中学时的语文老师张皞如却鲜为人知。

张皞如是河北盐山人（今属河北沧州市），自幼聪颖，勤奋好学。清末考中秀才，后赴保定学习深造，接受进步思想教育。张先生深知要使国家富强，必须办教育，以唤起广大民众。

张皞如因在家乡"毁庙宇、建学校"的壮举冲破了封建习俗，且新式教学成绩卓著，曾被河北省参议会选为议员。时任南开中学校长的张伯苓正欲聘优秀教师，闻美籍教授麦迦利在保定执教时十分赏识张皞如，遂聘张兼任语文教师。

张皞如欣然受聘，以实现"教育兴国"之愿望。当时周恩来正在该校读书，对张先生诲人不倦、平易近人的精神极其钦佩，喜欢听其语文课，其所讲内容丰富有趣、生动活泼。当时，即使周末或节假日，学生们也结伴去张皞如的寓所提问，听辅导，当面领教。周恩来对张老师更是崇敬，师生之间逐渐建立起深厚的友谊。

1916年，师生目睹北洋军阀统治下的中国，连年混战，民不聊生。忧国忧民的思想支配着他们的言行，挥笔疾书，赋诗记之。

张皞如这样写道：九月二十八日阅报，见徐州会盟，祸已近眉睫，政府犹用敷衍主义。中国命运已断送数人之手矣，不禁掷书流涕，遂成口号：

太平希望付烟云，误国人才何足云，
孤客天涯空涕泪，伤心最怕读新闻！

周恩来亦和诗一首：

茫茫大陆起风云，举国昏沉岂足云，
最是伤心秋又到，虫声唧唧不堪闻。

这两首诗载于1916年10月出版的《敬业》杂志第五期。张皞如的诗名《伤时事》，周恩来的诗为《次皞如夫子伤时事原韵》。

1917年，北京爆发五四运动，天津学生积极响应。南开学生代表周恩来和"学联会"各校代表多数被警方拘捕。张皞如闻之义愤填膺，联合各界人士呼吁营救。当时有人劝张先生隐蔽一下。他说:"只有国耻得雪、正义得伸、代表获释才是当务之急,至于个人安危,在所不计!"不久,学生代表全部释放。

溥仪老师朱益藩

20世纪30年代初,在北京著名的文物商店荣宝斋,有一位年逾花甲的老人在挂笔单卖字,前来求书者络绎不绝。老先生写的楹联、条幅、中堂、册页、扇面以及长卷寿屏,均可说是书法精品。他便是末代皇帝溥仪的老师朱益藩。

朱益藩,字艾卿,号定国,清代翰林,江西省莲花县人。曾任翰林院侍读学士,授命南书房行走,兼经筵进讲大臣,颇得光绪的信任和赏识。

1911年,辛亥革命爆发,宣统被迫退位。这个变化对于朱益藩来说,确是巨大的打击。他抱定所谓"忠臣不事二君"的信念,一面读书教子,一面种花养鸟,准备终老乡里。

当时溥仪的老师共有五位。教汉文的是陈宝琛、朱益藩、梁鼎芬,教满文的是伊克坦,教英文的是庄士敦。

庄士敦在《紫禁城的黄昏》一书中,对朱益藩有这样的评述:"我是很敬重这位老先生的,他尽力维护中国的旧道德和传统文化。他虽然比陈宝琛年轻一些,但在精神上却是比陈宝琛更为守旧的。他对紫禁城里的种种黑幕与弊端视而不见,无动于衷,甚至他对太监制度的存在也认为实属必要。他认为太监制度自周朝以来就有了,今日20世纪的中国仍然保持这种制度不是天经地义的吗?……"

1918年,张勋以调停黎元洪、段祺瑞之间的纠纷为名,带兵进京,企图以武力复辟清王朝。

张勋与朱益藩是江西同乡,关系密切。张进京后,便在江西会馆内宴请朱,想请他为复辟出谋献策。但朱益藩看到,全国正被大小军阀纷纷割据,溥仪是无法整治这种局面的,故力劝张勋不可轻举妄动。结果,张勋的复辟闹剧只维持了十一天便寿终正寝了。

"九一八"事变后,日本帝国主义秘密与郑孝胥和溥仪勾结,要成立伪"满洲国",由溥仪当傀儡皇帝。溥仪举棋不定,便派人叫朱益藩赴津,想听取他的意见。

朱益藩到天津后,力劝溥仪不可立"满洲国",不要"助纣为虐,集万民之怒恨于一身"。但终不奏效,只好愤然离去。

1932年4月9日,伪"满洲国"宣告出台,激起全国人民的公愤,溥仪成了亿万人民共诛的卖国贼。朱益藩羞辱难忍,气愤至极,便要儿孙们把悬挂厅堂内的溥仪送给他的六十寿辰诗取下来,以表示对溥仪的极大不满。

自此以后,朱益藩便在荣宝斋挂笔单卖字。1937年病逝于北京。这位极端守旧的清廷遗老,看来有时还是识时务的。

杏坛记盛
xingtan jisheng

北大首任校长蔡元培

北京大学原名京师大学堂，校址在景山东街马神庙。1912年5月才正式改名北京大学。

1916年开始在校内运动场南旷地上兴建了新大楼，因为全楼都是以红砖红瓦建成，故称红楼。红楼平面呈工字形，砖木结构，东西面宽一百余米，主楼进深十四米，东西翼楼南北长三十四米，总面积一万余平方米。

1916年6月6日袁世凯在众叛亲离声中死去，由黎元洪继任总统。此时，杰出的教育家蔡元培正在法国。9月，蔡元培接获北京政府教育总长范源廉的电报，旋即归国。1916年12月26日，蔡元培正式被任命为北京大学校长。翌年1月4日，他到北大正式就职，办公室设在马神庙路北一栋平房里。红楼建成后，他迁到红楼二层校长办公室办公。

蔡校长认为，"大学者，囊括大典网罗众家之学府也"。他提倡"思想自由，兼容并包"，主张网罗各派学者，实行学术民主，力主百家争鸣，为新文化、新思想的传播开拓道路。当时的北大，真是人才荟萃，盛极一时。新文化运动的名流云集红楼，如陈独秀、李大钊、鲁迅、胡适、钱玄同、刘半农等；旧派学者有辜鸿铭、黄侃、刘师培、黄节、陈介石、陈汉章、梁漱溟等。还有文科的马叙伦、陈垣、马裕藻、朱希祖；法科的马寅初、陶孟和、陈启修；理料的李四光、颜任光、翁文灏、何杰、钟观光、夏元瑮等。他们都是当时国内闻名的专家学者。此外，还有外籍教授葛利普等。蔡元培锐意改革，基本上确立了教授治校的体制，组织评议会议，建立行政会议及各个行政委员会，设教务处，各学系教授会、研究所等。

他进行学科改革，扩充文、理两科，使北大成为以文、理为主的综合性大学。

他创办文、理、法科研究所。

他决定北大开始招收女生，创中国大学教育中男女同校之先例。

他倡导平民教育，设立北大校役夜班、平民夜校。

他大力提倡美育。并亲自讲授美学；发起成立音乐研究会，出版《音乐》月刊；发起成立画法研究会。

他重视体育，首创学生军，增强学生体质。

他十分重视德育，发起组织进德会等，提倡个人道德的自我修养。

他主张办好图书馆，出版学报，请中外学者前来演讲,扶植社团,百家争鸣。

因此,蔡元培时的北大,享有极高的威望。冯友兰曾深情地回忆道:"蔡校长能得到全校师生的拥戴,完全是人格的感召。"

1940年3月5日,现代中国知识界的卓越前驱蔡元培先生逝世。人们深深地缅怀他的功绩,景仰他的高风亮节。

北大师生更不能忘记这位德高望重的老校长。1947年,北大学生自治会为了纪念蔡先生,建立了"孑民图书室";1948年,北大师生在校内建立了"蔡孑民先生纪念堂"。

历史已经完全证明了蔡元培先生的业绩是不朽的。

教育学家陶行知

陶行知是著名的教育家。他名文濬，后改知行，又改行知，出生于安徽省歙县一个贫苦的农民家庭。他母亲曾在县城耶稣教堂做杂工。陶行知少年时经常挑菜进城，顺便去探望。英国传教士见陶行知聪明勤劳，就免费让他进教堂所办的崇一学堂读书。

崇一学堂是一所不分高初中的中等教会学校。修业时间三年。设有语文、数学、理化、英语、医药、修身等课程。陶行知三年功课，两年修完，提前一年毕业。这年他十五岁。接着，陶行知又先后进杭州广济医学堂和苏州浸理学堂读书，但都因不合乎理想，很快就离开了。后来，陶行知到了南京，进入金陵大学学习，1914年以第一名的成绩在该校毕业。

金陵大学校长包文是美国人，对陶行知相当器重，一再鼓励他去美国留学。陶行知当然也渴望能出国深造，但却苦于没有旅费。包文校长资助了他一部分，他自己又向亲友借了一部分，终于在这年秋天，乘邮轮前往美国。

到美国后，陶行知先入伊利诺伊大学攻读市政，与孙科同学，两人同一宿舍。不久，他感到学市政回国后只能做官，没有真正的救国本领，于是只读了一年，就转到哥伦比亚大学去研究教育。他认为教育是使国家强盛的根本，于是成了美国实用主义教育家杜威的得意门生。而杜威的另一个中国的得意门生，则是陶行知的同乡、安徽绩溪人胡适。

1915年，陶行知获伊利诺伊大学政治学硕士学位；1917年，在哥伦比亚大学获得都市学务总监资格。当年秋天，二十八岁的陶行知，结束了在美国整整三年的留学生活，乘邮轮回国。

在邮轮上，座谈归国志愿时，陶行知说："我要使中国人都受到教育。"

他觉得中国贫穷落后，乡村比城市更甚，于是提出"教育必须下乡，知识必须给予农民"的口号，试图培养一百万个乡村教师，创设一百万所乡村学校，改造一百万个乡村，积极推行农民教育运动，以此来解救中国。

1926年秋天，他与东南大学教授赵叔愚等一起筹划，决心办一所试验乡村师范。经过多次实地考察，选中了南京神策门外崂山晓庄作为校址，校名遂定为晓庄师范。第二年3月15日，学校正式开学。他作为学校校长，在开学典礼上风趣地说："我们没有教室，没有礼堂，但是我们的学校是世界上最伟大的。我们要以宇宙为学校,奉万物为宗师,蓝色的天空是我们的屋顶,灿烂的大地是我们的屋基……"从这一天起,中国的乡村教育运动便在这偏僻的山村里诞生了。

晓庄师范确实是一所很有特色的学校。在培养目标方面,作为一校之长的陶行知规定为:"健康的体魄,农人的身手,科学的头脑,艺术的兴味,改造社会的精神。"学生和农友兴建茅草礼堂,他亲手题名为"犁宫",并在大门两旁配以"与马牛羊鸡犬豕做朋友,向稻粱菽麦黍稷下功夫"的对联。后来,学校修建了图书馆,他又为之题名曰"书呆子莫来馆"。他在招生广告上提出:"小名士,书呆子,文凭迷,最好不来!"招生考试科目,除了作文、常识、演说外,还将开荒等体力劳动当作重要内容。他带着招收来的第一批新生,在荒山旷野搭起帐篷,光着两只脚,一边劳动,一边读书。劳动结束时,他笑着对大家说:"今天的考试是破天荒的第一次,你们的成绩足够一百分。"

1932年,陶行知创办生活教育社和山海工学团,试图以教育为手段改善人民生活。后来,还创办育才学校和社会大学,为国家培养了不少人才。他1946年病逝,著有《中国教育改造》《古庙敲钟录》《斋夫自由谈》《行知书信》《行知歌集》等。

杜威十分赏识陶行知,而陶行知却没有把杜威的教育主张生搬硬套地搬到中国来,甚至反其道而行之。如杜威提倡"教育即生活",陶行知提倡"生活即教育";杜威提倡"学校即社会",陶行知提倡"社会即学校";杜威提倡"在做中学",陶行知提倡"教学做合一"。陶行知从杜威处接受教育,但却加以改革,成为中国式的新教育思想。后来杜威在考察苏联教育归国后赞叹道:"陶行知是我的学生,但比我高过千倍。"

从"开国状元"到北大代校长

1644年满族入关后,效仿汉族开科取士,遂于顺治三年(1646),首开科考。山东聊城人傅以渐独占鳌头,考取"开国第一状元"。

傅以渐,字于磬,号星岩,祖籍江西永丰,后徙山东聊城东南傅坟村。傅少时聪悟过人,三岁开蒙,五岁已熟读五经,十岁即能属文。幼时,因家境贫寒,夏日酷暑,乃彻夜用功,用艾蒿薰烟驱蚊,用蓖麻脱壳成串代烛。他曾以树枝代笔在房墙上写诗言志:"蚊虫听我读书声,蓖烛虽暗心自明;何日如登进士第,居官为民史留名。"

傅以渐,《清史稿》列传二十五有传。曾任《明史》纂修。顺治十年(1653)擢升秘书院侍讲学士,后加封太子太保,充任太祖、太宗《圣训》总裁。康熙四年(1665),傅病逝于故乡聊城,终年五十七岁。

傅以渐著述颇丰,有《孤白解太史名篇》《中规篇》《内则演义》《四书易经制义》等数十种。

故乡村流传傅以渐故事甚多。如骑驴上朝，回乡收七旬阴阳先生为徒等趣闻，流传至今。傅以渐后人多有科举入仕者，傅姓遂成为聊城名门望族。1946年曾任北京大学代校长的傅斯年先生即傅以渐七世之孙。

傅斯年（1896～1950），字孟真，幼承家学，聪敏过人。十余岁即熟读十三经，十四岁入天津府立中学堂，十八岁考入北京大学预科，二十一岁升入北京大学本科国文门。毕业后考取了山东省官费留学生，先后在英国伦敦大学和德国柏林大学留学。因他国学底子厚实，又研究了多门学科，回国后成为文史专家及社会活动家。

傅斯年在北大学习期间，正是中国新文化运动方兴未艾之际。在陈独秀、李大钊、胡适等人影响下，积极投入这场运动。他除在《新青年》上发表了《文学革新申议》等文章，又联合罗家伦，主编了《新潮》月刊。他先后在《新潮》上发表了四十三篇文章，积极鼓吹西方近代思想，批判中国现实的诸多问题。在1919年的五四运动中，傅斯年被北大学生推举为游行示威的总指挥。他扛着大旗走在队伍前面，并参与了火烧赵家楼。后因与别人赌气，竟脱离了运动。

据其同学回忆，傅斯年在北大是很突出的。一是他学问好，天分高，成绩优异，被同学戏称"孔子以后第一人"；二是他身宽体胖，言谈直爽，又恃才傲物，不修边幅。就连老师胡适也敬佩他的国学根底，称他："人间一个最稀有的天才。"

傅斯年留学七年，于1926年归国。先在广州中山大学任文学院长及国文、历史两系主任；后任国民政府中央研究院历史语言研究所所长，主持并参与了河南安阳殷墟发掘工作，并多有史学方面的著述。

后来，他任北京大学教授。闻讯日本侵略者发动"九一八"事变，他在北大召开的时事讨论会上慷慨陈言，提出"书生报国"的口号。当时，针对日本宣传的"满蒙在历史上非支那领土"的谬论，他联络蒋廷黻、方壮猷、萧一山等协作动手撰写东北地方史。他奋笔疾书，昼夜不息，很快完成了《东北史纲》第一部，以无可辩驳的事实证明东北历来就是中国的领土。

民国二十四年（1935）十月，日本土肥原到北平，与亲日的萧振瀛相勾结，策划华北五省自治。一天，萧在怀仁堂召集北平文教界知名人士座谈，以人身安全相要挟。傅斯年在现场无所畏惧，拍案而起，明确表示，所谓华北自治，就是分裂祖国，任何卖国求荣的行为，必将遭到历史的唾弃。与会者纷纷赞成他的意见，弄得萧振瀛狼狈不堪。

傅斯年与俞大维的妹妹俞大彩结婚。当孩子尚未出生时，他与夫人就预先给孩子取名"仁轨"，因为唐朝刘仁轨是中国第一个在朝鲜打败日寇的民族英雄。为未出世的孩子取古人之名，意在希望后辈也像古代英雄那样，长大后抵御外侮，忠贞报国。

为了国家民族的团结，1945年，他与冷遹、王云五、黄炎培、褚辅成、左舜生、章伯钧以无党派人士身份赴延安考察，曾受到毛泽东的接待。应毛的邀请，两人畅谈一个晚上。毛连口称赞他在五四运动和抗日战争时的功绩。他谦逊道："我不过是陈胜、吴广，您才是项羽、刘邦！"临了，他提出要毛题字。五天后，当他与王云五等返回重庆时，毛泽东赶赴机场送行。握手话别之际，遂赠其亲笔手迹。他登机后展开一看，上面原来是北宋诗人钱惟演的两句诗："不将寸土分诸子，刘、项原来是匹夫。"他深深感到，这是毛泽东对那晚他随口说出那个比喻的回答。

日本投降后国民政府拟委傅斯年任北京大学校长，而他则力荐胡适。在胡适未到任前，他甘任代校长。蒋氏政权去台后，他赴台任台湾大学校长。于1950年12月20日病逝于台湾，终年五十五岁。

教育家陈垣著述等身

新会陈援庵（垣）先生，为中国当代杰出之史学家与教育家。早在1917年，先生所著《元也里可温考》，即刊载于《东方杂志》，证实元史屡屡出现而不为人知之"也里可温"即基督教。先生旁征博引，阐明元代基督教会行世，已是蜚声中日史学界。1935年由国立大学校长出面，推选学术界耆宿为中央研究院评议员。先生当选为史学四评议员之一，另三人为郭沫若、胡适之与陈寅恪。

先生任辅仁大学、北京师范大学校长，先后达四十五年。北京沦陷时，辅仁始终不向敌伪注册。先生不接受敌伪津贴，虽威逼利诱终不接受伪职，保持了民族气节。日本投降后，院系调整，辅仁、师大合并，先生继任师大校长。国内任大学校长之悠久者，人皆以为当推南开之张伯苓、清华之梅贻琦，其实他们不过二十年左右，实当推陈垣先生也。

五十年前，笔者负笈北京，曾亲聆先生教益。其时先生除任辅仁校长外，尚任北大、清华、燕京、师大名誉教授，并按时前往授课。以是，先生弟子遍当时北京五大学府。

当年，先生任辅仁大学校长时，辅仁有三院十系，客籍教授来自美、法、德、意、荷、日诸国，校务不可谓不繁。而校长室内从无秘书以佐文墨，亦无助教以分其劳。先生虽久长大学，然始终未离讲坛，直至年逾古稀。先生所任课先后有"中国史学名著评论""魏晋南北朝史"、"史源学实习""中国佛教史籍概论"等。虽课多事繁，然除讲课外，尚认真布置作业，并亲手批改。如授"史源学实习"，以顾炎武《日知录》为教材，按时指定段落，命学生找出文中人物及史实出处，并一一核对原作，以见征引有无错误。古人为文，多不注明出处。欲寻征引，自需费大功夫。至于核对征引，有无错误，更需悉心查对。先生评阅学生课卷，则一丝不苟。虽一事之微，一字之异，从不放过。

先生于署理校务、担任教学、批改课卷之余，仍未忘从事学术研究工作。数十年来，著述等身。所著《元典章校补》《释氏疑年录》《明季滇黔佛教考》《南宋初河北新道教考》《通鉴胡注表微》等，早已为中外史学界所称道。而所编《二十史朔闰表》《中西回史日历》，用功极勤，历经寒暑，尤为嘉惠后学。

侧闻，1971年6月21日，先生病逝于北京医院，享年九十一岁。先生遗命以多年珍藏图书四万余册,连同所藏珍贵文物,全部捐献给了国家。

南开"校父"严范孙

世人一提天津南开学校就想到张伯苓,认为他是南开的创办人,一切功劳都归于他,竟忽略了有南开"校父"之称的严范孙。事实上,如果没有严范孙也就没有南开,因为南开是由严氏家塾发展而来的,张伯苓则是由严氏家塾的塾师成为南开校长的。张伯苓自己也曾说过,南开创办人是严范孙先生。当年严范孙逝世时,张伯苓正在英国考察教育,他闻讯后极为伤痛,尊称"严范孙先生是南开学校的'校父'"。

严范孙名修,原籍浙江省慈溪县。先人移居天津,成为天津的盐业和典当业富商。严范孙于1860年4月2日生于京东三河县。1929年3月15日在天津病逝。

严范孙清代翰林出身,历任翰林院编修、贵州省学政、学部侍郎等职。戊戌之前任贵州省学政,捐资办学,聘名师、办学堂,开贵州办新学之风,影响及于西南各省。当时,他向清廷奏请废科举,开办经济特科,有声于时。

戊戌政变以后,严范孙返回天津蛰居,但深信中国欲图富强,非变法维新不可,而创办新教育实为救国之根本。他乃集中精力从事教育事业,首先在私寓设严氏家塾,聘请张伯苓和陶仲铭为塾师,教严家子弟以西学,这就是南开学校的胚胎。严范孙还多次偕张伯苓出国考察教育。办成南开中学之后又全力创建南开大学,还联合天津绅商改组"蒙养学塾"为天津民立第一小学堂。从此,天津士绅继严氏之后陆续办起多所学堂。

1903年严范孙从日本考察教育归来,就任直隶省学校司(相当教育厅长)。在任一年,全力倡导创建新学。规定每个府县必须设立学堂一所、师范学校一所。天津模范小学、天河师范、北洋师范、女子师范、高等法政等校都是当时严范孙主持建立的。

严范孙办学爱惜人才。他在南开学校设有严范孙奖学金,以奖励优秀学子。周恩来在南开学校求学期间即深得严范孙的器重。据南开老校友透露,周恩来去日本留学及以后赴法勤工俭学,都得过严范孙的巨额资助。

严范孙家教严格,子孙均多成才。其子严智开、严智怡为教育家和美术家,其孙严仁颖则以"海怪"绰号蜚声于30年代的华北体育界。

严范孙逝世后,南开校友集资在南开中学内兴建了"范孙楼",并建立铜像,以纪念这位劳苦功高的教育家。

张伯苓的南开精神

现代著名教育家张伯苓,早在光绪十七年(1891),时值十六岁,即怀着武力救国的信念,以优异的成绩考入北洋水师学堂。三年后,中日甲午一战,中国北洋海军惨败的事实,使他受到很大震动。后来,他在海军衙门前看到一个军官牵着一只哈巴狗,边走边逗,形神懒散。由此,他触景生情,痛感中国虽然人口众多,但人的素质差,故造成国力衰弱。要强国,必须兴教,只有培养出人才,才能使国家富强起来。他曾深深慨叹道:"国不自强即难图存,图存,舍教育无他道。"

这一年,他遂弃武从教,在天津爱国士绅、清末翰林严范孙家设馆当教师。光绪三十年(1904),在严范孙的帮助下,严家与王奎章两家私塾合并,成立敬业中学堂。四年后,学校迁址,改称"南开中学"。

当时,南开中学西墙外有个臭水坑,平时蚊虫孳生,气味腥臭。社会上的旧势力用封建腐朽的臭气向张伯苓进攻，说他不懂中国祖传旧学，不学无术，甚至造谣说他是光棍出身等。为此，他常在学校大会上一语双关地说："我们南开精神就是在这种臭味中熏出来的！"

他的办学宗旨是：育才救国，改造社会。他主张学生德智体美四育并进。他亲自制定的《校训》为"允公允能，日新月异"，就是要"培养学生爱国爱群之公德，与夫服务社会之能力"。

1931年，"九一八"事变前，他感到日本对中国东北军事入侵迫在眉睫，遂亲赴东北视察，回校后亲自组织"东北研究会"。第二年，便出版了二十万字的南开独有教材《东北经济地理》，列为中学部必修课，使学生对东北经济地理有所了解。

1935年，日军魔爪伸向华北，日军兵营就设在南开大学与南开中学之间的海光寺，日军经常打靶，枪口常常对准南开。此时，他对全体师生发表谈话，总以沉重的语调问学生："你是中国人吗？""是！""你爱中国吗？""爱！"学生们总是异口同声地回答。

"七七"卢沟桥事变后，战祸延及天津。日军从海光寺兵营用炮火轰击南开大学，一夜之内校舍便化为废墟。此时，张伯苓正在南京，当获悉南开校舍被毁，想到四十年来苦心经营的结局，心里悲愤至极。这一年10月7日，是抗战后南开第一个校庆日，他郑重通电全国校友称："敌人所能毁者，南开的物质；敌人所不能毁者，南开精神！"

张伯苓毕生从事教育工作,艰苦奋斗,整整五十年。南开学生未满千人之前,他能叫得出每个学生的名字,而且说得上每个学生的家庭概况。为了办学,他经常解囊出资。他常常对学生说:"不要爱钱,够用就行了。"还说:"钱不论是从哪里捐来的,用来办教育,这对国家民族总是有益的。"

卢木斋矢志办学

近代以兴办教育而负盛名者,在天津的有办南开学校的严范孙和张伯苓。与他们同时,还有一位给南开大学捐建图书馆,在天津办过木斋学校的卢木斋,也是一位终生矢志办学的有名人物。

卢木斋,湖北沔阳人,清咸丰六年(1856)生,青少年时期即喜好研求经世致用之学,厌恶八股文,好学数理。二十七岁写成《火器真诀释例》一书,为研究枪炮武器射击测算的著作,被地方官所赏识,知名于乡里。中学后,被直隶总督李鸿章委以天津武备学堂算学总教习。在此期间,他认识了在该校任教的严复,对严译的《天演论》《原富》《名学肆言》等书极为推崇。《天演论》最早版本就是卢木斋刊行的。

他青年时期喜好数理和经世之学,而严译《原富》的经济理论,更形成了他日后弃官经营实业之念。严译名书介绍西学以广民智,也促成了他办学、建图书馆的信心。

在大办洋务、讲求维新的清末,他果断地提出了"救国之危,化民之愚,惟普及教育之一策"的主张,直至晚年而弗懈。

卢木斋在天津武备学堂任教一年半之后,历任直隶(今河北)省赞皇、南宫、定兴、丰润等县的知县。义和团运动后,任职于保定直隶学务处并兼保定大学校长。其后,任直隶提学使和奉天提学使,以迄辛亥革命。民国成立后,辞谢各方礼聘,回归天津文化教育事业,以偿夙志。

在卢木斋任职提学使时期,经他倡导,在天津、保定、东北各地建立图书馆多处,设立了师范、法政、农、工、商、医、美术、水产等专门学校,办了中学、小学。当时,津、保地区率先建立新式学校为数之多,冠于全国。

其后摆脱宦途,他在天津和冀教各县广置房地产和投资厂矿企业。但他聚财有术,散财有道。他对子女不留遗产,而是把房地产和股票都作为"木斋教育基金",用来办文教事业。

卢木斋先是在天津元纬路的寓所办蒙养园,以后发展为小学、中学。后来计划在北戴河筹办木斋大学,终因缺少像张伯苓那样协助严范孙办南开学校的得力助手而未实现。他办图书馆,为世人所熟知者:第一是捐十万元和藏书十万卷给南开大学建立的"木斋图书馆",可惜毁于1937年7月侵华日军轰炸天津的炮火中;第二是1936年在北京他的住宅创建的藏书二十四万卷的木斋图书馆，可惜也于1948年因有人强行借住，而被盗过半，损失甚巨。

卢老于1948年8月，以九十三岁高龄，抱恨自己的雄心壮志未尽实现而逝世，但他终生为开拓民智而作的努力，后人是不会忘怀的。

兴办女学的温世霖

在天津提起早年创办新式教育的,都知道严范孙和张伯苓,但还有一个同样热心办学的温七先生——温世霖,却鲜为人知。

温世霖字子英,又字支英,清同治八年(1869)生于天津北郊宜兴埠的望族。前辈中有人中过武举,他本人是清末秀才。他主要从事女子教育,在天津城内创办了天津最早的一个女学——普育女学堂。先从小学办起,后又办了蒙养院(现在的幼儿园)和女子职业班。他逝世后,温氏族人继其遗志,又在普育学堂基础上扩充了初级中学和高级中学,还在其故乡宜兴埠创办了一所普育女子小学。在温世霖一生办学过程中,他的母亲、妻子、儿辈和族人后代,连续为普育女学堂奔波效劳四五十年,开天津女子教育的先河,其功绩是不可忽视的。

1905年,普育女学堂在天津城里开班时,仅有学生五六人,转年才增至五六十人。蒙养院招生也仅二十多人。因为当时社会风气闭塞，对于送女孩子出门读书，许多人还不习惯。在当时，女子学校的女教员也很缺乏，温世霖就请他母亲徐老夫人和妻子安夫人出来教课，还聘请张伯苓之妹张祝春和友人陆文郁之姊陆阐哉也来任教。这就是天津的第一批女教师。后来，张祝春和天津的近代教育家马千里结婚，在普育女学堂举行新式结婚典礼，这是津门第一对行鞠躬礼的新婚夫妇。

在创办普育女学堂的同时，温世霖在天津还先后参与创办《醒俗画报》（天津第一份画报，主笔陆文郁）和《新民意报》（马千里任主笔），鼓吹新政，宣传革命。这两份报纸后来都因得罪当局，被迫停刊。

1915年，温世霖还在天津南市兴建了"大舞台"戏院，这是当时天津最大的一个剧场，首创转动舞台，演出新戏，轰动一时。

温世霖早年参加孙中山先生领导的同盟会。1910年被推举为全国学生界同志会会长，通电全国号召学生罢课以支持召开立宪的国会，因而于这年腊月初七被捕，充军新疆，辛亥革命后始返津。其间他著有《昆仑旅行日记》，记载西行情况。民国初年，被选为众议院议员。参加过反袁、反段的活动，著有《段氏卖国记》一书。但因其政治活动接近直系，1923年曹锟贿选大总统时，参加投票，造成终身遗恨。其后即退出政坛，1933年，六十四岁时故去。

燕大校长吴雷川

20世纪30年代末,笔者就读于北京燕京大学。那时,在文法学院教学楼——穆楼——门前,经常发现有位老翁,坐着人力车,自东北方向的朗润园缓缓而来。这位老人经常不戴帽子,光着头,露着满头白发,满脸寿斑,身穿布袍,脚穿布鞋布袜,虽年近七旬,可是面容红润,身体健康。老人下车后即步入穆楼。新来的学生们起初不知他是谁,还以为是位乡下老头来找人,后来才知道他是大名鼎鼎的晚清翰林、燕大的校长吴雷川先生。他那朴素、庄重的仪表,令人肃然起敬。

后来,我选读了吴先生讲授的"应用文"课。除上课外,课后我还不断到吴先生住宅去请教,逐渐对先生有了进一步的了解。

吴先生对于课堂讲课很认真,偶感微恙,也从不缺课。他讲课时,细声慢语,字字珠玑,将满腹经纶全部倾吐给同学。他的板书一丝不苟,显示出具有"馆阁体"楷书功力。同学们都认真听课，感到受益匪浅。

吴先生是浙江杭州人，出身诗书望族。在家排行第四，在清末，与其二哥同榜考取翰林榜首，在杭州传为佳话。

先生早年曾任浙江高等学堂监督（现在的校长）。后移居北京，住西城保安寺街，莳花种竹，诗酒自娱。后来又任教育部参事。先生信仰基督教，为中华圣公会所推举，曾被聘为燕京大学前身的协和大学中文教授。北伐成功后，经其弟子邵元冲、陈布雷等力劝，就任国民政府教育部次长。

当时教育部规定，外国在我国办学须由中国人任校长，始得立案。燕京大学迁至海淀北侧新址时，燕大托事部（校董会）决议，聘请吴先生北来任燕大校长。先生到燕大后，寓居校园北侧朗润园内。先生虽名为校长，实为名誉校长（Chancellor），学校实权操纵在校务长司徒雷登之手，而先生怡然任课讲授"应用文"，从不计较。

太平洋战争爆发之后，燕大被日寇封闭。汉奸王克敏等，强请先生出任伪职，均遭坚决拒绝。其后，他蛰居北海公园内松坡图书馆，读书自娱。其时，先生年事已高，朝夕徘徊湖畔，忧国忧民，乃至愤而绝食，不久即逝世。灵柩暂厝浙江义园。

吴先生中年丧妻，晚年丧子，有孙亦颇不肖，内心含痛，难对人言。幸有老仆文子，侍奉先生十分周到，先生亦待如家人，令其全家同住于朗润园。

浙大校长竺可桢

在浙江大学百年校庆之际,全校师生和海内外专家学者对我国现代气象科学的奠基人、浙大老校长竺可桢思怀弥深,不禁回忆起他爱国爱校、献身科学的感人事迹。

竺可桢1890年出生于浙江上虞。早年留学美国,获得博士学位。当时,竺可桢谢绝了国外的高薪聘请,毅然回国。开始他执教于武昌高等师范,后调往南京高等师范任教,并设立了地学系。1927年与蔡元培一起筹办"中研院",他任气象研究所所长、中国气象学会会长。中国现代气象科学从理论到设施、组织,就是他在这时开始奠定的。

1936年,竺可桢被委任浙江大学校长后,广聘学者。一批才华横溢的教授如马一浮、李四光、苏步青、谈家桢、卢嘉锡等相继到该校任教。同时购置了大量图书、资料和仪器,并开始严饬校纪,提倡求是学风。至今,浙大校门口墙上还镌刻着他当年的一句警言:"诸位到浙大来,有两个问题要问问自己：到浙大来干什么？将来要做什么样的人？"于是浙大声名鹊起，很快成为全国青年学子最向往的名牌大学之一。

1937年爆发了抗日战争。在日寇向杭州逼近时，他率领全校师生，带着全部图书资料、设备和仪器，向西迁移四次，跋涉五千里。每到一地，哪怕只有两三个月的安顿，也要开课，做实验。他还用分段分批西迁的办法，尽量不耽误学生的学业，并且在浙南龙泉设分校，还继续招收浙江的学生入学。浙大迁到江西泰和时，他的妻子张侠魂和第二个儿子染上了痢疾。当他赶到时，妻儿都已离开人世。他把个人的悲哀咽在肚里，硬挺着继续办理师生西迁事宜。为了鼓励学生上进，也为了纪念他的夫人，他还决定把自己全部积蓄，连同当月薪俸，拿出来作为"侠魂女士奖学金"，用以每年奖励一名优秀女生。当时，浙大有一大批第一流的学者，如苏步青、谈家桢、贝时璋、王淦昌等，都宁愿跟着他跋山涉水，茹苦含辛。大教授常常当押运员，没饭吃就吃地瓜干，但谁也不肯荒废讲课和科研。苏步青把黑板挂在脖子上作学术报告。他的论文《投影微分几何》就是在桐油灯下完成的。

抗战胜利那一年，孙晓楼博士在美国为浙江办理救济工作。他与竺氏私交甚深，特拨一批营养物资救助该校营养不良的学生，并言明教师也可同样享受。竺校长在分配时，坚决主张应全部照顾营养不良学生。1947年，浙江举行全省运动会,浙大学生也参加。分配奖品时,当时教育厅长李超英提出要把蒋介石送的一面写有"国之干城"的锦旗送给浙大。竺可桢婉言拒收,他说:"省运动会,以中等学校为主体,何况浙大团体总分并不高,应奖给别的学校。"这些事情都反映了这位气象学家的坦荡襟怀。

竺可桢一生对学业、对学问锲而不舍,精益求精;对人生,对朋友坦坦荡荡,忠贞不渝。他的气象学造诣,蜚声世界气象学界。

神学博士赵紫宸

燕京大学宗教学院院长赵紫宸,在美国留学时专攻神学和哲学,荣膺博士学位。归国后,任教于燕京大学。后来,宗教学院院长伍庭芳逝世,赵紫宸即继任院长。由于他博学多闻,造诣精深,刻苦钻研,勤于写作,而且教学有方,诲人不倦,不仅名噪燕园,并且驰誉华北,终至声闻海内外,成为20世纪三四十年代中国宗教界少有的杰出人物。

赵紫宸中等身材,面庞清瘦,戴近视眼镜,鼻直而高,唇薄而秀,完全一副学者风度。他有时穿深色西服,有时穿灰色长衫,足登黑色尖头皮鞋,潇洒飘逸。他学问大、名气大、地位高、声望高,但却和蔼可亲、彬彬有礼、没有架子,而且乐于助人、提携后进。他的学生或与他有过交往的人,都为他诚挚和谦虚的神态所感染。全国宗教界人士,提起赵紫宸来,也无不敬服。

赵紫宸虽是造诣很深的神学家,可是神学思想在他一生当中,却一再发生变化。初期,他是属于"新神学派"

的，或称"现代神学派"。他曾写过一本《耶稣传》，把耶稣看作是品德完美的人，而不把耶稣看成神。中期，大抵在日本侵华时期，中国民族危机严重，世界局势动荡，赵紫宸的神学思想逐渐归于"基要（基本要道）派"，相信耶稣是神的儿子，以及他降生尘世钉十字架舍己救人的道理。到了后期，也就是中国内地解放以后，他的神学思想又倾向于"属灵派"。这时他受到标榜"早已实行共产主义"的山东马庄"耶稣家庭"的敬奠瀛的影响，把敬奠瀛请到燕大宗教学院讲道，并亲率学生数人到马庄"耶稣家庭"去体验"凡物公用"的共产生活，甚至赵紫宸竟然也追求起"圣灵充满"来。

不过我们应当看到，赵紫宸是既信神又爱国的。1941年12月8日太平洋战争爆发，日本侵略者曾逮捕了赵紫宸，囚之于囹圄。赵紫宸在狱中写了不少抒发抗日爱国感情的诗作。抗日胜利后，他整理了狱中诗句，出版了一本《系狱集》。

赵紫宸在燕大宗教学院任职期间，培养了一批又一批神学学生。他们毕业后分配到大江南北许多教会和团体中工作。他还写了许多本关于神学思想和教会建设的书籍，成为宗教工作上不可多得的读物。

他在燕大的学生中，提倡基督教的"团契"精神，大力发展团契运动，进行集体教育，活跃了学生的文化和精神生活，给燕大学生留下了美好的记忆。

末科状元办学校

刘春霖幼时在老家河北肃宁县北石宝村读私塾，深知农村儿童读书之不易。所以，他高中状元之后，不在老家修状元府光耀门庭，而在北石宝村修建了一所小学堂。学堂的房屋、桌椅、教具，均由刘春霖出资捐助。他在学堂门口题有"铸才炉"匾额一方，并立有石碑，刻有他作的《劝学篇》一文。这所北石宝小学堂是肃宁县唯一的"义学"。

刘春霖关心乡梓教育，不仅慷慨解囊，而且尽心尽力。有一年，肃宁县建立"师资讲学所"和"高级小学堂"。刘春霖的入室弟子、校长吴友梅（清朝末科秀才），特请刘春霖为学堂书写抱柱对联。刘春霖大笔一挥，写下"天开新学界，地廪古遗风"十个大字。同时，吴友梅又请刘春霖为学堂编写校歌，刘春霖亦欣然应允。那校歌歌词是：

地廪古遗风，毛公设帐，董相传经。荆轲故

里，武垣城。儒文侠武，燕赵遗风。莘莘学子，负笈来从，普被时雨并春风。春风暖，雨露浓，高门桃李及时荣。

毛公，指汉时毛苌，以传讲《诗经》闻名，曾住肃宁设帐授徒。董相，指董仲舒，曾住肃宁讲学。荆轲系刺秦壮士，相传曾在肃宁境内，该处有荆轲村。武垣城，汉时建，在肃宁城南。刘春霖在歌词里运用这些典故，说明肃宁自古以来便文风很盛，以此激励家乡人努力学习。

刘春霖不仅在家乡兴学，而且把教育扩展到京城。他在北京居住多年，结识了旅居北京的许多河北籍知名人士。辛亥革命以后，他在北京建了一所"燕冀中学"，供同乡在京子女们学习。这所中学分男、女两校，男校在宣武门外大街路西，女校在内城西什库后库。刘春霖为建校捐款赠书，并任"燕冀中学"董事会董事。

时间不长，这所中学在京城有了名气，规模日益扩大。学生来源不仅仅限于河北一省，也招收各省市的学生。当时的女校，成为北京市有名的私立学校之一。

刘春霖与当年著名抗日将领宋哲元将军交谊很深。刘春霖向宋哲元建议创办一所学校，以教育培养青年。宋哲元接受了刘春霖的建议，便很快筹建了"明轩中学"（宋哲元，字明轩）。嗣后，该校成立董事会，宋哲元为名誉董事，刘春霖为董事，并捐赠图书，使学校建起了图书馆。

据闻,当年刘春霖在肃宁县北石宝村学堂立的那块刻有《劝学篇》的石碑,迄今犹存。

毁家兴学的马相伯

提起享誉中外的上海复旦大学，人们自然会想起它的前身震旦学院，说到震旦学院，又会记起它的创始人马相伯。

马相伯又名良，系天主教徒，江苏镇江人。早年就学于上海徐家汇公学。十八岁毕业时，法国领事想聘请他当秘书，他谢绝说："我学法语，是为中国人而学的。"

后来，他出任徐家汇公学校长，也当驻日使馆参赞。1898年，戊戌变法以失败告终。他目睹清廷的腐败，从此绝意仕途，走上"教育救国"的道路。这一年，已届花甲之年的他，退隐在上海土山湾，心里筹划着办一所新式学校，要和欧美大学并驾齐驱。主意已定，他回到老家，将其长兄所遗十五万平方米的地变卖了，所得钱作为学校基金。然后，又以仅存四万块银元，以及在英、法租界的八处地皮（价值十余万银元），用来在上海卢家湾购置建校的土地。其"毁家兴学"的举动、热爱祖国的赤诚，赢得了社会舆论的赞叹与支持。

1903年2月,他一手创建的震旦学院隆重开学。他自任监院,下设总干事和会计各一人,其余各项行政,都由学生自行管理,实行"学生自治制"。他在校内"崇尚科学,注重文艺",主张"学术独立,思想自由",对不同意见,可以展开讨论,并以"挈举纲领,开示门径"之法启发学生自己研究探讨。由于学校创建时借助了耶稣会的力量,而学校却不谈教理,于是引起了教会的不满。1905年,在震旦任课的外籍教师趁他有病之机,改变办学方针,致使全体师生大哗,摘下校牌,相率离校。虽然他信奉天主教,但并不依附教会,支持师生的正义行动,毅然同大家一起退出了学院。

他退出震旦之后,偕同离校学生于右任、邵力子、叶仲裕等,又得到各界知名人士赞助,另行筹建复旦公学,意思是"复我震旦"。在经费和师资都告紧缺的情况下,他决定摆脱洋人挟制,向各方告急。后得到两江总督拨地拨款,同时又由严复、张謇、熊希龄、萨镇冰、袁希涛等二十八人出面发表《复旦公学募捐公启》,向社会广泛募捐,得到各方响应。1905年中秋节,复旦公学正式诞生,他任校长,采用"囊括大典,网罗众家,兼容并收"的办学方针。一时间,这所学府,人才济济,气象一新,各种学术团体如雨后春笋,争相竞出,校内呈现出一派生动活泼的景象。

辛亥革命后,他曾出任北京大学校长。"九一八"事变后,他四处奔走,呼吁团结抗战。1935年,他和宋庆龄、沈钧儒等领导了抗日救国会工作。"七七"事变后,被任命为国民政府委员。

1939年,他在越南谅山病重时,回忆自己毕生走过的"教育救国"的道路,无限感慨地说:"我是一条狗,只会叫(教),叫了一百年,还没有把中国叫醒!"同年,病逝于谅山。遗著有《马相伯先生文集》。

"红头火柴"陈望道

陈望道年轻时,是一个敢想敢说敢干,很有个性的人物。他的外号叫"红头火柴",是谓一擦即燃之意。

他当年在浙江第一师范教书时,积极支持学生运动,敢于与封建教育当局斗争。在五四新思潮的影响下,"浙一师"在经亨颐校长和新派教师的倡导下,推行三项教学改革。陈望道、刘大白、夏丏尊、李次九等新派教师为各年级的语文主任教员。这四人后来被旧派称为一师新文化运动的"四大金刚",而陈望道为"四大金刚"之首。他们从《新青年》等杂志上选了陈独秀、李大钊、鲁迅等人的文章作为新教材。这些文章大都是白话文。当时旧派的老先生认为白话文不教也可以懂。陈望道就选了鲁迅的《狂人日记》给学生阅读。到讲课时,不讲文章本身,只讲一些文艺理论,学生反映看不懂。"四大金刚"即抓住这一点,说明白话文不讲也是不行的,没有一定的思想基础是看不懂的。他们的主张和做法深得学生的赞成。但他们并不排挤文言文。他们根据学生的情况，教材中也适当选了一些文言文。例如王充的《论衡》和黄宗羲的《明夷待访录》中一些具有朴素唯物主义的文章。"四大金刚"还讲授语法、新式标点符号和注音符号等。

有一次，陈望道出了个"白话文言优劣论"的题目叫学生作文。其中有个学生受了官方的指使，便在作文中以文言文的体裁大骂白话文，但文章做得很差，文句不通。陈望道打了批语："写文言文也该写得通顺一些，理路不通，无从改起，重新做好再改。"这学生一看到批语，当场发火，在教室里抓住陈老师的领口，要把老师抓到教务处去。后来校务会议作出决议："除非陈望道老师同意，不然要开除该生的学籍。"当然，陈望道是反对消极地开除学生的。后来，该学生哭到陈望道面前，请求宽恕原谅。经过教育，这学生后来也转变了。由此，也暴露了后台指使者的面目。

1920年年初，陈望道趁回义乌老家过年，着手翻译《共产党宣言》。同年6月，该书出版后，他曾写信并寄赠给鲁迅，请求指正。鲁迅在接到书后即翻阅了一遍，认可翻译这本书，"其实这倒是当前最要紧的工作"。后来，他接受陈独秀的邀请，担任《新青年》编辑，以后负责编辑部的工作。在此期间，陈望道积极参加社会主义理论学习和宣传、组织工会、发动工运等筹建工作。后来由于不满陈独秀的家长制作风和背后的造谣污蔑，终于与陈独秀闹翻了，便拂袖而去，由此也可看出他的刚烈性格来。

新中国成立后，陈望道出任复旦大学校长，这时他已是一个老成持重、深谙世态的长者了，人们尊称他为"望老"。但他仍保持着一向的个性，具有独立精神，不肯随波逐流，更不肯迎合上意来误导民众，始终保持着一个学人的良知。

雪艇先生与武汉大学

说到武汉大学的历史，自然就会想到曾参加辛亥革命的国民党元老派人物王世杰。王世杰，字雪艇，祖籍湖北崇阳。辛亥之后留学英、法，回国后受蔡元培之邀任北京大学法律系教授，并组建"现代评论"社。

1926年10月，北伐军攻占武汉，南京政府大学院院长蔡元培创议筹建武汉大学，在武昌高等师范学校旧址成立建校筹委会，并定珞珈山和狮子山一带为校址，积极进行筹建活动。

1929年2月，王受任武汉大学校长。他接委任状时对教育部称："要我当校长，就不是一个维持武大现状的校长。武大不办则已，要办就应该是一个新的国内一流水准的大学。"随后，他制定了一个创办文、理、法、工、农、医六个学院且十年后学生扩充万名的宏大计划。就职后，面对旧式官僚和地方势力的种种威胁，他据理力争，誓不退让，务实办事，步步向前。筹款项，购土地，备材料，置设备，奋力从事营建工作。仅三年时间，新校舍就完成了第一期工程，从此挤住在旧校舍的师生全数搬进珞珈山的新校舍。

同时，王世杰效法蔡元培北京大学时的办法，选聘教授采取了"兼容并包"的方针。他身为国民党员，但教授里却极少国民党员，他聘任教授的首要标准是学术成就，而不是政治上的门户之见。这样做的结果，使学校里出现了不同学派不同政见者并存的局面。范寿康当时在校开"哲学概论"课。20世纪80年代初，他由台湾回内地观光，仍由衷赞叹五十年前王世杰在武汉大学"办学有方"，多次表彰"开明办学"的难能可贵。

"九一八"事变后，日寇侵占东三省，全国各大学学生赴南京请愿。湖北省当局却百般阻挠武汉大学学生前往，甚至扣押学生。王世杰两次出面交涉，迫使对方释放被扣学生，允许武汉大学三百名学生乘轮船去南京。他告诫启航远行的学生要"救国不忘读书，读书不忘救国"。他做到了支持学生运动而又使之"不逾矩"。

卢沟桥事变后之第二年，日寇进逼武汉三镇。当武汉大学开始西迁四川时，王世杰曾久久伫立珞珈山头，俯视学校的园林楼馆，凝视武昌的山水草木，不禁潸然泪下。

1949年，王世杰去台湾。1981年，他以九十一岁高龄在台湾去世。临终前，他仍念念不忘武汉大学，遗嘱告亲人说，在他死后，他的墓碑只须刻上"国立武汉大学校长王雪艇先生之墓"十五个字，他即可含笑九泉了。

"浙一师"校长经亨颐

在杭州高级中学(前身浙一师)喜迎百年华诞之际,校园里竖起了"一师风潮"纪念碑,不禁忆起中国新文化运动的先驱者、"浙一师"校长经亨颐。

八十年前,五四运动的新思潮涌进杭城之后,当时的"浙一师"校长经亨颐认为,对于时代思潮,应该"迎"而不应该"拒";时代前进了,精神变了,教育工作也必须采取革新措施,以适应时代潮流。因此,他提出"与时俱进"的口号。他打算把教育会和它的机关刊物《教育潮》,作为宣传新文化的重要阵地,而把"一师"作为推行新教育的试验场所。

首先,他在"一师"试行四项教学改革,即学生自治、国文改授国语、教员专任、学科制。在校内倡导"自动、自由、自治、自律",并聘请"四大金刚"陈望道、刘大白、夏丏尊、李次九担任语文教员,在学生中传播新思想、新文化,一时名扬江南。学生自治会成立这天,学生穿着洗得干干净净的校服，共同齐唱学生们自己创作的《自治歌》。有人称这次会议是"空前光荣的纪念"。

当时，"一师"学生施存统等参与创办《浙江新潮》周刊，宣传"废孔"与"非孝"思想。浙江省教育厅受北洋政府之命，下令开除施存统并解聘陈望道等教师，遭到经亨颐的拒绝。省教育厅长夏敬观即派人把经亨颐请了去，指责说："据本厅查明，贵校教员陈望道等四人，所选国文讲义，全用白话，弃文言不授，此乃与师范学校教授国文之要旨未尽符合。而此四人，又系不学无术之辈，所选教材，夹杂凑合，未免有思想中毒之弊，长此以往，势将使全校师生堕入魔障，本厅责成贵校长立即将此四人解职，并将学生施存统开除。"经亨颐回答说："我校教师所选文章都是从北京、上海等地公开发行的报刊上来的，如果使学生读后会产生'思想中毒''堕入魔障'之恶果，政府何以不干脆取缔京、沪的出版之刊物呢？至于教师不学无术，请教何以见得？！且学期中途，如何能随便解聘！再说，学生未教好，那是教育者未尽到职责，不能以开除了之，开除学生非为教育之本旨；学生即使言论失当，但没有犯罪，不能开除。何况，新思潮这样勃发，新出版物这样多，其感动的力量，实在大得了不得。要想法子禁止，实在是办不到的。如果空气能排得尽，新思潮才能禁止。盼望官厅明白这一点。"经亨颐这番铿锵有力的话，说得堂堂的教育厅长张口结舌，无言以对。

1920年2月,省教育厅趁学生寒假之机,颁令免去经亨颐校长之职,同时,非法宣布解散"一师",派军警强迫学生离校。这一暴行引起杭州各界人士与学生家长的强烈谴责。在"一师"师生的坚决斗争和各界的声援下,当局不得不与学生代表进行谈判,并请中国银行杭州分行行长蔡谷卿(蔡元培之弟)出来调解。

这次斗争,并不是简单的一个校长去留之争,而是新旧文化、新旧教育思想之间的斗争。结果,虽然经亨颐与陈望道等四人自动辞职,离开"一师",但新任姜琦校长,就职后向学生表示,自己当极力贯彻经校长的教育革新精神。他聘请了朱自清、俞平伯、刘延陵、叶圣陶等人来任语文教师,堪与"四大金刚"相媲美。

陈鹤琴尽瘁儿童教育

友人从内地带来再版的《家庭教育》，使笔者想起该书的作者、中国著名的儿童教育家陈鹤琴老教授。

陈老先生是江苏南京人，生于1892年。其一生竭尽全部精力，贡献于儿童教育事业。辛亥革命推翻清朝封建帝制，十九岁的陈鹤琴，出于对儿童的热爱，为了儿童的幸福和健康成长，即立志从事儿童教育，虽遭种种挫折，亦不改初衷，且一生矢志不移。

陈鹤琴留学美国哥伦比亚大学，为我国出国留学生专门学习儿童教育的第一人。1923年获硕士学位归国，任南京东南大学教育科儿童心理学教授。

其时，国中幼儿教育刚刚萌芽，幼儿园多为教会所办。向儿童灌输封建迷信，其方法亦全系国外搬来。陈鹤琴为了改变此状及探索中国的幼教理论，决意自己创办幼儿园，遂组织教授、研究员、讲师数人，筹募资金。在校教育科的资助下，于其家场地，创办了中国第一所实验性幼儿园，即鼓楼幼稚园，陈亲任园长。经三四年之实地研究，写出幼儿教育的专题论文《我们的主张》。文中的理论，对以后之幼稚教育，颇具影响。

陈鹤琴极重视第一手材料，以作研究。从其子出生第一天开始，他就仔细观察记录达八百零八天，一日不遗，积累笔记十数册。其对孩子的哭、笑、爬、坐及动作、表情、身体、智力的发展，皆细察入微，一一记下。还常把孩子抱到课堂，尝甜、尝酸、尝苦，让学生看其表情，以为活教材。

陈教授根据其观察研究，于1925年写出《家庭教育》和《儿童心理之研究》两书出版，而《家庭教育》一书，至今已再版十数次。友人带给我的这本，为1981年版本。该书提出了家庭教育的原则一百零一条。条条具体生动，亲切易懂，颇受欢迎。教育家陶行知尝称该书为"中国出版教育专书中最有价值之著作"，是"做父母的必读之书"。

为培养幼儿师资，陈鹤琴放弃做官机会，赴江西泰和县创办国内第一所公立幼儿师范学校，亲任校长。此两所学校，为国内培养了大批幼教人才。抗战期间，陈先生在上海，还为逃难而颠沛流离的儿童，热心开办"难童学校"，为卖报儿童开办"报童学校"。

陈鹤琴老先生一生为儿童教育呕心沥血，写下了五百多万字的著作，其教育文集分上、下两卷，共一百万字，将由北京出版社出版。

萧友梅二三事

萧友梅是我国知名的音乐教育家、作曲家,他曾在日本和德国学习音乐。1920年归国到北京,先后在北京女子高等师范学校、北京大学音乐传习所和北京艺专任教。

为了音乐教育事业的发展,他编写了大量的音乐技术理论书籍和教本。当时国内创作的歌曲很多,他随写随教。1922年,他的《今乐初集》和《新歌初集》出版,成为当时音乐界一件盛事。

萧先生在北京大学音乐传习所还组织了一个管弦乐队。这个乐队虽然只有十七人,但这是中国人自己组织的第一支管弦乐队,向人们介绍了西洋的器乐曲,以至大型的交响乐曲。记得有一次徐志摩给学生讲英国诗人济慈的《夜莺歌》,学生们说根本没有听过夜莺的叫声,徐先生就带领大家去听萧先生指挥的贝多芬《第六(田园)交响乐》。听着音乐,同学们仿佛来到乡间的小溪边,陶醉在田野里多种鸟儿动听的鸣叫声里。

萧先生最快意的一件事，就是他1927年到上海后，亲手创办了中国第一所音乐学院——国立音乐专科学校。以前，音乐这个专业不被重视，在高等学校里不过是附庸，有的与美术合在一起称为图音系，有的与体育合在一起称为音体系，有的更是大杂烩，称为图工操唱。后来经过他的努力，北京女子高等师范学校的音体科终于两科分立，音乐科得到应有的重视。为了向全国普及，萧先生向各省教育厅发函，让各省选送若干学生来音专学习，毕业后再回到原地。这样一来，这座高等音乐学府里，也有了来自边远省份的"土包子"了。

1936年，日本乐队指挥近卫秀吕到上海指挥一个外国管弦乐队。为了表示"亲善"，他提出回国后要送给音专一架钢琴。过了一些时候，日本领事馆写的一封信中说，近卫秀吕的钢琴已经运到，请音专派人去办交接手续，萧先生的答复却是拒绝接受。抗战期间，汪精卫投靠日本帝国主义，组织南京伪政权，也曾企图拉萧先生下水。但是他始终在上海这个孤岛上维护着那个风雨飘摇的音专，一直到1940年病逝，保持了崇高的民族气节。

记得上海有一家自来水笔公司曾经邀请各界名流用它的产品题字，并把这些字迹汇印成册，证明它的金笔特别适用于写中国字。其中有一页是萧先生写的，内容是于谦的《石灰吟》：

千锤万击出深山,烈火焚烧若等闲。
粉身碎骨浑不怕,要留清白在人间。

作为一个辛勤创业的爱国音乐教育家,他的作为不正体现了于谦这首诗的精神吗?

杨荫榆的晚年

杨荫榆,当年在北京读过书的人,对这个名字是熟悉的。她是20世纪30年代北京女子师范大学的校长,曾因开除思想激进的学生而遭在校师生的强烈反对,引发了轰动全国的"女师大学潮"。1934年春,由于鲁迅等人的口诛笔伐,杨无法立足京城,挥泪离别了女师大,回到家乡苏州,在苏州中学英语班任教。其时,她已年近花甲。

杨早年留学美国,学识渊博,但性格孤僻、古怪。她曾经缠过足,却偏穿高跟鞋、黑大氅,走起路来歪歪扭扭,样子非常滑稽。由于她沉默寡语,不苟言笑,治学态度极其谨严,所以学生们都很怕她。

1937年,卢沟桥枪声一响,抗日战火很快蔓延到南方。苏州中学被迫停课,杨荫榆也无奈地同她热衷的教育事业告别,赋闲在家。

1938年一个春寒料峭的清晨,几个日本宪兵在苏州盘门城楼下拦住一名中国少女,借"搜身"之名,将其轮奸，事后又用利刀把她刺成重伤。手无寸铁的姑娘就这样惨死在日寇的屠刀下。那天，住在盘门一带的杨荫榆出门买菜，刚好路过现场，看到那惨不忍睹的一幕，当场晕了过去。少顷，她清醒过来，认出了那姑娘，正是她教过的学生。

杨回家之后，愤怒与悲伤使她无法平静，连夜便写了一份书面抗议书。翌日凌晨，她穿上一件好久未穿的黑色大氅，披着一头银发，闯进了日本驻苏州领事馆。守门的日本兵想把她挡住，但被她那身特殊的打扮与一口流利的日语慑服了，只得带她去见领事。杨荫榆向日本领事发出了强烈抗议，严厉地谴责了日寇的强盗行径，要求日本领事严惩杀人凶手。她的抗议义正词严，日本领事只好接受。当知道她的真实身份后，表面越发不敢怠慢。

杨满心以为日本领事馆对盘门血案会作出反应，然而她太天真了，根本没有料到罪恶的魔掌已经向她伸去。几天后，她像往常一样，去盘门菜场买菜，走至吴门桥，几个跟踪她许多天的日本宪兵悄然而至，未等杨荫榆发出一声惊叫，一个宪兵的大马靴就重重地踢在她的后腰上，杨掉进冰凉刺骨的河水中，悲愤地死去了。闻讯赶来的人们，只看到一条杨常戴的鹅黄色围巾和一只竹篮在水面上漂浮着。

杨绳武与保定同仁中学

20世纪20年代初建于河北保定南关的同仁中学,学子遍布海内外。世界著名科学家牛满江即毕业于此。当年张学良少帅驻旌保定时,与同仁中学的创始人杨绳武亦多有往来。同仁中学是当年北方影响很大的一所中学。

同仁中学的创办人杨绳武是河北清苑县人。其父业医,早故,杨绳武与母相依为命。杨母在保定美国基督教公理会设立的培基女校任教,薪饷低微,生活困难。杨绳武在同仁小学读书时,在美国牧师家中充当小侍者勤工俭学,有机会学习到英语。小学毕业后,他升入京东的通州潞河中学,毕业后,又考入燕京大学,专攻教育及文史学科,与谢冰心、许地山、崔友善、陈嗣哲等系同期校友。在燕大期间,杨绳武曾发起组织"教育改进协会",矢志从事教育改进工作。1923年夏,毕业后,邀上述校友赴保定,筹备创办同仁中学,首届报考五十多名学生,并于当年秋开学。

翌年，又招收新生五十多名，为第二班。因办学成绩优良，于1924年呈请河北省教育厅，准予立案。

同仁中学以德、智、体、群为施教宗旨，注重培养学生爱国、民主、自由、平等、博爱思想。除课堂教学、早晚自习外，杨绳武校长黎明即起，带领学生跑步，做八段锦体操。午后的课外活动、球类比赛等，他均参加，或任裁判员。张学良驻保定时，曾到公理会与杨校长打网球，或打成平局，或互有胜负，他的球技甚蒙少帅赞许。

自1925年后，同仁中学学生逐年增多，又大多来自外地各县，都需住校，亟须增建宿舍。虽动用三年来所蓄资金，仍不够用，乃向银钱商号息借，又向教会中同仁老校友求助，在学校操场西上坡建起了一排学生宿舍。1929年前后，在第一次世界大战中阵亡的达德将军之夫人到保定，杨校长特去谒见。达德夫人对于同仁中学的办学成绩甚为称赞，杨校长乘机向她叙述教室不足、筹建困难之情事，劝她捐款兴建新教室。蒙其慨允，愿将其继承的达德将军恤金捐建一座四面均有教室，围成四合院式的教室群，并命名为"达德堂"，以志纪念。记得这座四合院式的教室群，庭院里种满了香花。每到夏季，丁香花开放，院内一片幽香。

20世纪30年代后期，日本攻陷保定。杨校长率领部分师生南撤，负责组织基督教青年会军人服务部，支持到抗战胜利，后又赴美留学。

代后记
——我所认识的周简段先生

老报人周简段先生，曾是我的同事，因长我十多岁，而且知识渊博、采编经验丰富，所以我一直把他奉若长辈。

周简段先生是个"老北京"，青少年时代在北京读书、工作、生活，对北京的名人轶事、名胜古迹、文物珍宝、文史掌故、艺苑趣闻，以及民情风俗都了如指掌。他曾和我谈起早年间与张恨水一起办报的时候，常常逛天桥，游故宫，访名胜；还谈到抗战末期到香港去办《星岛日报》；当闻讯共和国诞生，欣喜若狂，马上回到祖国的怀抱，返回朝夕思念的北京，又干起了轻车熟路的老本行——新闻工作。孰料，1957年反右时他被打成"右派"，"文化大革命"中，他又蹲了"牛棚"。凭着一个老知识分子的一颗正直、善良、爱国的心，他总是充满信心地说："祖国将来肯定会繁荣富强的！"

1976年以后,周先生到香港去继承遗产,便在那里定居了。从1980年1月起,他在香港《华侨日报》副刊开辟了"京华感旧录"专栏,每日一篇,千字左右,一直到1992年该报易主改版方罢。一人主持一个专栏能持续十多年不辍,这在中外新闻史上实属罕见。

中间,他经常回北京,每次见面,我们总是畅饮畅聊。他拿出香港报刊对他文章的评介给我看:有的报章称赞他"知识渊博,文笔优美,是写老北京的权威";有的刊物评介他"以古都北京为经,短小精炼的文字为纬,系统地缕述京华旧日,细说当年,使昔日事像重现读者眼前,又具探源究始之功,兼且披露不少鲜为人知的重要史事,对保存历史文化贡献殊大";还说,读了周先生的文章,"备觉亲切,似与周氏把臂遨游,细诉从前,令人低徊不已"。

他还拿出不少读者的来信。尤其是三四十年代著名明星夏霞女士在读了他写的《夏霞演〈人之初〉》之后,给他写的一封上千字热情洋溢的信,对文章中提到她结婚四十周年的纪念照非常感动。信中说:"由于这段旧闻,把我的思潮又带回四十年前的上海去了。"接着她回顾了20世纪40年代演《赛金花》和《人之初》话剧的详细情况。最后她感慨地写道:"人年纪大起来,总喜欢怀旧、回忆,如果能找个对象谈谈往事,温温旧梦,实在是人生一大乐事。"另外,周先生的不少文章,如《宋哲元及其大刀队》《抗战殉国的张自忠将军》等,被马来西亚、新加坡、美国以及中国台湾等国家和地区的报纸转载，在华人中影响很大。

周先生的专栏文章，1986年曾由香港南粤出版社结集出版，书名《京华感旧录》，由溥杰先生题签，梁漱溟先生作序，分《艺文篇》《风土篇》《人情篇》《掌故篇》和《名胜篇》五卷，附历史照片多帧，印刷精美，弥足珍贵。书中文章短小精练，兴味盎然，于茶余饭后，品读一番，实是美不胜收的艺术享受。该书成为当时香港十大畅销书之一，周先生由此一跃成为香港著名的文史作家。

此后，周先生越写思路越宽，逐渐取材已不限于京城一隅，而是遍及神州大地。内容也不再是单纯的感旧，而是忆旧述新，加上一些现实的见闻和感受，使台、港、澳和海外读者更感亲切和感慨。

1992年，北京的华文出版社要将周先生十几年的专栏文章辑录成书，周先生找我来选编。因全部文章有4000篇之多，我只好精选一下，分成六卷出版，定名"神州轶闻录"。请冰心先生写了总序，请萧乾、季羡林、侯仁之、胡絜青、于若木诸先生为各分册作序，封面请启功先生题签。

书出版后，社会效益颇佳。《文汇报》《新闻出版报》《人民政协报》《中国艺术报》等竞相转载其中的文章，影响愈大。周先生也接到大量读者来信，有赞扬，有鼓励，更多的是希望周先生笔耕不辍，给读者更多的精神食粮。此后,周先生又先后以周彬、周续端、司马庵等笔名在香港的《大公报》开辟了"神州拾趣"专栏,在《港人日报》开辟了"京华内外"专栏,在台湾的《世界论坛报》开辟了"神州感旧"专栏等。

1997年香港回归,周先生更是精神振奋,壮心不已,笔耕愈勤。先生之作与日俱增,影响愈大。今将其二十多年来之全部著作,重新进行分类精选,按十卷出版,书名分别为《字里乾坤》《朝野遗事》《民俗话旧》《文坛忆往》《大戏台》《画坛旧事》《故都文化趣闻》《美食妙谈》《名胜游记》《武林拾趣》。除保留冰心、萧乾、季羡林、胡絜青、侯仁之和于若木诸先生的序文外,又请了著名作家钱世明、赵云声、昌沧、书画家米景扬、民俗学家成善卿等先生分别为新增书作序。从整体看,比之前的版本更全面地展现了周先生二十多年来文史专栏写作的成绩。从内容看,蕴涵的民族韵味和时代精神更丰富、更有深度。

《神州轶闻录》中的文章,虽然篇幅不长,内容也都是轶闻琐事,看似细碎平淡,然皆韵味悠长。现在引当代哲人季羡林先生在原《文化篇》序言中的一段话作为本文的结尾吧:

"哲学家们常说:于一滴水中见大海,于一粒沙中见宇宙。难道在我们这些小的文章中不能见到大的文化吗?所有这些戏曲、文玩、学府逸事等等,又哪一个与文化无关呢?只不过在这里谈文化,不是峨冠博带,威仪俨然,不是高头讲章，而是涉笔成趣，理路天成，于琐细中见精神，微末处见全面，让你读了以后，如食橄榄，回味无穷，陶冶性灵，增长见识。"

冯大彪

2017年6月修订于北京

图书在版编目（CIP）数据

文坛忆往／周简段著. ——北京：新星出版社，2017.6
（神州轶闻录）ISBN 978-7-5133-2644-5

Ⅰ.①文… Ⅱ.①周… Ⅲ.①随笔-作品集-中国-当代 Ⅳ.①I267.1

中国版本图书馆CIP数据核字（2017）第127941号

文坛忆往

周简段　著

冯大彪　主编

责任编辑：简以宁
责任印制：李珊珊
装帧设计：几木艺创

出版发行：新星出版社
出 版 人：谢　刚
社　　址：北京市西城区车公庄大街丙3号楼　　100044
网　　址：www.newstarpress.com
电　　话：010-88310888
传　　真：010-65270449
法律顾问：北京市大成律师事务所

读者服务：010-88310811　　service@newstarpress.com
邮购地址：北京市西城区车公庄大街丙3号楼　　100044

印　　刷：三河市兴达印务有限公司
开　　本：787mm×1092mm　1/32
印　　张：12.5
字　　数：230千字
版　　次：2017年7月第一版　2017年7月第一次印刷
书　　号：ISBN 978-7-5133-2644-5
定　　价：38.00元

版权专有，侵权必究；如有质量问题，请与印刷厂联系调换。